青き淵から

中山士朗
エッセー集

西田書店

中山士朗エッセー集　青き淵から

目次

中山士朗エッセー集

青き淵から

還り来にけり

広島市南区にある割烹旅館「佐々木別荘」について私が知ったのは、昨年（一九九七年）の一月であった。

クレジット会社から会員に毎月送られてくる、広報誌の加盟店紹介の頁に、その店が「比治山の麓の、昔ながらに鶯谷と呼ばれる地」にあるということが書かれていたからである。

なぜか、私はその記事に心惹かれた。

これまで、他人が聞いたならば、まったく無意味にしか感じられない、心残りのようなものが私にはあった。ありていに言えば、広島で被爆した直後に私が収容されていた救護所を探し出し、再訪したいという長年の願望に過ぎなかった。

その救護所は、比治山《ひじやま》の東側の山麓にあったので、ことさら強く関心を抱かされたのかもしれなかった。それからほどなく、私は所用があって広島市に赴き、そのついでに佐々木別荘に立ち寄ることができた。

いつも広島に行くと、保田という中学時代の親切な友人がいて、車で案内してくれる。

その折にも、私が佐々木別荘についてあらかたの話をすると、保田は、「確か、この先の方に、あったと思うんじゃがのう」と言い、運転速度を緩めながら車を前方に進めて行った。

再開発によって造成された、東側山麓に沿う新しい道路は、今から十二年前に、私が収容されていた場所を探し求めて、この附近を歩いた時にはなかったものである。

その先は、比治山トンネルを抜けて東側に延長された、平和大通りと直角に交差していた。このトンネルができるまでは、通称百メートル道路と呼ばれる平和大通りは、西側の京橋川に架かる鶴見橋で終わっていた。

車を運転する保田も私も、五十二年前の夏、その橋の西側区域の疎開家屋の取り壊し作業に出動していて、被爆した。

B29の爆音を耳にした瞬間、強烈な黄色い閃光と熱が全身を包み、私は一変した世界の中に投げ込まれてしまった。

いったん転落した川底から、私は力を振り絞って石段を這い上がり、ふたたび地上にもどった。けれども、地表を覆った薄暗い、厚く淀んだ空気は猛烈な熱を帯びていて、今にも渦巻く炎となって襲って来そうな気配であった。

私はとっさに、橋を渡って向こう岸に逃げなければならないと判断した。心急きながら立ち上がろうとしたけれども、そのたびによろけ、地上に倒れてしまった。

先刻の、これまで体験したこともない巨大な力によって、身体が空に運ばれ、そして、地上に叩きつけられた際に、足腰の骨がどうかなってしまったようであった。

私は這って、橋の袂まで行った。

薄闇の中、無数の、幽鬼のように姿を変えた負傷者の群れが橋を目指して寄り集まり、吸い込まれるようにして対岸に渡って行った。そのために、傾いた木造の橋は、負傷者が発する悲鳴とともに激しく軋む音を立て、今にも川面に崩れ落ちて行きそうであった。

辛うじて立ち上がって歩行していた私は、後続の群れに押し倒され、踏み潰されるのではないかという恐怖感に襲われた。

ようやく対岸に辿り着き、固い大地の上に片足を乗せた時、私の内部で安堵感が急速に広がってくるのを覚えた。

私が保田と出会ったのは、比治山の登山口に近い多聞院の前の、草の生い茂った傾斜地であった。足を負傷した保田は、通りがかりの中年の男の人に背負われて、ここまで逃げのびることができた、と語った。

家が近くにある保田は、「ここで、家の者が来るのを待っている」と言い、草地に身を横たえた。

そこで保田と別れた私は、市内の火が鎮まるのを待って家に帰ろうと思い、山頂を目指した。

途中に、応急処置を施す所があった。兵士に呼び止められた私は、火傷した顔面や両手にヨードチンキを塗ってもらった。そして、さらに山を上り、吊り橋の見える所まで来た。激しい痛みと疲労感に襲われていた私は、木陰を見つけると、意地も張りも失って大地に身を横たえてしまった。時間の感覚が薄れ、意識さえも次第に薄れてゆくのを感じた。私の周囲には、人間らしい姿をした者は誰ひとりいるようには思えなかった。

気がついた時、私は一人の兵士に体を揺さぶられていた。

「気をしっかり持つんだぞ」

兵士は、私を自分の背に負い、細い山道を下り、麓近くにあった救護所に連れて行ってくれた。山道を下りながら、兵士は私にこれまでの経過について色々と質問した。私が軍需工場に勤労動員されている中学三年生で、今日はたまたま強制建物疎開の家屋整理に来ていたことを告げると、

「いたましいなあ」

と言った。

兵士が指さして教えてくれた、山の中腹にある救護所は、山林に囲まれた、純和風建築の広い別荘か料亭のような趣を呈していた。山の西側から来た者には、あたりの風景はまるで別世界のもののように思われた。その建物の附近には、何人かの兵士の姿があった。中には、顔の傷を包帯で覆った兵士もいた。

やがて、私たちは檜皮葺きの屋根をもった小さな門を潜り、建物に近づいて行った。広い間口の玄関を入ると、兵士は私を背中から下ろし、靴を脱がせた。そして、すぐ右手にあった医務室の軍医の所に連れて行った。

若い軍医は、私から生年月日、年齢、学校名、動員先の軍需工場名、現住所などを聞きながらカルテに記入した後で、「化膿してしまったな」と私の容体について説明した。

その後で、顔面の火傷した箇所や、上着の焼け焦げた部分をメスで切り裂き、その下の焼けただれた皮膚の表面にリバノールガーゼをあてがってくれた。

そして、私に付き添ってくれた兵士に向かって、「名前を張り出しておくように」と命令した。

私はふたたび兵士に背負われて、畳を敷いた広い廊下を伝って、座敷の最も奥まった部屋に連れて行かれた。畳の上に直に寝かされ、私が背負っていたリュックサックが枕がわりに頭にあてがわれた。リュックサックの中には、防空頭巾、弁当、水を詰めた水筒などが入っていた。

その頃になると、化膿した火傷の箇所からは漿液がひっきりなしに滴り、それが今ではほとんど塞がれてしまったかのような目蓋にしみ込み、鋭い痛みが走った。しかも、西日が直接に傷口に当たって、いっそう私を苦しめた。

近くに迫った裏山で、蟬の鳴く声がした。黄昏が迫っていることを知った私は、家に帰ることを諦めなければならなかった。

深夜、空襲警報の発令で目が覚めた。

「動ける者は、防空壕に避難しろ」

と兵士が叫んで回ったが、身動きできない私は断念して、そのままの姿勢で横たわっていた。すると、通信機から漏れる微かな明かりに映し出されているのは、広い座敷を隙間もなく埋め尽くした、異様な姿をした黒い物体の群れであることに気づいた。そのどれもが悲鳴、泣き声、呻き声を上げ、腐臭を放っていた。

その異様な光景もそうであったが、衣服を焼かれて裸同然の姿で寝かされていた私は、寒さと恐怖感のために歯の根が合わず、小刻みに音を立てて震えているのが自分でも分かった。

私を背負ってここに連れて来た兵士は、軍務の合間を縫って、食事、手当てなど何くれとなく面倒を見てくれた。その兵士が来るたびに、「もう、市内の火は消えたでしょうか」と私は訊ねた。すると、

「まだ、市内には入れない。家への連絡は必ずしてやるから、心配しないでいいぞ」

と兵士は言ったけれども、両親に一目会ってから死にたい、と私は願っていた。

化膿して膨れ上がった口から飯粒を飲み込むのが困難だと察した兵士は、握り飯に代えて飯盒の蓋に粥を入れて持って来た。そして、少しずつ私の口に流し込みながら、「食べないと、元気にならないぞ」と叱るようにして言った。

救護所に収容されて、六日目のことだった。私は兵士に促されて、広い日本庭園の隅にあった井戸端に連れて行かれ、汗と膿液で覆われた身体を冷たい井戸水で拭ってもらっていた。そこへ、家の近所に住む中年の男性が不意に現れたので、私は兵士に声をかけて呼び止めてもらい、家への伝言を頼んだ。

その男性は、私があまりに変わり果てていたために、最初、私が名前を告げても、怪訝な顔をし

ていた。ようやく私のことが理解できると、

「いたわしいことよのう。必ず伝えてあげますけえ、それまで頑張っとりんさいよ」

と言い残し、自分の娘を探すために急ぎ足でその場を去って行った。

その夜遅く、父が訪ねて来た。けれども、私があまりにも重傷で、しかも著しく衰弱していると判断した父は、直ぐに連れ帰ることを諦め、翌日、荷馬車を雇って母に迎えに来させた。

「よかったなあ。頑張るんだぞ」

兵士は、わがことのように喜んでくれた。そして、山から下って来た時と同じように私を背負い、麓の往還で待っている荷馬車まで運んでくれた。

母と私は荷馬車の台の上に座ったまま、兵士の姿が見えなくなるまで、お辞儀をしていた。

私が兵士に見送られながら、救護所から去って行った道路は、戦前には別荘道路と呼ばれ、もっと東寄りにあったが、現在では消え失せていた。


車が佐々木別荘に近づき、入口にしつらえられた小さな門の檜皮葺きの屋根を見た瞬間、私はにわかに鼓動が高まるのを覚えると同時に、何か得体の知れない強靭な力に吸い寄せられ、身体が硬直してくるのを感じた。

垣根越しに見る屋敷全体のたたずまい、庭園の背後に迫った山肌、それを縫うようにして斜め上方に伸びた山径などの風景が、一瞬のうちに五十二年前の風景と重なり合った。

私と保田は車から降りて店に入り、女将に会って話を聞いた。

昭和二十三年にこの家に嫁いで来た女将であったが、姑からたびたび話を聞かされていたようで、当時の状況や建物の構造について熟知していた。女将もまた、被爆者であった。

女将から聞いた話を要約すると、建物は兵器廠が借り上げていて、そこに配属された部隊が使用していた様子であった。玄関を入った直ぐ右側の部屋は医務室になっていて、軍医が常駐していた。その軍医は、戦争が終わった後も、一年ばかりそこに間借りしていたという。また、数寄屋造りの別館は、建て直されはしたが、規模や位置は当時とほとんど変わりなく、先ほど潜って来た檜皮葺きの屋根のある門は、戦前からのものであった。

私が畳敷きの廊下のことや、座敷の広さについて質問すると、「座敷は十畳と二十二畳の部屋からなっており、畳を敷いた、一間幅の廊下がめぐらされていました。あの当時、そこには、大勢の負傷者がいらっしたそうです」と教えてくれた。

その他、浅野藩のお茶会の時に水を献上したという井戸のことや、裏山にあった防空壕について女将の説明を聞いているうちに、私はまぎれもなく自分はここにいたのだ、という確証を得た。

話を聞き終えて、私と保田は千二百坪の広さを持つ敷地内を歩いてみた。

すると、兵士に背負われて山径を下って来た時の情景や、兵士の背中の温もり、井戸のあった場所の光景、身体を拭ってもらった時の水の冷たさ、とりわけ数寄屋造りの別館の前に立った時には、私が寝かされていた場所、焼け爛れた顔面に受けた西日の刺すような痛み、抱きついて行った時に感じた父の体温と匂い、激しく嗚咽した私の姿がありありと浮かび上がってきた。そして、兵士に背負われて、荷馬車の所に行く途中に通った、崖下の細道の情景までが実に鮮明によみがえってきた。あの混乱の中では、その兵士の身元を聞きそびれてしまった。今となっては、再会してあの時の礼を言うことは不可能であろう。それに、本人が健在であるかどうかも分からない。

この地は、まさしく私の故郷であった。

炎の中に生じ、戦後そこから歩みはじめなければならなかった私の故郷であった。

我つひに還り来にけり倉下や
揺るる水照の影はありつ、

私は、ふと白秋の歌を思い出していた。

今から三年前、白秋の故郷・柳川で川下りをしている時に見た、「水影の碑」に刻まれた歌である。

白秋が、二十年ぶりに故郷に帰って来た時に詠んだもの、と聞いている。

遠き日の石に

昨年の暮れも押し詰まった二十八日、朝刊を読んでいて、「『人影の石』に名前表示を」という見出しで書かれた記事がふと私の目に止まった。

私はすぐさま越智幸子さんのことを思い出した。心急く思いでその記事を読んだが、その内容は、私が推察したとおり、越智さんにかかわる話であった。

私が取材のために広島市に行き、越智さんに会ったのは、今から何年前の話になるのだろうか。記憶をたどってみると、そこには二十六年の歳月が隔たっていた。私は改めて自分の年齢を意識せざるを得なかった。

そして、今回、話の発端となった越智幸子さんの孫に当たる雅美さんの年齢が、二十二歳と知れば、自然に理解できる話であった。

すると、あの時、一緒だった息子さんの子供なのだろうか。私の脳裏には、越智さんが息子さんを伴って私の三鷹の家に訪ねて来た日の光景が鮮明に浮かび上がって来た。

それは、私が広島市内の二葉の里の、国鉄官舎の中にあった越智さんの自宅を訪問した翌年のことであった。

初対面の越智さんの息子さんは、面立ちが越智さんに非常によく似ていて、見るからに青年らしい屈強な体格をしていたが、その表情からは温厚さが感じられた。聞けば、現在、広島市内の繁華街にある洋品店に勤務しているけれども、このほど業務見習いとして、新宿の紳士物専門の洋品店に勤めることになったために、店主への挨拶のこともあって、息子共々に上京したということであった。

私がその息子さんに会ったのは、その時一度きりであった。逆算してみると、息子さんが修業を終えて広島に帰り、やがて結婚し、子供ができたと考えれば、その子供が成長して今日に至ったというのは当然のことである。

私が広島市に取材に赴いたのは、昭和四十六年の二月のことであった。

その折、何の話からであったか今ではすっかり忘れてしまったが、「銀行の石段の影」の主が判明したという事実を、その時会った資料館館長の小倉馨氏から教えられた。

広島市に原子爆弾が投下されてから五十二年経った現在では、「銀行の石段の影」といっても、それが何を意味するのか、直ぐに分かる人はきわめて少数の人間に限られているのではないだろうか。広島市に住んでいる、若い人たちの中にも、「さて、何のことだか」と首を傾げる者がいるかもしれない。

銀行の石段の影というのは、爆心地から東南二七〇メートルに位置していた旧住友銀行広島支店の、御影石でできた石段表面に原子爆弾の熱線で黒く灼き付けられた人影のことであった。その影の主が判明しないまま、原爆遺跡の一つとして人々の視線に晒されていた。

私が広島市にいた昭和二十四年の春頃までは、影の周囲に簡単な木柵が設けられているだけの、遺跡と呼ぶにはふさわしからぬ場所であった。それでも、市内の観光に訪れた人々はそれを見て、原爆の恐ろしさを知ったようであった。

しかし、日が経つにつれて、影は少しずつ風化していった。そのために、昭和四十二年の七月には、永久保存工事が施された。影の周囲を、強化磨硝子と普通磨硝子の間に乾燥空気を入れたもので囲い、内部の温度が常に一定に保たれるように工夫が凝らされた。

ところが、その後に銀行の増改築工事が行われることになり、止むなく影の残った部分の石段を除去しなければならなくなった。

私が広島市を訪れた時には、それはすでに平和公園の中の資料館に移され、新たに設けられた「熱線コーナー」という場所に展示されることが決まっていた。私がその場所に立った時には、「展示準備中」の札が掛かっていた。

高さ一・八メートル、幅二メートル、奥行一・五メートルに切断された物体は、まるで演劇に用いられる舞台装置の一部のような、冷ややかな存在感を私に伝えた。

その石段の影の主が判明したことが分かったのは、その直後のことであった。

「百パーセント確実だとは言えません。しかし、逆に、そうではないという証拠もないのです。つまり、九十何パーセントはその人にまちがいないであろう、ということになったのです」

経過を説明した後で、小倉氏は、「今回は、一、三の証言を集め、つまり点と線を結んでみた結果、ほぼまちがいないだろうということになりました」と付け加えた。

その時までに、それらしき人物が数名いたが、いずれも確実と思われる証言者が現れないために否定されて来たという。

私はその話を聞いた翌日、その影の主が自分の母親であると名乗り出た越智幸子さんを、二葉の里の国鉄官舎に訪ねた。越智さんは、保線区に勤務する夫や息子と共にそこで暮らしていた。

越智さんは、自分の母親だと名乗り出るまでの経過を、事細かに私に語ってくれた後で、仏壇から二個の石塊を取り出した。両手に収まるほどの大きさのものであった。

この黄褐色に変色した石の塊は、石段を資料館に移すための切り取り工事の際に、越智さんの希望が聞き入れられて、切り取られたものであった。影にもっとも近い部分の、裏側に鑿が当てられた、と越智さんは語った。

「母の遺骨だと思っています」

実際に、越智さんはこの二個の石塊を持って、菩提寺である比治山の多聞院に行き、その一個に、「諦観恵光信女」と住職に戒名を書いてもらい、それを墓所に納めた。

母親の遺骨がない越智さんにとっては、その石の塊が母親の遺骨であった。

「灼けて脆くなっているので、切り取る時、それはもう、たいへんな神経のつかい方でした」

その証拠に、彼女がその石の表面を指先で触ると、石の粉が炬燵板の上に散った。私が手にするのを躊躇していると、「かまいませんから、手で折ってみてください」と彼女は言った。

ところが、鋭くとがった先端を軽くつまんだだけで、その薄くなった部分がひとりでに小さく欠けてしまった。粘着力のない、乾いた折れ方に、私は父の遺骨を墓所に納めた際の、掌に触れた骨の感触を思い出した。同時に、その前日、平和公園内の供養塔地下安置室で見た、柩の中に納められた無数の死者の骨の表面が連想された。

「もしよろしかったら、母の供養にお持ち帰り頂ければ、ありがたいです」

と越智さんは言った。

その時持ち帰った石の断片は、小さな桐の箱に納められて、今も私の書斎にある。

「春には、この石を持って、四国遍路をしてくるつもりです。生前、母が口癖のように、死ぬまでには一度おへんろさんに行って来たいと言っておりましたので、ぜひとも叶えてやりたいと思います」

その言葉どおり、越智さんはその石の骨を抱いて四国遍路をすませた。私はそのことを、彼女から送られてきた日記によって知ることができた。

「世間の人に、自分の母親の影であることを公表したので、今では胸のへんがすっきりしています」

と語った時の彼女の表情に、透明なものが漂っているのを私は感じた。

私は越智さんに会って話を聞いた後、大阪に行った。原爆が投下された四日後に、その人影の主と思われる人の遺体を片づけたと証言した人に会い、詳しく話を聞くためであった。

その人は、当時、陸軍船舶練習部教導連隊第五中隊所属の一等兵卒であった。

彼は、当日その時刻、宇品七丁目にあった木造兵舎の二階の窓から、上陸用舟艇が桟橋に着くのを確認するために、海上監視をつづけている最中に被爆したと私に説明した。

そして、八月七日から市内の焼け跡に死体の収容作業に出動していたが、十日に、住友銀行広島支店の石段を上って内部に入ろうとした時、上段の右端に転がっていた遺体を発見した。その遺体が取り片付けられた後には、油がしみたような濃い黒い影が残っていたという。遺体は、男女の性別が判断しがたいほどに腐乱していたが、せまい肩幅や骨格から判断して、小柄な女性であろうと推察された。

「まるで、日光写真のような人影でありました」

この言葉は、現在も私の内部で、強い響きとして残っている。

越智さんは、自分の母親が銀行の開店を待って石段に座っているところを目撃したという近所の人の証言や、銀行の前の防空壕入口付近に落ちていた父親名義の火災保険の証書を、暁部隊の兵隊が届けてくれたことから判断して、その影の主は自分の母親だと名乗り出たのである。そのきっかけとなったのは、遺体を処理した人の発言からであった。

それまで、彼女はその銀行の前を通るたびに、「お母ちゃん、ごめんね」と、手を合わせて通り過ぎたという。そして、毎年、八月六日の早朝にはその場所に花を供え、人知れずお参りをしていた。

そうした話が、孫の雅美さんに伝わっていたのであろう。雅美さんは、そのことを現在通っている広島修道短期大学の原爆意識アンケートに記入して提出したところ、同大学の講師である李実根さんの目にとまり、一緒に平和記念資料館を訪れ、「人影の石」に名前を表示して欲しいと申し入れたのである。李実根さんは、大学の講師を勤めるかたわら広島県朝鮮人被爆者協議会会長も兼ねていると新聞に書かれていた。

結果は、遺族の気持ちを考えて「人影の石」の説明板に、影の主の可能性がある女性の名が、今年の八月六日頃までに表示されることになった。

〈沖美町の越智ミツノさんではないかとの申し出がありました〉という表示になるようであったが、正しくは、〈当時、皆実町三丁目に住んでいた越智ミツノさん〉であろう。

けれども、その時点では山口県佐波郡出雲村に疎開していて、たまたまの入市なので、そのあたりをどのように表現すればいいのか、きわめてむずかしいところである。

半世紀を経て、ようやく心休まる日々が、越智さんに訪れたのである。

私は、遠く去った暦の中の風景を探りながら、鉄道自殺を遂げた詩人・原民喜の

遠き日の石に刻み
砂に影おち

崩れ墜つ天地のまなか
一輪の花の幻

「碑銘」という詩を思った。
そして、越智さんからもらった石の骨のかけらを、そっと掌に乗せてみた。

過ぎにしかたの

毎年、暮れが近づいて来ると、喪中による年賀欠礼の挨拶を認めた、葉書の枚数が増えてくる。これが十年ほど前には、私の友人、知人の肉親関係の訃報に接することが多かったが、最近では、私が直接知っている人の死去を、遺族の人から知らされるというケースが次第に増えて来た。これも、私が六十代半ばを越す年齢になったからであろう。

昨年、そうした葉書の中に、滋賀県蒲生郡安土町に住む塚本稔という人からのものがあった。最初、その名前に心当たりがなかったので、不審に思いながら、文面を読み返していると、私の旧制中学時代の友人である松居昇一君が十二月に亡くなったことが判明した。亡父昇一とあったから、差出人は、松居君の令息にちがいない。松居というのは旧姓で、戦後に塚本家に養子に行ったために姓が変わっていた。

話は半世紀以上も昔に遡るが、広島市に原子爆弾が投下された時、松居君は、雑魚場町の学校で、防空要員としての任務に就いていた。

防空要員というのは、米軍機の空襲から学校を防衛するための組織で、職員と在校生徒による、二十四時間体制の人員配置であった。この防空要員は、各組十五名の生徒によって編成され、週に一度の割合で勤務に就くために、学校の近くに住む、三年生から五年生までの生徒の中から選ばれていた。いずれの生徒も、学徒勤労動員令で軍需工場に通っていたが、防空要員として学校に当直しなければならない日は、工場を休み、前の晩から学校に泊まり込んでの警備であった。

原子爆弾が投下された八月六日の朝には、三年生の防空要員のうち六名が学校にいて、松居君もその一員であった。

松居君と私はクラスが同じだったので、共に広島市郊外の向洋《むかいなだ》にあった軍需工場に通っていた。

私たちに学徒勤労動員令が下ったのは、昭和十九年の九月であった。当初は、朝八時に工場に出勤し、夕方の五時には退出するという通常の勤務体制であったが、二カ月後には二交替制の勤務が命じられ、二つの班に編成替えとなった。そのために松居君と私は所属する班が異なり、顔を合わせる機会はほとんどなくなった。

八月六日当日、私が所属していた班は、市内鶴見町の強制立ち退き疎開区域の家屋取り壊し作業に出動していた。原子爆弾が炸裂し、強烈な熱を帯びた黄色い光が閃いた時、私たちは工場の部長から訓示を受けている最中であった。そこは周囲に遮蔽物が何一つない、爆心地から一・五キロメートル離れた場所であった。

その同じ時刻に、松居君は、爆心地から九〇〇メートルというきわめて近い距離にあった学校の校庭を歩いていたのである。

そのことは、四十年経った夏に、手紙で問い合わせてはじめて判明したことであった。私たち被爆者は、当時のことについて、あれこれと相手に尋ねたり、自分のことを語ったりはしないものである。それというのも、互いが当時のやつれ果てた姿を思い出し、ばつが悪い思いをするからであろうか。したがって、第三者から質問されても、つい不愛想な返事になってしまうのも止むを得ないことかもしれない。

その時、松居君が私に寄越してくれた当日の手紙の内容は、次のようなものであった。

八月五日の夜、私と松田君が不寝番に就く時間帯は、厳密には八月六日の午前零時から午前一時までの一時間でした。

確か、その最中に空襲警報のサイレンが鳴ったと思いますが、どういう訳か十分程で解除になったことを憶えています。

ちょうどその頃、柱時計が、「ポン」と一つ鳴りました。ヤレヤレということで、次の番の人を起こして交替してもらいました。ところが、この時計が、三十分のところで打鐘するものとは露知りませんでしたので、午前零時三十分には早々と交替してしまったようでした。朝になって、交替したその先輩からこっぴどく叱られました。それはもう、生やさしい叱責ではありませんでした。

八時前に松田君、有地君と三人で、東校庭から南側グランドに通ずる校門の近くを歩いている時、ピカッとやられました。そして、ものすごい熱と速度をともなった、煙と埃に巻きこまれ、瞬間的に視界を失ってしまいました。三人はいったんはバラバラになりましたが、再び集まった時には、目の前の世界が一変していて、何がなにやらわからない状態に陥っていました。

太田君と磯村君はすでに南グランドに入っていましたので、ついに会えませんでした。

以上が、松居君の八月五日の夜半から翌六日の朝にかけての記録であった。

この防空要員は、午後六時に前任者と交替したが、夕食は自宅で済ませて来ることになっていた。交替時刻には、廊下に前任者と向き合って整列し、そして、引き継ぎを行った。深夜の不寝番は二人一組で当たり、一時間交替であった。何事もなく朝が訪れれば、午前八時頃までに持参した弁当をつかい、その後は校庭の畑仕事に従事していたようであった。

手紙の末尾に、三年生の防空要員の氏名が書き連ねてあった。そして、「一人どうしても名前が思い浮かびません。戦後サッカーで活躍した人です」と書き添えられていた。

その一人というのは、土井田宏之君のことであったが、二年前に亡くなったと聞かされた。長年、東京銀行に勤めていた。

その日、防空要員として学校にいて被爆し、奇蹟的に命拾いしたのは、土井田君と松居君の二人だけであった。

学校には、その年の四月に入学したばかりの一年生が三百人居残っていて、二交替制で学校近くの、取り壊された疎開家屋の後片付け作業に出ていたが、脱出して生命をとりとめたのは十五名に過ぎず、その他の生徒は全員が死亡した。

戦争が終わった年の秋、生きのびた生徒たちは学校の焼け跡で再会したが、学校にいながら命をとりとめた生徒たちは一様に頭髪が抜け落ち、蒼白な顔色をしていたのが、今でも強い印象として私の記憶の中に残っている。私はと言えば、顔に火傷のケロイドを広範囲に残していて、すこぶる気鬱な状態でその日その日を暮らしていた。

私は二年前に土井田君の死を、そして、昨年末には松居君の死を知らされたが、そのたびに放射能の影響ですっかり抜け落ちてしまった頭髪や、造血機能が侵されたために血の気の失せた、まるで蠟細工の人形の顔を想像させた、遠い少年の日の二人の容姿を思い出さずにはいられなかった。あれから半世紀以上も生きたことは、良しとしなければならないのだろうが、その間の二人の苦悩の深さは推し量ることができない。

私が松居君に問い合わせの手紙を書いたのは、昭和六十年の五月であった。

ところが、その翌年の八月になって、生存している松居君の名前が、広島平和記念公園内の原爆供養塔に納められている遺骨として「納骨者名簿」に記載されているという記事が新聞に出た。この誤りを発見したのは、級友の伊東壮君であった。

伊東君は当時、山梨大学の教授でもあり、日本被団協代表委員をしていたが、八月に広島を訪れて納骨者名簿を見ていた時、生存している松居君の名前を発見した。

「納骨者名簿」には、氏名が分かっていながら引き取り手がいない犠牲者が記載されているけれども、これまでに生存者がいたというのは初めてのケースで、新聞の見出し記事も〔『原爆死、実は生存』同級生、名簿で発見〕となっていた。遺骨を納めた陸軍の軍用封筒の表書きには、

一中生徒、松居昇一。

広島赤十字病院で死亡、住所、被爆場所不明。


と書かれていたという。

これについて、当の松居君は、

「名札を縫いつけた制服を脱いでいたので、混乱の際、私の上着を着て赤十字病院へ避難した生徒が、そこで亡くなったのではないかと思う。生徒は誰か分からないが、近いうちに広島を訪れ、改めて供養したい」と語っていた。

松居君が、同じ班にいた防空要員の名前を書いてくれた中に、太田健生という同級生がいた。ずっと以前に、私は太田君のことを調べていて、彼の母親からやはり陸軍の軍用封筒に納められていた遺骨の話を聞かされたことがあった。その封筒は、市役所に保管されていた石油缶の中に積み重ねられていて、表に、

太田健生　年齢十四歳ぐらい
死亡場所不明。

と書かれていた。

太田君の遺骨は、幸運にも母親の手に抱かれて家に連れ帰られたけれども、今日もなお行方不明のままの生徒が多数いる。

松居君の死は、あの修羅の中をくぐり抜けて来た私たちが、あの日の記憶を抱えたまま、この世から去って行く時期が来ていることを教えてくれたような気がする。

昨年の春、偶然手にした俳句雑誌の中に、

漬け時の茄子の濃紺原爆忌
原子の灼きし虚空や大西日

被爆者の心象を詠んだ、伊東壮君の句があったが、松居君の訃報に接して、改めてこの句を思い出し、口ずさんだ。

かりがねのきこゆるそらに

昨年の十一月に、山下巌先生から『夕凪』という俳句の雑誌を頂戴した。

この雑誌は広島市にある夕凪社から発行されているもので、通巻五六五号というから歴史は古い。『夕凪』という誌名も、いかにも瀬戸内海沿岸の都市・広島でつくられている俳誌にふさわしく、生まれ故郷の、海がまるで無風状態になって凪いでしまう、あの夕刻の情景をまざまざと私に思い出させてくれた。

その中に、特別作品の頁として、先生の「妻の死前後」が掲載されていた。亡き夫人に寄せられた切々とした思いが、三十句の連なりの中に凝縮されていて、私は読みながらその夫婦愛に胸打たれた。

ベッドより手をふる妻よ梅雨滂沱
草引くと屈む背中に妻の影

そして、

蹌踉と歩めば赫き盆の月

という句に出会った。

地上から去って行った妻への追慕だけの日々を過ごす人の、路上を行くその足取りは、まるで肉体から魂魄が遊離したかのようにおぼつかない。その目に映じているのは、今、上りはじめたばかりの、大きく、赫々と輝く十五夜の月であった。折しも新盆。

新盆や戒名いまだなじまざる

私は、先生の深い悲しみに触れ、心塞がれた。

私が広島県廿日市市山陽園にある先生のお宅を訪ね、亡くなられた夫人、というよりも芳子先生のお位牌に向かって合掌したのは、今年の三月二十六日であった。

先生から『夕凪』を送って頂き、そのお礼と感想を述べた手紙を差し上げたところ、それからしばらくして先生から直接お電話を頂戴した。手紙にも書いておいたけれども、その電話の時にも、「広島に行く機会がございましたなら、かならずお参りさせていただきます」と、先生と約束していた。

実は、芳子先生が亡くなられたことは、広島市に住む友人から手紙で教えられていたが、すでに葬儀が終わった後でもあり、しかも、私が東京に行っていたために、局留めにしてあった郵便物を別府に帰ってから一括して受け取ったので、日が経っていた。お悔やみを述べる機会を失った私は、「広島に行った折に、お参りさせていただきます」と、知らせてくれた友人には返事しておいた。

その時の友人の手紙には、山下芳子先生の訃報と、亡くなられる前後の様子が記されていた。それによると、芳子先生は十年前に胃癌で胃の全摘出手術を受けられ、癌の方は良くなられたが、最近になって癒着したらしく、食事の通りが悪くなって二カ月ほど前に手術を受けられたものの、経過は思わしくなく、最後は心臓が弱ってお亡くなりになった様子であった。

暑に耐ゆ妻五臓六腑を二つ欠き

友人の手紙の末尾には、「当日は晴天に恵まれ、福井組の皆さん約二十名も行き届いたお世話をされ、厳先生の挨拶も情愛溢れるもので、強く印象に残りました」と、書かれていた。平成七年六月二十日付の手紙であった。

文中に福井組とあるが、これは山下先生とご結婚される前の芳子先生の旧姓であった。

私が大人になって芳子先生を回想する時、戦後まもなくアメリカ映画「カサブランカ」で見た、イングリッド・バーグマンの美しい容姿が常に思い出された。

カサブランカ遺影の妻のはなやぎて

先生もまた、そのように感じておられたのだ。

やがて時が訪れ、

死神が襟髪攫む蛍の夜

ついに、芳子先生はこの世から去ってしまわれた。

私が最後に芳子先生にお目にかかったのは、平成五年四月に広島厚生年金会館で開かれた、広島市立中島小学校昭和十八年卒業生の第二回同窓会の席であった。

先生ご夫妻がお帰りになるというので、私も他の友人とともにエレベーターの前までお見送りしたが、それが芳子先生を見た最後であった。

実は、その三年前に、卒業して四十八年ぶりの第一回同窓会が開かれたが、その折にも山下先生ご夫妻にお出でを願った。

私たちが通った中島小学校は、爆心地から一キロメートルとは離れていなかったし、原爆が投下される少し前頃から学校も強制建物疎開の対象になっていて、校舎が取り壊されている最中であった。そのために、貴重な資料や学籍簿の疎開が間に合わず、一切が焼失してしまった。したがって、同窓会の幹事は手探りの状態で生存者の名簿作成に当たった。当時の中島小学校は、今でいうマンモス校で、生徒数は一、八〇〇人にも及んだ。私たちが卒業した時の六年生は、男女ともに一学級五十人、それぞれ三学級あったけれども、消息が分かったのは九十人に過ぎなかった。先生方でご健在なのは、山下先生ご夫妻のみであった。私の学級の担任であった松田先生は、戦後まもなく他界されていた。

当時の中島小学校では、毎年、『めばえ』という生徒の作文を集めた小冊子が発行されていた。各学年の中から数名の者の作文（当時は「綴り方」といわれていた）が選ばれて掲載されたが、その編集に携わっておられたのが山下厳先生であった。私の綴り方は、二年生と六年生の時に選ばれた。

私が二年生の時の担任の岸本磯一先生は、習字の先生でもあった。私は、日曜日ごとに先生のご自宅に稽古に通っていた。ところが私が四年生になった時、先生は上京され、早稲田大学に行かれることになったので、習字の方は芳子先生に引き継がれることになった。書道展に作品を出すような折には、放課後に芳子先生のいらっしゃる教室に清書を持って行き、指導を仰いだ。先生は、いつも笑顔で私を迎えて下さり、懇切丁寧な指導を頂いた。そのお蔭で、紀元二千六百年を奉祝して、全国学童による橿原神宮奉納書道展が開かれた際、私の作品は府県別で最高位の「天賞」を受賞することができた。芳子先生は、この私の書作品を仮表装して、図画教室の壁に張って下さった。

私は仏前で合掌しながら、遠く過ぎた日の光景をよみがえらせていた。一礼して仏壇の前から退く時、「どうも、ありがとう」と、先生は私に向かって頭を下げられた。

仏壇が置かれた和室から洋間の応接室に移り、先生と私は少しずつ話しはじめた。先生はどちらかといえば、寡黙の人であった。言葉を選びながら訥訥と話をされるタイプであったので、私の方から積極的に話しかけたり、質問しないかぎり、ご自分の方からすすんで話をされるような方ではなかった。

けれども、先生ご夫妻があの日どのような体験をなさったのか、ぜひとも伺っておきたかったので、私は思い切って質問してみた。ところが、先生は嫌な顔をされず、当時を振り返りながら、淡々とした口調で語って下さった。

広島駅にほど近い猿猴橋で市内電車を降り、愛宕町の山陽本線踏切に向かわれる途中で被爆され、倒壊家屋の下敷きになって九死に一生を得られたご自身の体験を含めて、東観音町のご自宅が倒壊し、その下敷きになって即死された父上、行方不明の母上、一緒に市電に乗り、途中の停留所で別れたまま消息を断たれた通勤途上の妹さんの話、どれ一つとっても悲しい出来事ばかりであった。

「芳子は、五月に次男が疎開先で誕生し、その子供を見せるために自宅に戻っていました。その時刻には、二階で乳を与えていました。家が倒壊して壁土や天井板、柱の下に埋もれてしまいましたが、どうにか子供二人を連れて抜け出すことができました。足を負傷し、ずいぶん難儀な目に遭いました。家の下敷きになった父を引きずり出そうとして、母と一緒に、懸命に周囲の落下物を取り除いておりましたが、炎が迫って来た時、覚悟を決めた母が『自分はここに残るから、あなたは子供を連れてこの場を去りなさい』と無理やり芳子を避難させたそうです」

芳子先生は背中に長男を背負い、次男を両腕に抱え込み、天満川の河原に避難されたそうである。

「後で私が焼け跡に行った時、黒く焼け縮んだ肉塊が一つ転がっていました。おそらく父のものだったでしょう。私は身内の者には、二人の遺体があった、と報告しておきました。ところが、その後に、近所の人から、母が川の中に入って行くのを見た、と教えられました。誰かが家のあった場所から母を救い出し、土手まで連れて来たのだと思います。そして、炎に追われて川の中に入り、そのまま力尽きて押し流されてしまったのでしょう」

その時、先生は三十歳で、中島小学校から県庁労務課に移られていた。芳子先生は、二十六歳であった。

先生は、その直後に発熱、吐き気、脱毛、白血球減少、紫斑という急性の原爆症に罹られ、広島県東北部の比婆郡庄原町にあった庄原赤十字病院に一時入院されたという。その町は、広島市から九十キロメートル隔たっていた。

私たち被爆者は、その日、身の周りで起こったことについて、互いに話し合うようなことはなかった。先生から五十年経ってはじめて聞く、被爆当日の話であった。

帰り際にソファーから立ち上がって、ふと背後の壁を見た時、仮名文字の書が納められた額縁が私の目に止まった。

芳子先生の筆跡であった。

さよ中と
夜はふけぬらし

かりかねの
きこゆるそらに
月わたる見ゆ

この和歌は、後に古文に詳しい友人に調べてもらったところ、古今集巻四秋の哥（上）一九二に収録されていて、題知らず読み人知らずであるということであった。また、この和歌は、万葉集巻九の一七〇一にも収録されていると教えられた。

西空の大夕焼けに立ちつくす

先生は、夕映えの中を飛んで行く雁の姿を思い描きながら、それに芳子先生の面影を重ね合わせ、今もなおその声に耳を澄ませておられるのだ。

井伏さんのこと

昨年（一九九五年）の一月、人に会う用事があってNHK広島放送センターを訪れた。阪神淡路大震災が発生して数日経っていたが、私が訪ねようとする報道番組担当の女性もそれに掛かりきりのようで、生憎席を外していた。私は受付の人に伝言を依頼すると、所在無さを覚えながら玄関の方に向かって歩きはじめた。

すると、左手に「井伏鱒二の世界」展の標識が目に映った。なお、子細に眺めていると、NHK広島放送センターオープン記念の行事として、同じ建物内にあるメディアプラザでこの展覧会が催されていることが分かった。会場には、自筆の原稿、初版本、水彩画、油絵、書、やきもの、釣り竿、将棋盤などの遺品のほかに、再現された書斎や門が展示されている様子なので、私は中に入ってみた。

この邂逅は、私に遠い日々のことをにわかに思い出させた。

井伏さんは、平成五年七月十日午前十一時四十分、東京都杉並区天沼の東京衛生病院で、肺炎のため亡くなられた。享年九十五であった。

井伏さんご存命中は、私は二度しかお目にかかっていないし、それに弟子でもなんでもないので、こころやすく「井伏さん」とお呼びするのは甚だ不謹慎な言動であることは自分でも充分に承知している。

しかし、戦後まもない中学三年生の頃から井伏文学に親しみ、その殆どの作品に接してきた私は、何時しか、心の中で「井伏さん」と呼び慣わしていた。その風貌姿勢からも、そのように呼ばせてしまう温かさが井伏さんにはあった。


はじめてお目にかかったのは、私がまだ西武新宿線の下井草駅の近くに住んでいた頃なので、昭和三十七年前後のことではなかったかと思う。その日、私は井伏さんに署名して頂いた本を受け取りにお宅に伺った。奥様からきちんと包装された本を渡され、お礼を言って帰ろうとした時、和服姿の井伏さんが姿を現わされ、これから出掛ける用事があるので、近くまで一緒に行こうと言われた。私は、直接お目にかかる機会があるなどとはまったく考えてもいなかったので、すっかり上がってしまった。その時、四面道の近くまでお供をしたが、道々、井伏さんから何を尋ねられ、どのように答えたかは、極度に緊張していたためにさだかには記憶していない。ただ、二つの話だけは鮮明に思い出すことができる。通りがかった家の垣根の植木をステッキの先で示され、その名前を言われた。それが何であったか私は忘れてしまったが、ある女流作家はこの樹の名前も知らないのだからね、と言われた。それから今一つは、私が早稲田の露文科を卒業したことを告げると、横田瑞穂先生に習ったことがあるかどうか尋ねられたので、教えを受けたことを伝えると、「横田君ならいい」と言われた。井伏さんには、露文科を創設した片上伸教授との間に苦い思い出があった。

その辺の事情は、井伏さんがこれまで書かれたものの中から充分に汲みとることができるので、「横田君ならいい」と言われた意味が私にはよく理解できた。同時に、横田瑞穂先生の温顔が浮かび上がってきた。後に、横田瑞穂先生が井伏さんを中心にした新宿くろがねの飲み会のメンバーであったことを知ったが、先生のご存命中はたびたび葉書を頂戴したり、お目にかかる機会もあったけれども、ついぞそのような話は聞かされたことはなかった。

「僕は駅の方に行くので、ここで失敬する」と言われて、私たちは別れた。私は最敬礼をして、中央線の荻窪駅に向かわれる井伏さんの悠然とした後ろ姿をしばらく見送った後に、西武新宿線の井荻駅の方に引き返したが、道々、井伏さんに直接お目にかかったことで、異常に興奮していることが自分でもよく分かった。喉の奥が、ひどく乾いていた。その時に井伏さんに署名して頂いた本は、『取材旅行』、『ななかまど』、『白鳥の歌』、『還暦の鯉』、『漂民宇三郎』の五冊であった。最初、どの本を選ぶかについて私は大層悩んだが、結果的には、随筆集が四冊になってしまった。家に帰って、井伏さんの奥様が和紙の上からきちんと紐をかけて包装して下さったものを解きながらも、私の心はまだ昂っていた。

本の扉に、毛筆で私の名前が丁寧に書いてあり、その横に「井伏鱒二」の署名と「鱒二」の印鑑が押捺してあった。そして、私は、『取材旅行』の見返しに、『厄除け詩集』の中の「石地蔵」の一節が書かれているのを目にした時の感動を今でも忘れることはできない。

そこの畦みちに立つ
石地蔵は
悲しげに目を閉ぢ
掌をひろげ
家を追ひ出された
子供みたいだ

私は、「近所に住む、井伏さんのファンにすぎない者で、まことに不躾なお願いでどうかと思いますが、先生のご本に署名をお願いできましたらと、厚かましくもお電話した次第です。お気に障りましたらなにとぞお許し下さい」、という意味のことを電話に出られた奥様に伝えた。失礼きわまりない話なので、断られて当然と思っていたところ、奥様が快く引き受けて下さったのには、私の方が驚いてしまった。私は、勤務先の名刺を添えて、先に記した五冊の本を届けに行った。後日、電話で連絡をとったが、すでに署名は終わっていた。
私は単なる通りすがりの一愛読者に過ぎなかった。それなのに、丁寧な署名と詩まで書き添えて頂き、私は感動したり恐縮したりして、その夜は興奮して容易に寝つかれなかった。勿論、家族全員にも井伏さんの筆跡を見せたが、井伏さんより四つ年下の父は、郷里が同じ広島ということで、余計に感心した様子であった。

「偉い人よのう」

と言った。

井伏さんは、昭和三十一年に『漂民宇三郎』で日本芸術院賞を受賞されており、同三十五年には日本芸術院会員となっておられたので、私が容易に近付けるような人ではなかった。その人が、気さくに署名して下さった上に、同道が許され、その上に直接声をかけて頂いたのだと思うと、感激は一入であった。

そうした経緯があった後、ある時期、私は井伏さんと文通するようになった。

署名のお願いに上がった時、私は会社勤めの名刺を渡してあったので、井伏さんは、私のことを同じ郷里出身の、文学好きのしがないサラリーマンと思っておられたにちがいない。その頃、私はある同人雑誌に参加して、少しずつ自分の被爆体験を書いていた。そして、昭和三十八年の三月に、下井草から京王線のつつじヶ丘の方に家を買って移ったので、井伏さんが住んでおられた杉並区清水町から遠ざかってしまったが、その後に出版された井伏さんの著作はことごとく買い求め、今まで同様に文章を味わいながら読んだ。

井伏さんは、雑誌『新潮』に昭和四十年一月号から『姪の結婚』（これは後に『黒い雨』に改題された）という題で原爆を素材にした作品を書き始められた。これは、翌年の九月まで連載されたものである。さきほども言ったように、私は同人雑誌に被爆体験を作品にして発表していたので、参考になることがあればと思って送った。井伏さんは、私が三年前に本に署名して頂いたことや、荻窪駅に向かわれる途中までご一緒させて頂いたことはお忘れになっておられるにちがいない、従って、同人雑誌を送っても、他の高名な作家と同じように打ち棄てられるのではないか、と思いながら送った。ところが、井伏さんから葉書が届いた。

拝復
「花」の「少年」拝見しました。子供の立場で書いてありながら大人の目で見た描写がしてあるので気になりました。客観的に書いたらすっきりしたかも知れないと思ひました。取敢ず愚評まで。

早々不一

今、その葉書を取り出してみると、昭和四十年十二月十一日の日付になっている。それには、表に杉並区清水一ノ一七ノ一、井伏鱒二と差出人の住所・氏名が書かれていた。以後、井伏さんから頂いた四通の葉書にはそれがなく、文面の終わりに井伏鱒二の署名があるだけであった。

二度目に頂いた葉書は、

拝復
お寒いことです。歌詞については御手数をかけ恐縮です。先刻、たまたま徳間書店の第二編輯部荒井修氏来宅、「軍歌と日本人」のことを聞きましたがよく分からないやうな口吻でした。それで「黒い雨」を本にするときには大兄御教示の通に訂正するつもりです。いづれにしても全面的に修正しなくてはならない代物です。取敢ずお礼言上まで。

早々不一

二月十四日夜

消印の日付を見ると、昭和四十一年の二月十五日になっている。頂いた葉書を改めて見直していると、いずれも消印の日付が鮮明なのはありがたい。最近の郵便物の消印は押し方が粗雑で読み取れないものが多いので、特にそのように感ずるのかもしれないが、井伏さんから頂いた葉書の荻窪局の消印は、実に鮮明であった。このような内容の葉書を頂いたのは、次のような経緯があったからである。

『姪の結婚』が『黒い雨』に改題されたのは、昭和四十年の八月号からだったので、『黒い雨』ということになるが、その第十三章の終わりに、白鉢巻、「学徒挺身隊」の腕章を巻いた女学生が、団体行進で製鋼所へ通う場面がある。そして、「動員学徒の歌」の歌詞が四行書かれていた。

君ハ銃トレ我ハ槌
戦フ道ニ二ツナシ
国ノ大義ニ殉ズルハ
我等学徒ノ面目ゾ

この歌は、中学生が軍需工場に動員されることが決まって、その壮行式で斉唱したり、工場で士気を鼓舞するためにしばしば歌わされたもので、私は何年経ってもこの歌詞を忘れないばかりか、この悲壮感が漂うメロディーを耳にしたり、歌ったりするとひとりでに涙がにじんでくるのである。動員時代に一緒だった学友が被爆死したのを思い出すからにちがいない。この学徒動員歌は、昭和十九年に作られたもので、「ああ、紅の血は燃ゆる」というのが正式の歌詞名であった。私には忘れられない歌であった。

『黒い雨』の中では、一番と三番の歌詞がない交ぜになっていた。つまり、正しい三番の歌詞は、

君は鍬とれわれは槌
戦う道に二つなし

国の使命をとぐるこそ
われら学徒の本分ぞ
ああ紅の血は燃ゆる

『黒い雨』の中に出てくる、

国ノ大義ニ殉ズルハ
我等学徒ノ面目ゾ

の歌詞は、一番の、

花もつぼみの若桜
五尺の生命ひっさげて

の後に続くものである。そして、国の〈大義に〉は、〈大事に〉が正しいのである。私は自分の記憶がまちがっているかもしれないと思って、資料を当たった。すると、昭和四十年八月に徳間書店から出版された加太こうじ著『軍歌と日本人』という本の中に、「ああ、紅の血は燃ゆる」の歌詞が新仮名づかいに改められてはいたが、収録されていた。
私は、このことを井伏さんにお教えすべきかどうかについて悩んだが、思い切ってお知らせした。それについての、井伏さんからの返事であった。

そして、昭和四十二年五月二十二日付けの葉書がある。この時には、二枚一緒に届いたが、どちらが先に書かれたのか、今読みなおしても判断をつけがたい。私なりに、その二枚の葉書を順序だててみると、次のようになる。

拝復
「花」を拝見しました。いろいろ書いてみるよりほかないのではないかと思います。後略のまま匆々不一。
五月二十二日
井伏鱒二

そして、もう一枚の葉書には、

拝復

「花」の『浸蝕』拝見しました。

やはり経験者の書いたものは強いと思ひました。あらそはれないものです。空想といふものについて僕はこのごろ或る疑ひを持ってゐます。

後略のまま失礼します。

五月二十二日　　　　　　　　　　　　　　　　井伏鱒二

この葉書を頂いた前年、井伏さんは『黒い雨』によって野間文芸賞を受賞され、文化勲章も受章されているのだが、私ごとき者が同人雑誌に書いた作品に対しても、このように事こまかに読んで下さり、しかも、ご自分の中で疑問に思っておられることをさらけ出してみられたのも、ひっきょう被爆者である私への温かい思いやりであったように、今ではよく理解できる文面である。また、二枚のうちどちらから読んでも、井伏さんの温情はよく伝わってくるが、なによりも私は井伏さんの真摯さに心打たれ、その後においても書くことを持続することができた。


その後、昭和五十三年の春頃に私は井伏さんをお宅に訪ねることになった。

その年のはじめに、私が同人雑誌に発表したこれまでの作品を集め、『死の影』という題名の短編集が南北社という出版社から刊行されることになり、その帯に井伏さんの推薦の文章をお願いに上がることになった。出版社の方で、あらかじめ井伏さんと交渉してくれ、その日時に私は井伏邸を訪れた。

先客があったが、すぐに私は部屋に通された。お会いするのは二度目ではあったが、やはり緊張しているのが、自分でもよく分かった。

井伏さんは、すでに出版社から届けられていたゲラ刷りを机の上に置いておられ、

「一度雑誌に発表してから、本にしたほうがいい。もし君にそういう気持ちがあれば、紹介してもよい」

と、いきなり言われた。

これから出す短編集の表題作『死の影』は、すでに文芸誌『南北』に発表したものであり、ある賞の最終候補七編の中の一編として残った経緯のあるものだった。しかし、このことを詳しく説明することもできず、井伏さんがそのように言われても、大きな出版社の雑誌に採用されるとは到底考えられなかったので、すでに印刷に入っていることを理由にお断りして、井伏さんの心配りを無にしてしまう結果となってしまった。

「それでは、君が考えていることを書いてきて、僕もその考えに同意する、というのではどうだろうか」

少し時間を置いて、そのように言われた。

その頃の私は、今から考えると物事の道理がよく分かっていなかった。井伏さんが私に寄せて下さった最大限の厚意が理解できず、自分で自分の本について述べることが、ひどく不遜なことのよ

うに思われたのであった。私が逡巡しているのを察しられた井伏さんは、最後に、

「『文学者』の同人であれば、丹羽君に頼んだほうがいいかもしれない」

と言われた。

その作品の中に、丹羽文雄さんが主宰されている『文学者』に掲載している作品があるのに目を止められ、そのように言われた。私としては、昔から尊敬している、同郷の、しかも『黒い雨』という名作を残された作家・井伏鱒二氏から推薦の言葉を得たかった。

帰りがけに、玄関の上がりがまちのところで、持参したメロンを奥様に渡そうとしている時、井伏さんはわざわざ部屋から出てこられ、

「それは受け取れない、君持って帰りたまえ」

と、言われた。私は、それでもと思って、

「そんな大袈裟なものではありませんから」

と、さらに奥様に手渡そうとすると、

「君は、くどいね」

と、きわめて不機嫌な表情をされ、再度、私に持って帰るようにと言われた。帰り道、私は井伏さんを怒らせてしまい、仏頂面をさせたことで、ひどく悲しい思いをした。これで、井伏さんと文通したり、お会いすることもかなわなくなったのだ。

結局、私の最初の本である『死の影』は、序文を阿川弘之氏が、帯を丹羽文雄氏が書いて下さり、

世に送り出された。しかし、私はこの本を井伏さんに送らなかった。受け取って、きっと不愉快に思われるだろうと考えたからである。

その後、昭和四十九年に二冊目の短編集を出したが、その時には、もうお忘れになっているかもしれないと思って、そっと送った。

すると、九月二日付けで、

前略

消霧灯をご恵送にあづかりました。御精進の趣にて大慶です。

益々御健筆を祈ります。

九月二日　　井伏鱒二

私はこの葉書を受け取って、安堵した。

その後、原爆関係の文学作品を集めたり、郷里・広島の文学作品を集めた本が出版されるような折に、井伏さんの作品と一緒に私の『死の影』が収録されるという光栄に浴した時なぞは、井伏さんはご覧になって私のことを思い出して下さるだろうかと思案したり、また、井伏さんを怒らせてしまった日の光景が鮮やかに浮かんできて、身が縮むのを覚えたりした。

その井伏さんは、もうこの世にはいらっしゃらない。再現された門と同じように「井伏」とだけ書かれた紙が門柱に貼られていた清水町のお宅は、主人を失って現在どのようになっているのだろうか。

「サワン、サワンはゐないのか、ゐるならば、出て来てくれ！どうか頼む、出てこい！」

井伏さんは、サワンと同じように、僚友達の翼に抱えられて、井伏さんの季節むきの旅行に出て行ってしまわれたのでありましょう。

湯治宿で

二月に入るとにわかに寒気が増し、底冷えのする日が続いた。

そんなある日、鉄輪《かんなわ》にある温泉閣のご主人、河野忠之さんから、「もし、さしつかえがなければ、お出掛けになりませんか」という誘いの電話があった。

理由を聞いてみると、湯治のために一週間の滞在予定で来ておられる団体さんの中に、ご子息が広島で被爆死されたという老婦人がいらっしゃるということであった。話の内容から察して、私と同じ中学校の生徒で、しかも同学年ではなかったかと思われる節がある、と河野さんは説明した。

つい先頃、『私の広島地図』という拙著を河野さんに進呈したばかりであった。それを読んだ河野さんは、私たちの学校の被爆状況をよく把握していた。

そこで、具体的に宿泊されている方の姓名や、亡くなった息子さんの被爆した場所を質問してみた。

「お名前は、スミイさんと言います。スミは三角、四角の角で、イは井戸の井です。息子さんが被爆されたのは土橋だそうで、建物疎開の作業中だったそうです」

という返事がもどって来て、

「おばあちゃんは、九十歳になられますが、非常にお元気です。まさに矍鑠という言葉が当てはまるようなご仁です。お書きになった本をお貸ししていますが、今、熱心に読んでおられます」

と河野さんは言った。

「角井さんの、お名前は」

と私が訊ねると、

「パソコンに入れてますので、後で引き出してお知らせします」

という返事であった。

折り返し、河野さんから電話があって、角井千代子さんだということが分かった。

その後で私は二階の書斎に行き、関係書類を当たってみた。すると、私と同学年で、当時、別の軍需工場に動員されていた角井利春君だということが判明した。

角井君の学級が動員された先は、郊外の古田町高須にあった広島航空という軍需産業の会社で、主として航空機の部品を製作していた。

その会社の記録によると、「昭和十九年十一月一日、広島一中二年生五十五名入社、御楯隊と呼称した」と記されていた。

原爆が投下された時刻、この御楯隊の生徒は土橋電停付近で疎開作業に従事していたが、爆心地から七五〇メートルというきわめて近い場所だったので、誰一人助かってはいなかった。

『私の広島地図』という本の中で、角井君と同じ学級の生徒だった西川節夫君の被爆死について書いた箇所があった。西川君と私は小学校が同じであった。

西川君のことを調べているうちに、全滅した生徒一人ひとりの死がいかに非業なものであったかを私は知らなければならなかった。

角井君とは一年生の時も、組替えがあった二年生の時にも学級が異なっていたし、しかも学徒動員になってからもそれぞれ別の軍需工場に通っていたので、名前は記憶にあったものの、顔はどうしても思い出すことができなかった。

その日の午後二時、私は温泉閣を訪ねた。

曇り空の、身体の芯から冷えてくるような天候だったので、この町を覆う湯けむりは勢いよく立ち昇っていた。

旅館というよりも宿坊を思わせる温泉閣の建物は、楠が聳える温泉山・永福寺の境内の、本堂脇にあった。

本堂の向拝柱には、

日本第一蒸湯開基

一遍上人安置道場

と、それぞれ墨書された板が左右に掲げられていた。

一遍上人の銅像の前を通り過ぎて行くと、直に温泉閣の玄関だった。吹きさらしの、どことなく武家屋敷の式台を感じさせる玄関先であった。右手に、「入湯御宿温泉閣」と毛筆で流暢に書かれた看板が吊り下げられていて、閑雅なたたずまいを感じさせた。

庭の隅に設けられた温泉タンクからは、湯けむりが絶え間なく、激しい勢いで噴出していて、いかにも湯治宿にふさわしい雰囲気が漂っていた。

河野さんに案内されて、二階の広間に上がって待っていると、ほどなく、角井さんが同室の二人の女性を伴って部屋に入って来た。一人は角井さんより二歳年長の近所の人で、今一人は、六十半ばの親戚の人であった。

「私は、ある占いの先生から言われて、原爆が投下される二カ月前に、広島から大竹に急ぎ疎開したのです。その占いの先生は、私を見るなり『あなたは、今すぐに広島を離れなさい。さもないと、広島は火の海となり、あなたはじめ家族の人の生命はありませんよ』と言われましたので、急遽、夫の実家がある大竹に疎開したのです。それまでは、大手町七丁目に住んでおりました」

角井さんは、いきなりそのようなことから話しはじめ、自分が被爆した状況について事細かに語りはじめた。その話し方は、実に淡々としていて、声や話し振りには、とても九十歳とは思えない艶と張りがあった。

せっかく湯治に来ている人に、半世紀も前の、それも遺族として思い出したくもない話を聞くのであるから、短時間で切り上げなければと私は道すがら考えていた。

けれども、角井さんが自身の被爆について熱っぽく語りはじめたので、それを無下に遮り、利春君のことを聞くのは何となく憚られ、私はしばらく話に耳を傾けていた。そして、ようやく話の接ぎ穂ができた時、私は本題に入ることができたのである。

角井さんがいきなり占いの話から自身の被爆について話しはじめたのは、角井さんと私の間に、ある計らいの時間というものが必要だと判断されたためではなかったか、と遅まきながら私は気づいたのであった。

女性の占い師の言によって、角井さん一家はいったん広島市から離れたものの、原子爆弾が炸裂した八月六日には、ご主人の臻《いたる》氏、利春君、角井さんの三人が広島市内にいた。利春君の四歳下の弟、八歳下の妹の二人は、大竹にいて被爆から免れた。

臻氏は、氏が小児科の医長として勤務していた、日本赤十字社広島病院の建物の中にいて、難を避けることができた。

そして、利春君は動員先の工場に汽車で通っていたが、その日は土橋の疎開作業に出ていた。

角井さん自身も、その日、大竹市の国民義勇隊の一人として、広島市内の小網町地域の建物疎開作業に出動していた。この大竹隊は七百九十九名で編成され、約三百名が午前六時の列車で出発し、次の便で後続隊の約五百名が出発した。角井さんは、後続隊に入っていた。

四列縦隊を組み、己斐橋を渡って福島町に差しかかった時、原子爆弾が炸裂した。強烈な爆風を受けて、全員なぎ倒され、無残な姿に一変した。

「これ見て下さい」

角井さんは、丹前の下に着ていた浴衣の胸の部分を開き、肩から腋下にかけて広がったケロイドの痕を見せた。下着の紐の痕跡が鮮明に残っていた。

「モンぺの木綿の上着を着とればよかったものを、絹のブラウスを着とったばかりに、ひどい火傷を負うてしもうて」と笑いながら語った。

その日は、作業を終えたならば、二カ月前まで住んでいた家を訪ね、角井さんの後に入った軍医さんの奥さんに会いたいと思っていたので、少しおしゃれをして作業に赴いたのだった。

「その家族は、後で聞いた話ですが、全滅じゃったそうです。ですから、私は占いの先生に命を救われたんです」

半袖の薄い、絹のブラウスを着用していたために、閃光を浴びた瞬間に発火し、上半身正面のほとんどの部位に火傷を負ってしまった。また同時に、露出していた腕や手、それに顔全体も焼かれてしまった。

「まるで、目蓋や唇が焼けて膨れ上がり、そして焼けただれた皮膚が垂れ下がり、お化けみたいになってしもうて」と角井さんは語ったけれども、顔の火傷の痕は、そのように言われなければ、人の目につくことはなかった。

あまりの熱さのために、近くを流れる山手川に身を浸して時間を過ごした。そこは、爆心地から一・五キロメートル隔たっていた。

角井さんが川から這い上がり、線路伝いに己斐駅に向けて歩きはじめた頃、黒い雨が全身に降り注いだ。

己斐駅からはトラックに乗せてもらい、救護所になっていた五日市小学校までたどり着き、はじめて手当てを受けた。手当てといっても、食用油を火傷した箇所に塗布するだけのことであった。そこで角井さんは知人の軍医と出会い、駅近くの自宅に連れて行かれ、牛乳を飲ませてもらった。やがて、負傷者を輸送するための無蓋車が出されることになり、角井さんはそれに乗って大竹に向かった。着いたのは、夕方の五時頃であった。

軍医が角井さんの実家に電話連絡しておいてくれたので、義母が大八車を用意して駅に迎えに来ていた。けれども、角井さんがあまりに変わり果てていたので、義母は隣り合わせに座っていた嫁に気づかなかったという。


それから以後、一年間にわたる角井さんの闘病生活がはじまった。一時は頭髪が抜けたり、紫斑が身体の皮膚に現れるという、いわゆる急性原爆症に陥ったが、最後には温泉治療で生命が助かったということであった。

こうして、毎年のように、鉄輪温泉の湯治宿に滞在するようになったのも、そうした経緯によるものであった。

角井さん自身が被爆し、そのような状態であったから、利春君を探しに行くことは不可能であった。

「一週間も家族の者が探しても見つかりませんでしたので、その場で即死したものと思っております」

角井さんは、自分を納得させるようにはっきりとした口調で言い、「ただボロボロの服、弁当箱、所持品だけが、集合場所に残っていたそうです」と付け加えた。

私が当日の朝のことを聞くと、

「あの日の朝、腹具合が悪いようなことを言うとりましたので、蒸かしパンをこしらえて弁当箱に詰め、後で駅に届けてやりました。休ませてやれば良かったと思うとりますが、それもこれも、寿命だったと今では諦めています」

角井さんはそう言った後で、「気のやさしい子でした」とぽつりと呟いた。

「食べ盛りを代用食や配給でしばられ、充分に珍しいものを食べさせてやれなかったことが、何にもまして思い残りです。充分な現世を見るにつけ、本当にすまなかったと、ただただ詫びるだけです」と最後に、角井さんは言った。

時計を見ると、すでに二時間が経っていたので、私は辞去することにした。

別れぎわに、「現在は平均寿命が伸びていますので、私は百歳まで生きようと思うとります」と語った言葉が、印象に残った。

「くよくよと死んだ子供の年齢を数えていても仕方ありません。すべて寿命です」

私はこの言葉の中に、死んだ息子さんに対する思いの深さを感じた。

――どうか、息子さんの分まで長生きしてください。それがなによりの供養ですから。

私は心の中でそう祈りながら、角井さんに別れを告げた。

立ち上がった角井さんは、窓に近寄って外を眺めながら、「雪が降っている」と言った。

私が家にたどり着いた頃は、雨雪という感じで降っていたが、それから深夜にかけては牡丹雪まがいの雪が降り続いた。

翌朝、障子を開いて坪庭に目をやると、つくばいも石灯籠も、植え込みもすべてが雪に埋もれ、白一色の世界が出現していた。

私はその光景を眺めながら、角井さんの昨日の言葉を、静かに手繰り寄せていた。

灯ろう流し

昨年の三月八日、別府市小倉にある原爆センターの埴谷正法所長から、思いがけぬ電話を頂戴した。

「お書きになった本の中に出ておりました壺井さんが、当センターに見えているのですが」

「壺井進さんが、ですか」と私は驚きを露にして問い返した。

「そうです。その壺井さんです」と埴谷所長は答え、直ぐさま壺井さんに替わった。

「壺井です」

受話器の向こうから、壺井さんの声が聞こえて来た。

その声は、当然のことながら、少年の頃に聞き覚えていた少し高めの澄んだ声ではなく、七十歳に達した人のもつ音声と話し方であった。私の声を聞いて、壺井さんもさだめし同様のことを感じたにちがいない。

その日の午後、私は別府に移住して来てはじめて原爆センターを訪ねた。

その折、一枚の記念写真を持って行った。

「僕のフルネームを覚えていてくれたなんて、驚きました」と壺井さんはまず最初にそう言った。埴谷所長から電話があった時、私が即座に壺井進さんの名前を言ったので、そのように思ったようであった。写真を見せると、

「よく覚えています。僕も持っていますが、どういうわけか、僕の作品が写っていないんですよね」

その言葉から察するに、壺井さんは以来今日まで、そのことを大変残念に思っていたにちがいない。写真は、昭和十四年十二月に広島市内の県産業奨励館で開催された、山陽書学院主催による書道展に出品し、入賞を果たした十五人の生徒と、指導にあたった先生を撮ったものであった。背景に、半折の条幅に仕立てられた生徒の作品が飾られていたが、不幸にして壺井さんの作品は写真機のレンズからはみ出していた。

私たちの中島小学校は、岸本先生という書道に熱心な先生がおられ、その指導によって市内でも有数の書道校になっていた。

広島県産業奨励館というのは、現在の原爆ドームである。入賞した私たちの作品は、他校の生徒の作品とともにそこの会場に展示された。それを記念して、学内で撮影されたものであった。

その時、壺井さんは五年生で、私は三年生であった。

話は遡るけれども、昭和六十年に私は岸本先生と四十五年ぶりに再会し、その後に一度だけ大阪市旭区の先生のお宅に伺った。

その時、「懐かしいものを見せようか」と言って、先生が奥の部屋から持ってこられたのは、仮

表装された幅の広い掛け軸であった。

先生が卓上に広げられたのを見ると、そこには皇紀二千六百年（昭和十五年）を奉祝して、各学年代表の生徒が八折りの画仙紙に書いた作品が納められていた。

「実は、この作品を本人に返したいと思っているのですが」

と言われた後で、先生は大きな鋏を手にすると、私の書いた「金色のとび」という作品を台紙から切り取り、「では、お返しします」と言って、私に手渡された。

その表装された作品の中に、第五学年壺井進さんの「東亜の盟主」と書かれたものがあった。素材の文字が、一点一画をおろそかにすることなく、鋭い、勁い線で、しかも均整のとれた書体で書かれていて、とても小学生のものとは思えない出来ばえであった。

その辺の様子を、拙著『私の広島地図』の「硯の中の風景」の章で書いていたが、埴谷所長がその箇所を記憶していて、壺井さんに読んでみるように薦められたのであろう。

中島小学校に通っていた生徒のほとんどは、爆心地に近い区域に住んでいたので、被爆以後の消息を調べるのはきわめて困難であった。先生が、書いた生徒一人ひとりに作品を返したいと思われても、それはまず不可能のように私には感じられた。

まして、家が天神町にあったように薄らと記憶している壺井さんについては、現在、その付近一帯が平和公園になっていることを考えあわせると、生存されているかどうかの手がかりを摑むことすらできないような気がした。

けれども、岸本先生にお会いしてから十四年経った今になって、その壺井さんに別府の地で会うようになろうとは、私の予想だにしなかったことであった。

埴谷所長の計らいで、壺井さんご夫妻と私は、談話室でしばらく話をした。

約六十年近くになる空白の歳月を埋めるのに、私たちが多くの言葉を必要としなかったのは、互いが被爆者だったからであろう。

私自身のことについては、『私の広島地図』によってあらかた書き記していたので、主として私の方から壺井さんに質問するという形で二時間ばかり話し、原爆センターを辞去した。

昭和二十年八月六日に広島市に原子爆弾が投下された時、壺井さんは広島高等師範学校数学科の生徒であった。

本来ならば五年で中学校を卒業するところであったが、戦争末期には一年繰り上げ卒業という制度が採られたために、昭和二十年三月に広島高等師範学校附属中学校を卒業し、その四月に、広島高等師範学校に進学したばかりであった。

進学とは名ばかりで、当時の高等学校、中学校の生徒が軍需工場に動員されていたように、壺井さんたちも軍需工場に動員されていた。その動員先は、郊外の向洋《むかいなだ》にあった東洋工業（現在のマツダ）であった。

私たちの中学校では、第三学年は五学級あったが、そのうちの三学級が東洋工業に動員されていて、奇しくも私も昭和十九年の十一月から通っていた。

原爆が投下された当日は、壺井さんにとっては最後の出勤日で、翌日からは学校に戻って授業を受ける予定になっていた。

その日、私たちの班は工場からの命令で、市内鶴見町に建物疎開家屋の除去作業に駆り出されていた。

当時、壺井さんは東千田町にあった師範学校の寮で生活していた。

原子爆弾が炸裂したのは、壺井さんが工場に着いてほどなく、鉄筋コンクリートのビルの三階で工場の職員から作業の説明を聞いている時であった。

黒板に向かって、職員が二文字ばかり書いたところで、部屋全体に強烈な閃光が走った。続いて激しい爆発音と振動が生じたために、壺井さんは反射的に机の下にもぐったので事なきを得た。しかし、窓際にいた者は壊れた窓硝子の破片で顔や手足に深い傷を負った。一瞬のうちに、部屋の中は完全に破壊されてしまった。一体何事が発生したのか、誰にも判断がつかなかった。その後、いったん構内の防空壕に避難したものの、市内が大火災に陥っているという情報が入ったために、急遽、東千田町の師範学校の防備に赴くことになった。

市内に向かう道すがら、避難してくる負傷者の群れと擦れ違ったが、あまりに凄まじい姿を見て、

「この世で起こっていることとはとうてい思えませんでした。さながら地獄の光景を見ているようでした」

彼らの裸同然の身体は灰や土埃で覆われ、頭髪は焼き削がれていた。しかも、一様に胸の辺りに

持ち上げられた両腕の手首は、前に折り曲げられ、焼け剝がれた皮膚を垂れ下がらせていた。嗚咽とも、悲鳴とも、動物の咆哮ともつかない唸り声を上げながら、負傷者は今にも倒れそうな状態で歩行していた。

「幽霊の行進かと思いました」

その時の光景について、壺井さんはそのように説明した。

壺井さんたちが学校にたどり着いたのは昼頃であったが、学校も寮も完全に焼失していて、手の施しようもなかった。

帰宅の許可が下りたので、壺井さんは校門を出ると、電車通りに沿って歩いた。袋町小学校の電停近くまで来た時、西の方角に道をたどり天神町の家の方に向かおうとした。けれども、そこから先は激しい煙と熱気が渦巻いていて危険が感じられたので、家に近づくのは断念しなければならなかった。

壺井さんの家は、新橋の西側袂にあった天神町公設市場（当時は閉鎖状態にあった）と道路一つ隔てた西隣の角地にあった。天神町三十番地が正式の地番で、爆心地からわずか四五〇メートル隔たった地点であった。

香川県小豆島出身の壺井さんの父親はその場所で小豆島産の醬油を取り扱う丸金醬油という社名の会社を経営していたが、他にも麒麟麥酒株式会社広島工場で生産されるビールなども扱っていた。

壺井さん自身も小豆島で生まれ、幼少の頃に母、姉、兄、弟とともに父親のいる広島に引っ越して来たのであった。

その日、家の焼け跡にたどり着くことができなかったために、郊外の古江にあった父親の知人宅に行った。そこは予てより壺井家の避難先に決められていたので、ひとまずそこに行って見たけれども、家族の者は誰も来ていず、眠れぬ一夜を明かした。

翌日、壺井さんは心急く思いで天神町の家の焼け跡に駆けつけた。

最初に目撃したのは、家の基礎石に凭れかかるようにして死んでいた母親の無残な姿であった。露出した皮膚は赤く剝け、背中にはえぐられたような大きな傷があったけれども、衣服はきちんとまとわれていた。

「後で人から教えられて分かったことですが、母はいったん川のほとりに避難していたそうです。ですから、火がおさまった頃を見計らって、家の焼け跡に戻り、そのまま息途絶えたのだと思います」

その日、郊外の姉の嫁ぎ先の家で落ち合うことができた父親とともに、再度、天神町の家の焼け跡を訪ねた。

市全体が焦土と化していたので、遺体を茶毘に付す場所も、薪もないので、止むなく二人は穴を深く掘って土葬にした。

「焼け跡に、倉庫に積んであったビール壜が熱で融け、束ねられたように焼結していたのが非常に印象的でした」

壺井さんは、静かな口調で語った。

壺井さんの家の跡について質問すると、

「平和公園には、平和資料館がありますね。その建物の、東南角付近だと思います」

と壺井さんは答えた。

そこの地下に、壺井さんの母親・鶴栄さんは今も眠っているのであろうか。

父親の実之丞さんはその日、取引の関係で宇品町御幸通りにあった広島陸軍糧秣支廠（爆心地から三キロメートル）に行っていて難を免れたけれども、被爆の影響もあってか昭和二十三年三月に六十一歳で生涯を閉じている。

壺井さん自身は、被爆後数日経った頃から急性の原爆症に罹り、広島市郊外の古江にあった多田医院の別宅で、四十日あまり療養した。

しかし、廃虚と化した広島市内では十分な治療が受けられないために、小豆島に戻り、島の親しい医師から治療を受けることになった。

歩行するのも困難になった壺井さんは、大八車に乗せられて宇品港に行き、そこから一〇〇トンばかりの小船で瀬戸内海を航行し、小豆島に向かった。途中で見た瀬戸の夕映えや島影の美しさに、瞬時心が和んだという。

小豆島での静養でようやく健康を回復した壺井さんは、広島高等師範学校を退学し、あらためて関西学院大学に入学したのだった。

「つらい思い出しか残っていない広島には、二度と帰るつもりはありませんでした」と当時の心境を語った。

関西学院大学を卒業すると、病弱だった壺井さんは小豆島に帰り、小、中学校の教壇に立った。そこでの十年間、貧しくて学校に行けない長期欠席の子供たちや、働く青年を集めて寺子屋学級を開いたり、同和教育に取り組んだりした。それによって「平和はまず教育から」という思いが壺井さんの内部で育ってゆき、後に昭和五十五年に「西宮市原爆被害者の会」事務局長に就任した時も、それが様々な平和活動に取り組んでゆく原点となった。

平和活動を世界に広げていった壺井さんは、現在、米国人医師、ジェームス・バムガウドナーさん夫妻が提唱した「国際灯ろう流し」運動に共鳴し、さらに活動を深めている。

運動の発端は、広島市で毎年行われている原爆犠牲者慰霊の灯ろう流しを見たご夫妻の感動によるものであった。この国際灯ろう流しは昭和六十一年から始められ、現在では世界十数か国で行われている。

壺井さんは、五十三回目の原爆忌をウクライナの保養地・アルティークで迎えた。

そこでは、世界各国から子供が集う「平和サマーキャンプ」に参加して、被爆の体験を語った。そして、原爆ならびに原発犠牲者慰霊と平和祈念の灯ろう五十個を、黒海の沖に浮かべた。

しばらくは船に添うようにして、やわらかな光の群れとなって流れた灯ろうは、それを見つめる五千人のキャンパーたちに深い感動を与えた。

「暗い水面に浮かぶ光を見ていると、心が癒されます。灯ろう流しには国を超え、世代を超えて感動を与える不思議な力があります」

この言葉は、原爆の惨禍をくぐり抜け、ようやく静謐な世界にたどりついた人の心境を物語っていた。

世界の川に灯ろうを流し、あの悲劇を二度と繰り返さないことを誓い、また、灯ろうに平和の願いを書いて交換し、互いの理解と友情を深めるために行動している壺井さんには、光を人々に届けるために行脚している人の姿勢が強く感じられた。

北に帰る鶴たち

旧制中学時代の同級生、伊東壮君の訃報を私が知ったのは、三月六日の朝であった。新聞の朝刊を何気なく広げた時、伊東君の顔写真と死亡記事がいきなり目に映り、驚くというよりも、何か固いもので頭を打たれたような衝撃を感じた。

まったく、予期していなかった伊東君の死であった。

思い返すと、平成十年の十二月三十日付のハガキが、伊東君が私宛に寄越した最後のものだった。

今年も押し迫りました。お元気でご活躍のご様子何よりと存じます。

この度は御著書『私の広島地図』のご恵贈を賜り誠にありがとうございました。長い間のご活躍が珠玉の文章となって現れている感じです。中でも「過ぎにしかたの」は前に読んでいましたが、今更のように感銘を受けました。何卒今後ともお元気でご活躍下さい。先ずは御礼まで。

私が本を贈った時の礼状であったが、あらためて読み直していると、さまざまな情景が私の脳裏をよぎった。

日付から判断して、そのハガキは年が改まった、松の内に届いたものであろう。伊東君が癌で亡くなったのはそれから一年余のことであるから、その頃には病状もかなり悪化していたのではないだろうか。

伊東君の訃報が新聞で報じられた前日、私はたまたまNHKテレビの「原爆の子・その後」という再放送番組を見ていた。すると、画面の中で、思いがけなく片岡脩君の存命中の姿や、彼が残した作品を見ることができた。片岡君は、伊東君や私の二年下の生徒であったが、私とは小学校も同じであった。

広島に原爆が投下された当日、片岡君は爆心地から九〇〇メートル離れた広島一中の校舎の中にいて被爆したが、倒壊した建物の下敷きになりながらも辛うじて脱出し、三百名いた一年生のうち奇跡的に生き残った十八名の中の一人であった。

戦争が終わった年の初秋に、生き残った全校生徒がはじめて学校の焼け跡に集合したが、その折、私は久しぶりに片岡君に会った。

急性原爆症に罹った患者特有の、蒼白な顔色をしていた。しかも頭髪がすっかり抜け落ちていたので、かつての片岡君の面影は微塵も感じられなかった。まるで蠟人形でも見ているようで、その姿は痛々しかった。

片岡君は、後に東京芸術大学を卒業すると、大手化粧品会社の商業デザイナーとして活躍していたが、後に独立して会社を創設し、本の装丁や企業のイメージ広告の制作をしていた。そして、数々の賞を得たが、ある時期には愛知美術大学教授の任にあった。

晩年は、平和ポスターの制作に骨身を削っていたが、癌のために平成九年に死去した。

それより以前にも、下顎腫瘍の手術を受けていたので、それが後に転移したのではないだろうか。

私は、昭和四十三年に初めて原爆をテーマにした短編集を上梓したが、本の装丁を片岡君が引き受けてくれた。その本について、テレビ局のニュース番組に一緒に出演して、対談したこともあった。装丁してもらった時の原画は、現在、私の書斎に飾ってあるが、この春のNHKテレビで存命中の片岡君を見た後に眺めていると、

――絵は残ったけれども、描いた人の姿は二度と見ることはできないのだ。

と、人生の無常を感じさせられた。

その思いは、原爆の閃光が銀行の石段の表面に刻んだ人の影を見た時に感じた、生命のはかなさにひどく似ていた。

話が前後してしまったが、伊東君のハガキの中に書かれていた「過ぎにしかたの」というのは、以前、雑誌『青淵』に載せて頂いた文章を『私の広島地図』に加えたものであった。

その中で、私は松居昇一君の上着について書いた。

当時、私たちと同じ軍需工場に通っていたが、松居君は学校の近くに住んでいたので防空要員に

指名され、週に一度登校して学校防衛の任に当たっていた。たまたま泊まり明けが、原爆投下の日と重なってしまったのである。

運よく脱出し、一年生の片岡君と同じように奇跡的に生き残った生徒の一人であったが、やはり直後に急性の原爆症に罹り、血の気の失せた、無表情の顔つきをしていた。その様子が私たちの目には、非常に物憂そうに映った。

大阪から疎開して来た彼は、母方の祖母と一緒に暮らしていたが、その祖母が被爆死したために、縁者を頼って滋賀県の学校に転校せざるをえなかった。

それから四十一年経った時、滋賀県蒲生郡安土町で生存しているはずの松居君の名前が、広島平和記念公園内の原爆供養塔に納められている遺骨として、「納骨者名簿」に記載されているという誤りが判明した。

発見したのは、伊東君であった。

当時、伊東君は山梨大学の教授（後に学長）でもあり、日本被団協代表委員でもあったが、昭和六十一年八月に広島を訪れて「納骨者名簿」を見ていて、松居君の名前を発見したのだった。「納骨者名簿」は、氏名が分かっていながら遺骨の引取人がいない犠牲者について、記録されたものなのである。

遺骨を納めた封筒には、「一中生徒、松居昇一。広島赤十字病院で死亡、住所、被爆場所不明」と書かれていた。

これに関して、松居君は、「名札を縫いつけた制服を脱いでいたので、混乱の際、私の上着を着て赤十字病院へ避難した生徒が、そこで亡くなったのではないかと思う。生徒は誰か分からないが、近いうちに広島を訪れ、改めて供養したい」と語っていた。

その頃、松居君は養子先の塚本姓を名乗っていて、税理士と県会議員を兼ねていたようである。

その松居君は、平成八年十二月に肺癌で亡くなったが、その前年の七月には、土井田宏之君が甲状腺の癌で亡くなっていた。

土井田君も松居君と同じように、当日、防空要員として学校にいて被爆した。防空要員は、三、四年の生徒によって一組十五名で編成されていて、私たちの学年の生徒は、その日六名が登校していた。けれども、生存者は、松居君と土井田君の二人のみで、後の四人は被爆死した。

土井田君の学級が動員されていた先は、西の郊外にあった広島航空という軍需工場であった。

私が土井田君に最後に会ったのは、昭和六十年の春であった。

広島のＲＣＣ（中国放送）が被爆四十周年記念のテレビドキュメンタリー番組を制作していて、私が土井田君を取材することになったのである。

当時、土井田君は長年勤務していた東京銀行から東京フォレックスという会社に移っていて、常務取締役になっていた。

その時の話の中で、

「確か学校の合同葬儀には、私の名前が出ていたはずです。というのは、私の学級は土橋に建物疎開作業に出ていて全滅しましたし、しかも、私は防空要員で学校にいましたから、当然死んだものと思われていました。ですから、半年後に登校した時、幽霊ではないか、とみんなは私の足を見ていましたよ」

土井田君は、笑いながら語った。

彼もまた片岡君や松居君と同様に、頭髪がすべて抜け落ち、青白い顔をしていたのが、その時になってあらためて思い出された。

その折に制作されたのは、「鶴」という題名で、一時間三十分の番組であった。

その中で、私は被爆死した一中生徒の遺族を日本各地に尋ねて歩き、最後に鹿児島の出水を訪ね、鶴の北帰行を見送った。

十月に飛来して越冬し、三月になると北に帰って行く鶴の群れに、私は三百六十六名にも及ぶ一中生徒ならびに教師の死を重ね合わせていた。なぜならば、鶴の飛来と北帰行は、あたかも此岸から彼岸へ、彼岸から此岸へと彷徨する人間の魂のように私には思えたからであった。

伊東君の訃報に接した三月六日は、まさに鶴の群れが北に帰るピークでもあった。

十五年前に出水を訪れ、北の生息地に帰る鶴の群れを見送った時の情景と、私一人が地上に取り残されたような寂寥感がたまゆら私の内部で再構成されたが、それはやがて白い空白となって拡散して行った。

人はそれぞれに、生きる座標というものが予め定められて出生したのかもしれないが、伊東君の死によって私はことさらそのことを強く意識するようになった。

同じ工場に動員されながら、伊東君は爆心地から五キロメートル離れた工場で、松居君は九〇〇メートル離れた学校で、私は爆心地から一・五キロメートル離れた建物疎開作業の現場で被爆したように、戦後もそれぞれの生き方には相違があった。

しかし、私たち三人は終戦後まもない時期、同人雑誌『北斗星』に参加して、行動を共にしたことがあった。誌名にあやかって七名の同人がいたが、焼け野原の広島では印刷用具や紙を集めるのが困難だということから、滋賀県に移住した松居君が原稿整理、編集、印刷のすべてを引き受けてくれたので、雑誌は順調に発行されたのであった。

この同人雑誌の前身は、勤労動員中に教師や巡回の憲兵、現場監督の目を盗んで発行されていた、手書きの回覧新聞であった。その時の編集長は松田卓馬君であったが、文才のある、卓抜な思考力の持ち主であった。

彼もまた防空要員として学校にいて被爆した事実は判明していたが、それ以後の消息については、誰にも分からずじまいであった。

その松田君を追悼する意味で創刊されたのが、謄写版刷りの同人雑誌『北斗星』であった。

その頃の私は、ケロイドで引き攣れた自分の顔が、人目に晒されるのが怖く、家に引きこもりがちであった。父の本箱にあった徳冨蘆花全集の中から『自然と人生』を選び、読み耽るようになった。現実からの逃避を望む私は、その本から強い影響をうけて、文語体の文章を書き、それを松居君に送った。

伊東君は、その頃にはすでに東京に移っていたので、原稿は直接、松居君宛に送られていたが、ある号に英文で書いた文章を載せて私たちを驚かせたことがあった。内容は今となってははっきりと思い出せないが、経済問題を論じていたような気がする。

この雑誌は、それぞれが上級学校に進学するまで続けられた。ただ、非常に残念なのは、一冊も現存していないので幻の同人誌としか言いようがないのである。そのことを書いた、私の短編「草いきれ」を読んだ伊東君が、いつか会った時に、「懐かしいな。あのメンバーで、何時か会ってみたいね」と言ったのが忘れられない。

新聞の伊東君の訃報記事を読みながら、勤労動員中の工場では、共に航空機エンジン部門に配属され、隣り合わせのミーリングという大きな機械に向かってロットの側面を削る作業をしていたが、その時の長身の伊東君の姿を思い出した。

私たちはスフで織られた粗悪な作業衣を着用し、戦闘帽の上に「神風」の鉢巻きを締めて作業をしていた。ジュラルミンの特殊合金でできた部材に、オイルを注ぎながらバイトを当てて研削したが、熱を帯びたキリコ（切り屑）や飛び散ったオイルで作業衣は油にまみれ、顔もまた油で汚れていた。

自身も被爆者でありながら、被爆者援護のための運動に生涯を捧げた伊東君に対して、

——本当に、長い間ご苦労さまでした。

と、私は心ひそかに声をかけた。

この数年間に、被爆した友人が次々とこの世から去って行ったが、それはあたかも、時が来て、鶴の群れが北に帰って行く光景のようでもあった。やがて私にもその時が訪れて、先に飛び立って行った鶴の群れの中に行くのであろう。

ダークダックスが一九七二年のソビエト公演の際に日本に持ち帰り、そして紹介した「つる」という歌の、

空を飛ぶつるの　群れの中にあなたは
きっといるきっと　私を待っている

歌調そのままに、亡くなった学友たちが待つ北の大地に、私も帰って行くのであろう。

私が伊東君の死についてこのような思いに浸っている時、四月十日付の朝日新聞夕刊の「惜別」のページに、伊東君への「感謝の集い」が終わった後の記事が出ていた。

その少し前、同じ欄に、朝日俳壇の選者であった故飴山實氏のことが書かれていた。その文章の終わり頃に、各選者による追悼句が添えられていたが、その中に、

同じ空飛びし日のこと鳥帰る

という、俳人・稲畑汀子さんの句があり、私の心に印象深く残った。作者の心象とは異なるかも

しれないが、伊東君と私は原爆の閃光が放たれた同じ空の下にいた。そして、戦後を懸命に生きて来たけれども、今や私たちは鶴となり、北に帰って行かなければならない時の流れの中に在るように思われる。

原子の灼きし虚空や大西日

これは俳誌『夕凪』に残された伊東君の句であるが、私には遺詠の句のような気がしてならないのである。

被爆者の往還

山里の庵で

私が四十三年間住んでいた東京を離れ、この別府の山中に移住して来て、すでに八年の歳月が経ってしまった。

そして、今世紀最後の、夏が訪れようとしている。

夏になれば、必然的に原爆忌が訪れ、私は五十五年前に広島で起きたさまざまのことを思い出さずにはいられない。そうしたことから逃れるために、自然がまだ豊かに残っているこの地を選んで移って来たのではなかったのか。

三年ほど前に、庭の一隅に庵を結んだが、それは季節の移ろいとともにようやく周囲の風物に馴染み、どことなく味わいを感じさせるようになった。

「今時、よく杉皮がありましたね」

庵の外壁の部分を杉皮で囲っているのを見て、よくそのように人から訊ねられる。

また、「茶室ですか」と質問されることもある。

そのたびに慌てて、「小屋です」と、私は否定しなければならなかった。

時折、そこで時間を過ごした。

この庵は坪庭の脇に建てられ、しかも母屋とは濡れ縁で繋がれているという、ごく近い距離にあるにもかかわらず、内に入ると不意に別世界にまぎれこんだような錯覚を感じた。

畳に直に横たわっていると、竹筒からつくばいに滴り落ちる水の音が、静寂さの中を伝わって来た。母屋にいる時にはさほど気にもならなかったが、窓を締め切った庵の中にいると、水音ばかりか、水浴びに来た小鳥の羽音までがよく響いた。

時には庵で寝泊まりしたが、当初は私にとってもっとも気持ちの安らぐ場所であり、熱い記憶から逃れ得る唯一の避難場所のようにさえ感じられた。

その思いは、被爆した直後に、ケロイドで醜く覆われた自分の顔を鏡の破片に映し出して見た時から、絶えず考え、追い求めていた世界と共通するものであった。

つまり、人々の視線を避けて暮らすためには、家の中にテントを張り、その中にさらに別のテントを張って暮らすという、まことに荒唐無稽な思考を私は潜在的に持ち続けて来たのであった。したがって、人里を離れて生活するのが、自ら死を選択できなかった私の結論でもあった。

しかし、ようやく念願が叶い、余生が少なくなった時点で、山中での生活が得られたけれども、折につけて被爆死した人たちのことを思い、また熱かった記憶を蘇らせながら生きていることに、これまでと何ら変わりがないのをあらためて庵の中で気づかされた。

振り返ってみると、被爆したあの日から私の足が踏み固めて来た跡が、いつしか往還を形づくり、庵の門まで続いているのだった。

――死ぬまで、この往還を行くしかない。

畢竟、私は隠遁者になりきることはできなかったようだ。


昨年の十月に久しぶりに上京し、昭和二十四年入学の早稲田大学露文科のクラス会に出席したが、その時、「顔の傷、手術して治したのかしら」と、友人の一人がそのように言い、私の顔を不審そうに眺めた。

「もっと酷かったように記憶しているのだが。今見ると、判らないな」と言った。

「人間年を取ると、ケロイドも枯れてくるのかもしれないな」と、私は笑いながら答えた。

確かに、入学した当時、私の顔に蟹の足のようにへばりついていたケロイドは、あきらかに人目についた。これは、原爆の閃光を浴びた際に、露出していた顔の、主として左半分が熱線によって焼かれた痕であった。長い期間、その部分は化膿していて、ようやく治った時には、顔はケロイドで引きつれ、首は左に傾斜したまま癒着していた。

まるで、火口から溢れ出た溶岩が周囲の物体を溶融しながら流れ落ちるように、熱で溶かされた私の顔の筋肉は首筋に向けて流れ、徐々に冷え固まって行ったとしか思われなかった。

その表面は、いまだに地熱を帯びてでもいるように、生々しい色と光沢で照り輝いていた。しかも、火口湖を思わせる窪みが無数に散らばっていた。さらに左眉毛は半ば焼失し、目尻や唇の端が引きつれていたので、本人もそうであったが、まして他人ともなれば、私の顔をまともな人間の顔として見ようとはしなかった。

その証拠に、通りがかりの私の顔を見た幼児たちは、遠慮会釈もなく「オバケ」「ユデダコ」と指さして言い、恐怖心を身体全体にありありと表して道路の端に退いて行った。

この幼児たちの言動は、あくまで意識されたものではなかっただけに、私は生まれてはじめての屈辱感に苛まれた。

それ以来、独りの時は、私は人通りの多い道を避け、裏通りを選んで歩くようになった。けれども、いつも思いどおりに事が運ぶとは限らなかった。逆に、大勢の人々の視線に晒さなければならない状況に追い込まれる方が多かった。

「原爆に遭って、こうなったんだ、と人々に言うてやりなさるがええ。むしろ、威張って歩きなさるがええ」

献身的に、長期間にわたって治療に携わってくれた外科病院の元婦長さんは、私を叱りつけるような調子でそう言って勇気づけてくれたが、私は人前でとてもそんな生活態度をとることはできなかった。それどころか、私の未来はすっかり閉ざされたように感じ、生きる術を完全に喪失してしまった、不甲斐ない人間になっていた。

そのために、父とも激しく衝突したこともあった。

十八歳の時、私は広島を離れて上京したが、そうした精神状態から解放されたことはなかった。学生でいる時にも、社会人になってからも、絶えず私は自分の顔のケロイドを気にしながら生きて来た。

私が自分の顔のことを気にしないで生活できるようになったのは、いつの頃からだろうか。時折、ふと振り返ってみるが、その時期は定め難かった。露文科のクラス会で、ケロイドのことを訊ねられ、「人間と同じように、ケロイドも枯れてくるのかもしれない」と答えたが、ほどよい頃合いで私自身も枯れ、精神状態もようやく安定して来たのかもしれなかった。とすれば、比較的最近の話になる。

あるいは、東京から移住して来てまもない頃かもしれなかった。雑踏する都会生活を離れ、海、山、湯煙りの自然に包まれた生活が、私を癒してくれたのかもしれない。


しかし、それとは別に、庵の中にいてさえ消し去り難い熱い記憶が、しかも季節を分かたず、折に触れては蘇って来た。

ある時は、突如として私の視界を強烈な閃光で覆い、同時に激しい音響を轟かせた稲妻の放電現象は、原子爆弾が炸裂した瞬間に私を連れ戻した。

……強烈な黄色い閃光に包まれた瞬間に、身体の皮膚が焼け縮む音を聞き、激しい異臭を嗅いだ。その後に続く地の底から腸に伝い上ってきた音響によって耳が聾せられてしまい、いくら熱さから逃れるための声を振り絞っても、それは虚しい響きとしてたちまち消えて行き、誰にも届かなかった。

その後に訪れた、濃密な闇。

私の身体は、闇の中に吸い取られるようにして浮き上がり、猛烈な速度で運ばれた後に、地面に叩き付けられた。うつ伏せの姿で放り出された私の身体に、次々に人間が覆いかぶさって来て、私はやがて意識を失い、今度は底しれぬ闇の中を果てしなく落下して行った。

ふとした瞬間に、私の呼吸がにわかに楽になるのを覚えた。やがて、遠くに一条の光が射すのが見え、私はこれがよく祖母から聞かされていた浄土にちがいない、と思った。

どれほどの時が経過したのか、私がふたたび現実に立ち返った時、周囲は濃い闇に包まれていて、無音の世界の底に沈んでいた。

放心状態のまま前方に瞳を凝らしていると、黒くくすんだような赤い炎が舞い上がりはじめ、その明かりに炙り出されるようにして、横転した馬が後ろ足の蹄で激しく地面を引っ掻いている光景が出現した。

その頃になって、私の背中を圧迫していた重量物が徐々に剝がれて行き、私の身体はようやく自分の意思によって動かすことができるようになった。私は炎に背を向け、地面を這って移動を続けているうちに、川底に転落してしまった。

ようやく潮が満ちはじめたばかりの川は、まだ水嵩が少なく、川底に腰を下ろしても水位は腹部の辺りまでしかなかった。私は、負傷がいくらか軽い方の手で、何回にもわたって水を汲み、燃えくすぶっている上着に注いだり、火傷した部分に掛けたりした。

落ち着きを取り戻して周囲に視線を凝らすと、そこには人間の姿はなかった。このおびただしい異形の群れは、さながら狂った野獣が咆哮するような声を発していた。

その間隙を埋めて、うつ伏せになった死体が、身体から焼き剝がれた皮膚を水面に漂わせながら浮いていた。私は、自分の顔や身体から、同じように焼け縮んだ皮膚が垂れ下がっているのに気づき、異形の群れの中の一人として存在していることを知った。

その後、私は対岸に位置する小高い山に避難し、倒れているところを兵士によって救われ、救護所に連れて行かれた。

そこで六日間治療を受けた後に、家に帰ることができたが、それから以後の三カ月間というものは、まさに生き地獄であった。

血と膿の入り混じった粘っこい液体が、いつ終わるとも知れず、身体の芯から湧き出た。しかも、それには強烈な腐臭がともなっていたので、蠅の群れが容赦なく私の傷口めがけて襲って来た。その蠅の足の爪で傷が引っ搔き回されると、その痛みで私は、「蠅が食べるよう」と悲鳴を上げた。

また、毎日、傷を消毒してもらう時に、クレゾール水溶液を含ませた脱脂綿で擦られる激痛に、「死んだ方がましだ。もうやめてくれえ」と、私は声を荒らげて叫んだ。……

その結果が、幼児から「オバケ」と言われる顔になってしまったのだ。

原爆の閃光は、瞬時にして十四歳の私の生活を根元から破壊し、生涯にわたって私を拘束しつづけた。私は激しい稲光に遭遇するたびに、あの日に帰って行った。

また、七月に入ると、すぐ裏山は激しい蟬時雨に包まれ、その鳴き声は庵の中にも直に伝わって来た。

日の出の刻限が近づくにつれ、その鳴き声は波が押し寄せては引くように、また、大草原を吹きわたる風が一斉に草木の葉を翻させるように、音の強弱を繰り返しながら響いて来た。次の風を待って、不意に静寂な時間が訪れることもあった。

私は朝早くから目覚め、蟬時雨に耳を澄ませるのがこの季節の習慣になってしまった。

夜の間に羽化した蟬が、日の出を前にしていっせいに鳴き始めるのであろう。クマゼミの声に混じって、数は少ないけれどもヒグラシの余韻のある声もあった。

さらに、ウグイス、メジロ、ヒヨドリ、シジュウカラ、ホトトギスなどの小鳥の声も合間に響き、山全体が一大交響曲を奏でているかのようであった。

同時に山全体の、草木をはじめとするありとあらゆる生命体が躍動しはじめ、今日という日が生まれようとしているのだった。

この穏やかな日の出前の情景とても、不慮の事態が発生して、一瞬のうちに剝ぎ取られることだってあり得るのだ、という不安感が私の脳裏をよぎった。

それは、原爆が投下された日の朝、私が家を出る時に見た庭の大きなダリアの濃い赤の色を、私が現在も鮮明に記憶しているからであった。

その一時間後には、理不尽な力によって、多くの生命体が地球の表面から剝ぎ取られ、焼結した。

そして、すだき鳴く蟬の声は、あの日忽然と私たちの前から姿を消し、二度とこの地上に戻って来なかった学友の生命の儚さを思わせた。

この世でのあまりにも短かった生命は、長い年月を地中で過ごし、地上に出てからは僅かな時間しか生きることのできない蟬の生涯に似ていた。

そして、私自身のあの日の記憶の中にも、蟬の鳴き声があった。

それは、川底から這い上がって対岸の山に避難し、頂上付近の桜の木の下で身を横たえている時に、私のすぐ頭上で鳴いた蟬の声であった。蟬は鳴き止むと、すぐに他の樹木に飛び去って行った。

私の周囲には、多数の負傷者やすでに死者となった人々の遺体が木陰からはみ出し、なす術もなく、地上に横たわっていた。

ふたたび普段の夏の空に戻った太陽が、そうした人たちの、熱く灼けた肉体の上に強い日差しを浴びせていた。

時間は、停止したままであった。

消えた町の記憶

調べることがあって、広島の原爆爆心地の復元市街地図を広げている時、旧材木町の一角に書き記されている木谷家の跡が私の目に止まった。

爆心地から約三〇〇メートル離れた地点に木谷家の地所はあったが、そこから南に少し下がった所に誓願寺の広大な敷地があった。

私はその寺の境内にあった「無得幼稚園」に通っていた。母の実家があった中島新町七十番地で私は生まれたが、幼稚園に通う頃には水主町の家に移っていたので、子供にとってはやや長い道のりの通園であった。

現在とはちがって、社会情勢も道路事情もきわめて穏やかな昭和十年代であったから、幼稚園に通うにも、はじめの頃は家族の者が付き添って来たが、そのうちに独りで歩いて通うように躾けられた。

やがて家から幼稚園までの道筋に慣れてくると、私は道草を楽しむようになった。

途中、商店街に差しかかると、傘屋の前などで立ち止まって店の中を覗き込んだ。仕事場では、和紙を貼るために、糊刷毛を手にした職人が傘の骨を回転させながら作業をしていて、私はその光景を飽かず眺めた。

また、途中には神社・仏閣も多く、その他にも県庁、県病院、日本銀行支店、県警察官講習所、武徳殿などの建物があり、幼い私の関心を惹くには事欠かなかった。

木谷家のあった材木町に続く天神町、中島新町界隈は、幕末から明治・大正初期にかけて市内の繁華街・歓楽街の中心であった中島本町に連なっていたので、町筋にはどことなくその当時の面影が濃く残っていた。

玄関脇に格子戸をしつらえた町家作りの家の記憶が残っている、木谷家の地所の跡には、「木谷ソカイあと」と青色で表示され、北村という苗字が添えられているのが目についた。おそらく建物疎開跡という意味なのだろう、と私は思った。

復元地図は、昭和四十四年七月に日本放送協会から出版された『原爆爆心地』（志水清編）に添えられた「広島市原爆爆心地復元市街地図」のことであった。

木谷家の跡の標記を疑問に思った私は、『原爆爆心地』の拾い読みをはじめた。すると、第二部の「炎の中から」に〔その朝の爆心地〕という項があった。さらに〈材木町で〉という箇所があり、そこには私の知りたいことが予め察知されていたかのように、証言されていたのは驚きであった。

以下は、北村静子さん（当時、四十歳）が語った内容の抜粋である。

《北村静子さんは、その朝八時頃家を出た。北村さんの家は、もともと中沢秀吉さんの家、つまり布戸の米屋の上隣、角から二つ目でタバコ屋をしていた。材木町五六番地だった。もっともその時分は、その角の家から、天神町、元安川にかけては小路が狭かったために、防火を理由に立ち退きがかかっていた。

角は北村帽子店。義弟宅だが、同じ棟の家だったので、一緒に立ち退きがかかったのである。

静子さんはこの材木町で生まれ、材木町で育ったし、また二人の兄の家族がまわりにいたので、立ち退きがかかっても、よその場所や知らない町に移りたくなかった。幸い筋向かいの木谷さん一家が緑井村（安佐郡、現佐東町）に疎開し、留守にしていた。奥の離れには木谷さんの家財が置いてあったが、ともかくも、わけを話して借りることにした。その家は五九番地。奥行きの深い家だった。替わってから一月も経っていなかった。一週間以内に立ち退けという命令だったが、元の家はまだ取り壊しが始まっていなかった》

この証言によって、木谷家の跡地に「ソカイあと」と書かれ、「北村」という苗字が標記された理由を知ることができたのである。

木谷家の当主は、木谷演《ひろし》さんといって、私の母の従弟に当たる人であった。

木谷さんは戦後に中国から引き揚げ、そのまま上京し、目黒区中根町に住んでいたので、被爆当時は、木谷さんの姉のツネ子さんや弟の覚さん一家が住まっていたのであろう。

私は昭和二十四年に早稲田大学に入学するために上京したが、その折、両親に言われて木谷さんの所に挨拶に行った。地下鉄の虎ノ門駅を出た、直ぐ近くの喫茶店が木谷さんの指定した場所だった。

「大きくなったなあ」

私の顔を見るなり、木谷さんはそう言って歓迎してくれたが、顔に醜い原爆のケロイドの傷痕がある私は、人に会うことに気後れがして、どうしてもぎこちない挨拶になってしまったのを今でも覚えている。

私が小学校に上がって間もない頃、大連の商社に就職した木谷さんを見送るために、母と姉、私の三人で広島駅に行った。

広島市内で結成されていたワコルド合唱団の一員であった木谷さんの見送りには、大勢の若い男女が来ていたので、非常に華やいだ雰囲気が漂っていたのを記憶している。

木谷さんは、大連に着いてまもなく、アカシアの並木を背景に撮った写真をわが家に送ってきた。

木谷さんに会ったのは、広島駅で見送って以来のことだったので、私は最初に何と言って挨拶をしてよいものやら、言葉に詰まってしまった。

その後、私の両親が上京して来てからは、何となく会う機会が増すようになった。

木谷さんは最初は新橋で、後には青山で「八洋社」というスタジオを経営していた。

詳しくは知らなかったが、主としてテレビ局の舞台装置をはじめ小道具の製作やコマーシャルの制作を手掛けているようであった。

そうした仕事の関係もあってか、木谷さんは美味しい食べ物の店をよく知っていて、機会があれば私たちを伴ってその店に行き、料理長に紹介してくれたりした。

特に母が存命中は、昭和四十二年に亡くなった父の法事や何かにかこつけて、姉の家族も誘って食事会なるものをたびたび持った。

そのつど食事をする店の選択は木谷さんに任せたが、いつも満足した。

しかし、こうした会も、母が昭和五十九年に亡くなってからは間遠になってしまった。それに高齢者の木谷さんの健康を気づかうようになり、次第に声をかけにくくなったのも事実であった。

決定的にそうした会が持てなくなったのは、平成四年に私たち夫婦が四十三年間住んだ東京を離れ、別府に移住したためであった。

木谷さんに最後に会ったのは、亡くなった母の七回忌の時であった。

食事をしながら、別府への移住を報告すると、「いいなあ」と言った後で、「けど、私は都会が好きだから、静かな場所ではとうてい暮らせないだろうな」と、自分の心情を吐露した。

いつかも木谷さんは、「地下鉄から上がって来て、近くの喫茶店から香ばしいコーヒーや焼き立てのパンの匂いがしてくると、たまらないものな」と言ったことがある。

その席で何の話からか忘れてしまったが、木谷さんにとっては祖父、私にとっては曾祖父に当たる人の話になり、

「祖父が自分で作ったゴトミソに漬けた瓜は、さっぱりとした味で、ほんとに美味しかったなあ。未だに、あの淡泊な味を覚えているよ」

その味が心底忘れられないらしく、木谷さんは二度繰り返して言った。

東京を離れる間際に、私はもっと曾祖父について、またゴトミソなるものを知っておきたいと思って、木谷さんを青山の事務所に訪ねた。

「あなたのお母さんや私にとって、祖父に当たる大吉という人は、なかなかの趣味人というか、今風に言うと粋な人だったのかもしれないな。よく覚えているのは、毎年、寒の季節に入ると、きまって私の父に『寒の水を汲んでおいてくれ』と命じたものでした。それというのも、君も承知しているように、私の家は、材木町で薬局を開いていたので、薬液を保存するガラスの瓶が沢山あった。それに井戸から汲んだ寒の水を詰めておくようにということでした。それを届けるのが、私の役目でした」

木谷さんには少しばかり吃音癖があり、話すテンポが若干遅かったが、そのことが逆に、その時代のゆったりとした時間の流れを感じさせた。

「ゴトミソというのは、どういう字を書くのでしょうか」

と、私は聞いてみた。

「さて、どんな字を書くのだろう。けど、ゴトミソと言うのは、まちがいないと思うな」

と、木谷さんは首を傾げながら言った。

調べて分かるかどうか半信半疑であったが、家に帰って昭和三十三年版の岩波書店『広辞苑』に当たっていると、〔五斗味噌〕という項に出会った。

次のように説明されていた。

①（豆二斗、糠二斗、塩一斗を搗きあわせて作るからいう）ぬかみそ。

②醤油滓《かす》を加工して作った味噌。

木谷さんが言ったように、ゴトミソでまちがいなかったのだ。

「ゴトミソのゴトは、米を計量する時の単位の一斗、二斗の五斗という字を書き、味噌は普通の味噌と同じ字です。木谷さんの言われたように、五斗味噌にまちがいはありませんでした。しかし、今時、五斗味噌と言ったって、誰も知らないでしょうね」

電話でそのように報告すると、

「おそらく、誰も知らないだろうね」

と、木谷さんは言った。

その後調べているうちに、私には味噌と醤油の区別がつかなくなり、頭の中が混乱してしまった。ようやく分かったのは、「普通味噌」と「なめ味噌」に分類すれば、五斗味噌は「なめ味噌」に属し、その中で醸造味噌と混成味噌に区分すれば、醸造味噌に属するようであった。

「ゴトミソをなめながら、酒をのんでいた」という木谷さんの話から推測すると、どうも『広辞苑』の〔五斗味噌〕の項の①よりも、②の醤油滓を加工して作った味噌というのが近いような気がする。

この醤油滓は、醤油を作る時のもろみをしぼった後の粕のことを言うが、私の曾祖父大吉はこれに寒の水や麹か何かを加えて、五斗味噌を作っていたのではないだろうか。その味噌を酒をのむ時になめたり、瓜が出回る季節になると、それに漬けこんでいたのかもしれなかった。

五斗味噌のことを聞きに行った折、私は曾祖父についてもう少し話を聞いておきたいと思った。私が別府に移住すれば、今後、木谷さんと会う機会もなくなるだろうし、まして高齢の身なれば、遠く別府に足を運んでもらうという訳にもゆくまいと思ったからであった。

「大吉という人は能書家でね、木谷薬局という看板もそうだったが、他に、脚気には『重宝湯』という効能書きなども書いてくれました。それが実に達筆でね、見ていて惚れ惚れするような書体だったなあ」と、記憶をたどりながら話してくれた。

その話を聞いた時、「実家の家系には、えらく凝り性の人がいてね、墓を造ると言って、自分の気に入った石が見つかるまで全国を歩き回った人がいたそうよ」

いつか母が私に話してくれたことを、ふと思い出した。

そして、寺町の眞光寺の墓地にある母の実家の墓石を思い浮かべた。自然石が加工されないままに建てられていたので、墓地に入ると直ぐに目についた。薄い茶色や青みがかった縞目が縦に入り、先端がほどよく尖った石塔の表面には、流れるような筆の線で、「南無阿弥陀仏」とだけ彫られていた。

その文字を書いた人のことを母に尋ねると、「それも、ご本人が書いたのよ」と、母は笑いながら答えた。

その石塔は、原爆に遭った折、台座の付け根の所から少し上の部分で横に断ち切られてしまった。表面は放射線を浴びて薄桃色に変色し、横断面には鋭く割かれた跡が残っていた。後にコンクリートで補強修復されたとはいえ、私の顔のケロイドと同じように、いつまでも原爆の痕跡をとどめていた。

また、曾祖父は新大橋の東袂の近くで、「歓喜湯」という、当時としてはきわめて珍しい薬湯も備えた風呂屋を経営していたが、後を継いだ三男の代に人手に渡ってしまった。私には、その風呂屋に行ったおぼろげな記憶が残っている。

木挽町にあったその風呂屋の跡も、材木町の木谷さんの生家も、私が通っていた幼稚園も、平和公園の慰霊碑近くに埋まってしまった。私が生まれた中島新町の母の実家があった場所のみが、公園との境に辛うじて残っているだけだ。

木谷さんは、平成六年の十二月二十日に亡くなった。平成七年の元旦に届いた年賀状の中に、

恭賀新年
元旦　木谷　演
湯けむり、魚
うらやましいなあ

と認められた木谷さんのものが混じっていた。変わりない様子を確かめた後に、他の年賀状に目を移していった。

ところが、その日届いた年賀状を整理する段になって、児童劇で用いられるような人形の写真が表面に印刷された、葉書の隅に、

追伸

昨年十二月二十日

永眠いたしました。

と書かれた文字がふと目に入った。

裏を返して見ると、さきほど目を通した、特徴のある瓢々とした筆跡で書かれた木谷さんの文面があった。年賀状を書き終え、投函しようとした矢先に亡くなったものと思われる。木谷さんは、以前にも心筋梗塞で倒れたことがあった。遺族のとっさの判断で、このような経緯になったのであろう。

かくのごとく時を分かたず人は移り変わって行くが、消え去ったものたちへの思いは、深く胸の奥にとどめておきたいものである。

去年《こぞ》の梅

昨年の十一月二十四日、大牟田稔さんの「偲ぶ会」が、広島市平和公園内の平和記念資料館東館地階メモリアルホールであった。

案内状に、当日はご供物、ご芳志などは辞退します、遺影に折鶴をお供え下さいと書かれていたので、私は前の晩におぼろな記憶をたどりながら、奉書紙で久しぶりに鶴を折った。

当日の朝、私は航路が復活して間もない高速船ソレイユ号に乗り、別府港から生まれ故郷広島市の南端にある広島港に向かった。大牟田さんゆかりの人たちと故人を偲ぶひとときを過ごし、翌日午後のソレイユ号で別府にもどった。

大牟田さんは十月七日に上顎がんで亡くなったが、私と同年齢の七十一歳であった。

十一月五日の新聞の「惜別」の欄の記事には、入院前日に自宅前で夫人と一緒に撮影した写真が掲載されていた。日付を見ると、三月四日となっていた。

大牟田さんは、中国新聞社論説主幹などを経て、九二年から七年間、広島平和文化センターで理事長を務めた人であった。

記者として、平和問題や戦後の文化運動をテーマに取材、本土復帰前の沖縄の被爆者の苦悩と向き合った人であった。とりわけ、胎内被爆した原爆小頭症の患者とその家族でつくる「きのこ会」の世話を、六五年の発足当初から続けていた。

写真の日付を見ながら、私はその二カ月前に大牟田さんからもらった年賀状のことをふと思い出し、取り出してみた。

それには、賀詞とともに「新しい世紀を希望がもてる時代にしたい、と願っています」と印刷された文面に続いて、

水にちりて花なくなりぬ岸の梅　　蕪村

古希を迎えた身には、この句、少々身につまされる感じです。梅のほころぶ日が待たれますね。ご健勝を念じつつ…。

いつもの一点一画もゆるがせにしない、大牟田さんの角張った書体で認められ、署名がしてあった。

私が大牟田さんと最初に出会ったのは、大牟田さんが中国新聞社東京支社で編集部次長をしていた六三年頃であった。

当時、私はようやく同人雑誌に被爆体験を基にした小説を書き始めたばかりで、広島県産業奨励

館（現在の原爆ドーム）の設計者のことを調べていた。その資料の所在について東京支社に電話した時、応対に出たのが大牟田さんであった。

訪ねて行くと、大牟田さんは直ぐさま私を日比谷にあった広島市の東京事務所に案内してくれ、『広島原爆戦災誌』（全五巻）の存在を教えてくれた。

それから以後の付き合いになるが、私が書いた物には常に目を通してくれ、助言もしてくれた。最後に広島平和文化センターで会った時、

「貴方には、どんな文学賞よりも、日本エッセイスト・クラブ賞がもっともよく似合いますよ」と受賞を喜んでくれた。

大牟田さんの最後の年賀状を受け取った時は妻が危篤状態にあったため、私は病院通いに明け暮れしていて、わが家の小庭の紅梅の移ろいは視界に映らなかった。

写真の日付から判断して、大牟田さんは梅のほころびを見届けてから入院したのではないだろうか、とひそかに想像をめぐらせた。

大牟田さんの年賀状にあった、

　　水にちりて花なくなりぬ岸の梅

という句は、安永六年（一七七七年）一月十四日に詠まれ、蕪村遺稿の中に収められているものである。李白の「桃花流水宛然トシテ去ル」を典拠にしたものであるとされるが、私は千羽鶴で縁

取られた大牟田さんの遺影の前で、自分で折った鶴を捧げながら、問いかけた。

「大牟田さんの目に映った岸は、此岸だったのでしょうか、それとも彼岸だったのでしょうか」

答えは返ってこなかったが、なぜか私には彼岸のように思われてならない。

新年早々、庭に下り立って梅の樹を仰ぐと、枝にはすでに固く結ばれた蕾が無数に存在していた。

例年、わが家の紅梅は二月二十日前後にほころびはじめるが、今年は元日早々から待ち遠しい。

いのちの　ほむら

平成十二年十二月十八日、私は山本達雄さんに会うために、福岡県八女郡星野村を訪れた。

星野村は福岡県の南部、八女郡の東部に位置し、総面積は八一・二八平方キロ、東西に細長い村であった。東は標高九六〇メートルの熊渡山を背に大分県に接し、北は耳納連山を境に浮羽郡、西は上陽町、南は黒木町、矢部村に接している。熊渡山に源をなす星野川が村の中央を東から西に流れ、その沿岸に住家と耕地が開けている。地勢は概ね急傾斜で雨量が多く、総面積の八一％が山林で、人口三、八八一人の農山村だという。

星野の呼称は、三十六代孝徳天皇の代に筑後ノ国生葉郡星野郷とされたのがはじまりだと「村の概要と歴史」には記されていた。承元二年（一二〇八）より天正の末までの約三八〇年間、星野氏は生葉星野の領主として本拠を村内の本星野において村を治めたといわれる。その後、庄屋として樋口氏、次に高木氏となり、明治維新まで続いたのである。

私は親しくしている個人タクシーの人の車で大分自動車道を日田インターで下り、国道二一〇号で浮羽まで行き、中千足から県道五七号を左に折れて星野村に入った。

最初に村役場に立ち寄り、平和の塔のある場所や山本さん宅の住所について尋ねた。その際、村の歴史や、村が山本さんから引き継いだ「広島の火」についての経緯について教えてもらった。

話しながら星野村の絵地図を眺めていると、星野氏館跡と記された箇所がふと目に止まった。

私が星野村を訪ねるきっかけの電話を寄越した郷里広島の友人が、

「星野という生徒が同級にいたが、九州に星野という名のついた村があるという話をしていたのをふと思い出した。言葉が広島弁ではなく、何となく独特な話し方をする生徒だったという印象が残っている。ことによると星野村の出身だったかもしれないな」

と言ったのを思い出した。

その時になって、色白の、痩せ面の星野蕃史《しげふみ》という変わった名前を持った生徒の顔が鮮明に浮かんできた。父親が軍人だったような記憶が残っているが、まちがっているかもしれない。

「不思議なことに、現在、星野姓の人が村には一人もいないのです。久留米には、星野という姓の人がいるということは聞いていますが」

役場の人に聞いてみると、そのような返事だった。

星野村は、「星のふるさと」と言われるほど、日本有数の星空のすばらしい所ではあったが、私が村に入った途端に目を見張ったのは、段々に連なる精巧な石積み棚田の美しさであった。

田の面積よりも石積みの面積が上回るほど田は狭く、山の形に沿って長く切り開かれていて、そこでは茶や米が作られている。

村内の随所に見られる棚田群は、二十四カ所も山の斜面に帯状に連なり、それぞれが裾野から頂上まで続いていて、天に向かう階段かとみまがうほどであった。資料で確認できる最古の田んぼは、奈良時代の和銅二年（七〇九）ということであった。

遠い昔の風景を偲ばせる星野の里は、旅人の心の襞に静謐さをしみ込ませた。

私は、村役場の広場の隅に残された、平成七年（一九九五）三月まで灯し続けられた旧「平和の塔」を見学した後、役場から南西方向に離れた「星のふるさと公園」の一角を占める〈平和の広場〉に移動し、平和の塔に詣でた。

石を基調にした、三角形に造型された塔の最上部には、山本さんが広島から持ち帰って二十三年間自宅で灯し続け、後に星野村に移管された火が燃え続けているのだった。

正面の高さ五メートルの平和の塔の奥には、福岡県原爆被害者団体協議会が建設した〝原爆死没者慰霊の碑〟が立っていた。

先刻、村役場の人から聞いた話では、この碑は広島市に向かって建てられているという話であった。人間の合掌にも似たこの造型の美しさは、天空に向けての無限の広がりと、人間が何かを祈らずにはいられないものを伝えていた。

平和の塔の正面左手に水盤が据えられていたが、その水面に視線を注いだ時、

――あの日、本当に水が欲しかったなあ。

と、被爆直後の私自身の喉の渇きが不意によみがえってきた。水盤の水は、生き残った人たちの死者へのせめてもの思いだったにちがいない。

周囲を見渡すと、小鳥の囀り以外には何一つ物音が聞こえてこないこの小高い丘からは、緑に包まれた山間が鮮やかに目に映り、山の冷気が強く肌に感じられた。

私はもう一度合掌してその場を去り、山本さん宅に向かった。

「もし、体調が良ければお目にかかれるのですが」

という電話での打ち合わせだったので、私は内心会えるかどうか危惧の念を抱いていた。

しかし幸いなことに、私は山本さんに直接会って話を聞くことができた。

大正四年生まれの山本さんは八十五歳になっていたが、数年前から重い病に罹っていた。本来ならば入院していなければならない身体であったが、心に鬱積するものがあり、どうしてもそのことを整理しておかなければという気持ちがあったので、医師が再入院をすすめるのも無視して在宅療養をしていた。

したがって、山本さんは話の途中で不意に口を閉ざして呼吸を整えたり、薬を服用したりした。

今回は取材するというよりも、事前に調べておいたことの確認が主だったので、山本さんの体調を慮って短時間で切り上げる予定だったが、二時間ちかくも長居してしまった。

帰り際になって、私は山本さんから欅づくりの盆を見せられた。

「これは、金正堂が昭和十年に新築された折に関係者に配った記念品ですが、現在では叔母（故人）

のところと、私のところにしか残っていません」

盆の底には、原子爆弾によって焼尽する前の、レストラン、宴会場も備えたモダンな三階建ての金正堂書店の建物の全景が、鋭い彫刻刀の線で彫られていた。

「今もよく覚えています」

そのように伝えると、山本さんの表情が一瞬和んだように私には感じられた。

山本さんの叔父・山本彌助氏が営んでいた金正堂書店は、本通りと呼ばれる繁華街中心部の革屋町にあった。市内でも有数の書店であった。

私がまだ小学校の低学年生の頃、母に連れられて佐藤紅緑の本を買いに行った記憶が残っている。

山本さんは、原爆で廃墟となった金正堂書店の地下倉庫跡で、微かな埋もれ火を見つけ、それを懐炉灰に移して星野村の実家に持ち帰ったのであった。

原爆が投下されて九日目に終戦となったので、間もなく部隊は解散することになり、兵士たちには復員命令が下された。

したがって、山本さんは星野村に帰郷することになったが、今一度、叔父の消息を確認するために広島駅で途中下車し、金正堂書店の焼け跡に立ち寄ったのであった。昭和二十年九月十五日のことである。

山本さんはそれまで三回の召集令状を受けていたが、昭和十九年には暁二九四〇部隊に召集され、広島県豊田郡大乗村に駐屯していた。

大乗駅は、距離にして広島駅から呉線で七一・六キロ、乗車時間にして二時間三十分ばかりの所にあった。

その時の山本さんの階級は、下士官の陸軍軍曹であった。任務は、毎朝、大乗駅発午前六時二十分の列車に乗って午前八時四十一分に広島駅に着くと、ただちに宇品線に乗り換えて人絹裏という駅で下車し、そのすぐ西側にあった陸軍船舶司令部に出頭することにあった。

そして、参謀部で必要な連絡事項と命令を受領すると、その日のうちに大乗村の駐屯地に戻り、隊長に報告しなければならなかった。

任務を終えて時間的に余裕があるような場合、叔父の店に立ち寄り、談笑して帰ることも何度かあった。

彌助叔父は、早くに父・熊吉を失った山本さんにとっては、二十六歳年長の兄でもあり、父親のような存在でもあった。

「叔父は町内会長をしておりましたので、家族全員を牛田に疎開させていましたが、店にひとり居残って生活し、町内の防衛の任に当たっていました。八月六日には、配給の蜜柑酒があるから必ず立ち寄るようにと言われ、私もまた楽しみにしておりましたのに」

最後に叔父と会った日のことを回想しながら、山本さんはふとつぶやいた。

原爆が投下された当日の朝は、山本さんは呉線の車中にあり、列車が矢野駅付近（広島駅から九キロ）に差しかかった時、閃光につづく猛烈な炸裂音と爆風の煽りを受けたが、とっさに床に伏せたので身体に異常はなかった。

やむなく山本さんは立ち往生してしまった列車を降り、線路伝いに司令部のある広島市を目指して歩きはじめた。

「貴方ならよくご存じだと思いますが」

と前置きして、破壊された町のすさまじい光景や、とうてい人間の姿とは思えない負傷者の群れがあまりに悲惨で、地獄絵図を見る思いであった、と山本さんは語った。

惨状は、市内に近づくにつれて激しさを増し、悲痛な呻き声と異臭が充満していた。

その日は、市内の中心部はまだ熱気と煙が渦巻いていて、叔父の安否が気になりながらも近づくことはできなかった。

直後に混乱を来した司令部からは、「各所属部隊にもどり、広島の現状を所属長に報告せよ」という達しがあっただけであった。

山本さんは呉線を折り返し運転する救難列車を乗り継ぎ、夜遅くに大乗駐屯地に戻り、部隊長に広島市内の状況をつぶさに報告した。そして、部隊長の計らいによって、翌日以降も山本さんが司令部に命令受領に行くという名目で、公用外出が許可された。

大乗・広島間の往復の合間を縫って、山本さんは叔父の消息を確かめるためにあらゆる救護所を訪ねたり、暁部隊の遺体収容作業に加わったりした。

焼け跡で野宿した夜、廃墟の上の冴えわたった夜空を仰いでいると、まるで手が届きそうな近間に無数の星が輝いていた。その時、叔父の話がよみがえってきた。空の星を叩き落とそうとして、屋根の上で物干し竿を振り回した男の話であった。それは、あろうことか叔父自身の話であった。

部隊を出る時、食糧として米、乾パンを十日分もらって来ていた山本さんは、それによって飢えをしのぎながら、終戦の日まで叔父を探し続けた。しかし、叔父の消息はおろか、遺体を確認することもできなかった。

その頃から、山本さんの身体のあちこちに得体の知れない潰瘍が生じはじめた。星野村に帰ってからも発熱、吐き気、脱毛、白血球減少、紫斑という急性の原爆症に苛まれるようになった。周囲の人たちは、山本さんが何か悪い病気にでも罹っているのではないか、と気味悪がったという。

九月十五日、叔父に別れを告げるために金正堂書店の焼け跡に行き、地下倉庫に降りてみた。そこには、書籍の焼けた灰の固まりが堆積していたが、ある箇所の下側で点のようなほの明るさが感じられたので、山本さんは棒切れで突き崩してみた。

すると、微かな埋み火が視界に入った。

その瞬間、山本さんは叔父の声を聞いたように思い、遺骨がわりにその火を懐炉の灰に移して実家に持ち帰ろうと考えた。さすれば、祖母も叔父の死を納得するにちがいないと思われたからである。

山本さんは、すぐさま携えていた奉公袋から懐炉を取り出した。それは応召の際、祖母が病弱な山本さんに持たせたもので、隊内にいる時は、常に腹巻の中に懐炉と油紙に包んだ六本の灰をお守りがわりに仕舞っていた。そのために懐炉の表面を覆ったビロード地がいつしか擦り切れ、薄いブリキの地肌が露出していた。

祖母は、叔父が広島に向かった際にも懐炉を持たせていた。革屋町の叔父の家の仏壇に、その懐炉が置かれているのを山本さんは目撃していたので、叔父の遺志が働いているように感じられた。

懐炉灰を埋み火に当て、しばらく息を吹きかけているうちにようやく燃え移った。

懐炉灰に火を移し終えると、今度は予備の懐炉灰がなくならないうちに、広島から三五〇キロ離れた星野村にたどり着かなければならなかったので、気持ちが焦った。時間を気にしながら、列車やバスを乗り継いだ。

最後の一本に火を移したのは、八女市から星野村に通う堀川バスに乗る時であった。

村の入口の井延《いのぶ》停留所でバスを降りて歩きながら、幼少の頃から聞き慣れた水車のゆるやかに響く杵の音を耳にした時、「叔父の遺骨」を生まれ故郷の星野村にようやく持ち帰ることができたという安堵感が、山本さんの内部で急速に広がった。

火は仏壇に灯され、絶やさぬために囲炉裏や火鉢、竈にも移され、家族全員で二十三年間、近所の人に話すこともなくひそかに守り続けられたのである。

昭和四十一年（一九六六）になって、朝日新聞の記事がきっかけで世間に知られることになり、同四十三年（一九六八）八月六日には星野村全村民の要望で「平和を願う供養の火として永遠に燃やし続ける」ことが決められ、役所の駐車場の一角に平和の塔が建てられた。その塔の内部に山本さんが広島から持ち帰った火が灯されたのである。

毎年八月六日には、この塔の前で平和記念式典が挙行され、人々は黙禱を捧げ、平和を祈った。被爆五十周年を迎えた平成七年（一九九五）三月には、私が最初に訪れた「星のふるさと公園」の一角に、新しい「平和の塔」が建立されたのであった。

山本さんとは初対面ではあったが、どことなく鬱積したものがあるように感じられたし、事実、山本さんが話す内容や口調からも、悲しみとも憤りともとれる屈折した感情があるのを私は知った。

それは、私が星野村に山本さんを訪ねる少し前、正確には平成十二年（二〇〇〇）十二月十日から三日間、広島市の平和記念公園を中心に開かれた原爆犠牲者を慰霊したり、平和を祈るイベントが、神戸市のボランティアグループを中心に開催されたことに起因していた。

そのセレモニーには、星野村から分火された「原爆の火」が里帰りし、平和公園内の「平和の火」と合わされて使われることが新聞に報道された。

しかし、その「原爆の火」は星野村から正式に分火されたものではなく、長野県松本市の寺院に分けてあった火で、広島市に原爆が投下された直後、爆心地付近でくすぶっていた火を伝え続けている、と説明されていた。

この火を分けてもらった神戸のボランティア団体代表者の山田和尚さんは、提灯に移した火を「こころ」と命名し、懐炉で火種を守りながら三月から九カ月かけて全国を行脚して回った。分火を終えた後に、広島市に到着した。

私が住む大分県でも湯布院町川上の見成寺でその火が灯し続けられることになったが、三十二都道府県目の分灯と新聞には報じられていた。

「この炎は二十世紀の『送り火』で、二十一世紀の『迎え火』となる。全国各地で平和のシンボルとなって燃え続け、国民の〝心の火〟として後世に残せれば」

と、山田和尚さんは語っていた。

私が山本さん宅を訪ねる前に星野村役場に立ち寄ってその話になった時、

「今回のことに関して、役場に誰一人として挨拶に見えてはいないのです」

と、役場の人は言った。

そして私は、村議会が平成二年（一九九〇）九月に制定した「星野村平和の塔の設置及び管理に関する条例」と「同施行細則」が存在していることを教えられた。これによって使用目的に制限を加えるとともに、「平和の火」の由来を示すことが義務づけられるようになったという。

現在、分火されているのは全国で八カ所で、私はその台帳を見せてもらった。

こうした措置がとられるようになった背景には、昭和六十三年（一九八八）五月にニューヨークの国連本部で開催された国連軍縮特別総会にこの「平和の火」が届けられた際、その時の国内リレーのやり方に原因があったと言われている。

「その途中で、勝手に分火する団体があったそうです」

山本さんは、私にそう説明した。

こうした行為は、山本さんが広島からいかなる思いで持ち帰った火か、また星野村がいかに大切に思って預かってきたかという事実を無視したものであった。

長野県の寺から分火され、それがボランティア団体の代表者の行脚によって五十五カ所に分火されたが、それは星野村から正式に分火されたものではなく、言ってみれば出生不明の火の孫分けのようなものであった。

したがって、火の由来についての事実誤認が生じ、「呉市に住む男性が原爆投下後の燃えている火をカイロに移して、九州の寺に預けた」火として、田口ランディーさんは、全国行脚しながら分火して回っている山田和尚さんのことを紹介する新聞のコラムの中で、そのように書いた。

こうした事実に、抑え難い思いがあったのだろう。山本さんの言葉は途切れることがなかった。そのために、私はつい長居をする結果になってしまった。

碑文には、次のように書かれていた。


一九四五年八月六日午前八時十五分広島市に原子爆弾が投下され、当時の広島市革屋町二五金正堂書店焼跡壕より、山本達雄氏が犠牲者への供養の灯、世界平和の道しるべの火と念じ密かに保持されていたこの火を一九六八年八月六日星野村が引き継ぎ現在に至る。

被爆五十周年を迎えた今日、世界の恒久平和と原爆犠牲者の冥福を祈念しつつここに平和の塔を建立する。

一九九五年三月

「平和の塔」の尖端部に灯る火は、被爆者としての私には、山本さんの叔父・山本彌助氏個人のというよりも、被爆死した大勢の人たちの〝いのちの　ほむら〟のように思われるのだった。

山本さんはその〝いのちの　ほむら〟を捧持、帰郷した使者ではなかったのか、という気がする。

そして、この〝いのちの　ほむら〟は、美しい星空の下、古代の風景と静謐さを湛えた星野村に、真の安息地を得たのではないだろうか。

されど軽石

私の家の浴室には、いつも軽石が置いてある。

それは、鏡の前面に取り付けられたカランと同じ高さの棚の、右隅を占めている木箱の中にあった。箱の底は簀の子になっていて、私が入浴時に時たま用いる安全剃刀や刷毛も一緒に入っている。

そもそも、軽石が私の家の浴室にあることについて、私も、一年半ほど前に亡くなった妻も、何ら不思議には思ってはいなかったのである。

なぜならば、十年前に東京からこの地に移り住んだ際、他の引っ越し荷物同様に、軽石も必需品としてごく自然な形で持ち込まれ、これまでと同じ状態で浴室に収まっていたからである。

しかし、その軽石が何時使われているのか、家には私と妻しかいなかったので、使うとすれば妻の方であったが、使っているという報告を一度も受けたことはなかったので、使用状況については判然としなかった。

ある時、私は自分の肉体の老化を嘆いて、

「靴下を履く時、かささした踵の皮膚が引っ掛かって仕方がない」

と言うと、妻は、

「お風呂に入って、軽石でこするといいですよ」

と事もなげに教えてくれた。

時間をかけて浴槽につかり、皮膚を十分に潤わせた後に軽石で踵をこすってみると、妻が言うとおり角質化した皮膚が容易に削ぎ落とされていった。

その時、幼少の頃、祖母の家に泊まりに行った日々のことが、ふと思い出された。

祖母は一日の商いを終えると、表の木戸を下ろして私を銭湯に連れて行ったが、携えた洗面器の中には常に軽石と糠袋があった。

この母方の祖母は、広島市内の中島新町で家業の米屋を独りで切り盛りしていた。すぐ近くには県庁舎や県立病院などがあったが、界隈には寺と商家が多く、その間を縫うようにして細い路地が入り組んでいた。

祖母の家は、表に大きな格子窓がはまった、いわゆる奥に細長く伸びた町家づくりの構造になっていた。

私は、昭和五年十一月にこの中島新町の家で生まれ、通った幼稚園も小学校も、祖母の家から近かったせいか、しばしば祖母の家に泊まりに行った。しかし、後年になってからは、独り生活の祖母を気づかった母が、意識的に私を祖母の家に行かせたのではないか、と思うようになった。

敷地内には、坪庭の奥に湯殿があり、檜の風呂桶が据えられていたが、独り生活の無駄を省くためもあってかその頃には使用されておらず、祖母は銭湯に通っていた。

銭湯は、中島新町に隣接する天神町の元安川の岸辺にあった。店の前の通りを左に少し行くと広い道に突き当たり、更に左に折れてしばらく行くと、左手に天神さんの社が見えて来る。その辺りで私たちは道を横切り、角に床屋がある横丁を川の方に向かって進んだ。

銭湯は川べりに近い奥まった所に建っていて、玄関前の坂はガンギと呼ばれる、水際まで降りることのできる石段に連なっていた。

銭湯の名前は私の記憶からすっかり脱落していたが、最近、爆心地付近の復元地図を見ていて、「うしお湯」だったことが判明した。おそらく当時は旧仮名遣いだったので、「うしほ湯」と看板に書かれていたに相違ない。河口に近く、銭湯の窓からは潮が満ちてくる時の磯の香が漂ってくることから、そのように名付けられたのであろう。

幼少の私は祖母と一緒に女湯の方に入り、身体を洗い流してもらった。その後で祖母は私の足の踵を軽石でこすり、最後に糠袋で顔を磨いてくれたので、入浴後も私の顔の肌はいつまでもすべすべしていた。

話がすっかり脇に逸れてしまったが、私の家の浴室にある軽石の存在について認識を新たにさせてくれたのは、萩元晴彦氏の一言であった。

萩元氏は、平成十三年九月四日に亡くなったが、平成六年四月には別府の私の家を訪れ、一泊した。そして翌日の午後には、福岡県嘉穂町で催される音楽祭に出席するとかで、あわただしく去って行った。

私の家に来る前にわざわざ電話で、

「本当に、行ってもいいのか」

と念を押したり、また、私の家に着いて、

「カミさんからの言付かり物です。カミさんの言によると、ここの佃煮は美味だそうだ」

と言って、鞄の中から中野「鮒金」の佃煮の箱を取り出して私に渡すところなぞ、萩元氏の照れ屋の一面がうかがわれた。

萩元氏が嘉穂町に向けて出立する際、玄関の前で記念写真を撮ることにした。

その時、萩元氏が言い忘れたかのように、

「今どき浴室に軽石があるのは大変珍しいので、遠慮なく使わせて頂きました」

と妻に真顔で辞去の挨拶をした。

にわかに軽石のことを言われて、妻はどのように答えてよいものやら戸惑った様子で、

「それは、まことに恐縮に存じます」

と笑いながら言った。

そして、私は萩元氏を見送りがてらタクシーで別府駅まで一緒に行った。

萩元氏は、私の家を訪れた前年の七月、私が上梓した『原爆亭折ふし』について「小説新潮」の〈新刊試読〉で取り上げ、紹介してくれた。

萩元氏が長年この欄を執筆、連載していることを版元から教えられるまで、私は少しも知らなかった。

私が『死の影』という最初の短篇集を昭和四十三年に出版した時も、そうだった。その時、私はテレビ局に出演したが、後で萩元氏の配慮だと分かった。

〈新刊試読〉の文章の中に、次のように書かれた箇所があった。

著者は作家としての生涯の終末に、自らの生の証を書き残しておこうと秘かに決意したのだ。それが本書を類書と峻別する一点である。

「生涯の終末に」と書いて憚らないのは、著者の中山士朗が早稲田大学のロシア文学科における私の同級生だからである。率直に言うのだが、彼については非常に書き難い。クラスメートは三十人ほどで、私は彼と親しかったつもりだが、普通の友人のように気軽には付き合えなかった。彼が広島の被爆者で、顔にはケロイドがあったからだ。

彼は作家であろうとすれば、原爆体験が終生の主観たらざるを得なかったのである。

そして、

終生の主題に拘泥して生き続けた彼の足取りは重そうに見えた。

とも書き記していた。

その頃の自分を回想すると、まさしく萩元氏の言うとおりだったかもしれない。

ロシア文学科を卒業してまもない頃、「現実」という同人雑誌に、日記体の小説を載せたことがある。私のはじめての作品で、題名を「原爆亭日記」としたが、これまでに出したどの本の中にも収められていない。

私はそのことを思い出すこともなく、三十七年後に『原爆亭折ふし』という題名のエッセイ集を上梓したのである。言うなれば、鮭が生まれた川に遡上し、最後に産卵して死んで行くように、私もまた被爆の世界に回帰したようなものである。

それにしても、萩元氏の人間を見る眼には畏敬の念すら覚える。

「原爆亭日記」の主人公は、〝原爆はやがて花火のように無数に打ち上げられ、ありとあらゆる人間の顔にケロイドができればいい〟と願うのである。

また、その頃、別の同人雑誌に書いた「火口湖」という作品の冒頭に、短い詩を付している。

地球に住むからこそ不幸なのだ。

ぼくら原爆症ケロイド達は、
或る日ロケットに跨がり、
軽石のようになった脊髄を
地球に残し、
何億光年の彼方へ向けて出発した。
噴出するロケットの尻尾の先で、
地球は青く消えていった。
無重力の世界で、
ぼくらは、
今こそ限りなく、
自由に遊泳するのだ。

とても人に見せられるような詩ではないが、ケロイドに拘泥している私の姿がある。
また、この作品の中に、

私は家に籠もって、鏡に自分の顔を映してみる時間が多かった。鏡には、溶岩が火口壁からせり出したように、醜い肉塊が左半分を掩っており、眉毛は消失し、唇や眼の端は引き攣れていた。

傾いてしまった首は、いくら反対側にもどそうとしてももどらなかった。

と主人公の心象を語った部分がある。

この箇所は、「広島・長崎の原爆災害」〈英文版〉に引用収録されたものであるが、昭和五十六年八月に日本とニューヨーク、ロンドンで発売され、ニューヨーク・タイムズ、ワシントン・ポストにも取り上げられていた。

私は自分の作品の一部が引用されていることも、外国の新聞で紹介されていることも知らなかった。岩波書店の「図書」（昭和五十六年九月号）に載っていることを人から教えられて知ったのである。

話がふたたび横道に逸れてしまったが、ケロイドから逃れられないでいた頃の私の姿を、萩元氏は〝重い足取り〟としてとらえていたのだった。

このような経緯から旧作を振り返ることになり、そこにはからずも軽石という表現に出会ったのは、自分でも不思議な気がする。

萩元氏が帰って間もなく、鹿児島から友人が私の家にやって来て、何の話からか忘れてしまったが、軽石が話題になった。

「今どき、軽石なんぞ売っているところはないよね」と私が言うと、「任せてくれ」と、あっさり引き受けて帰った。

すると、折り返し大きな袋に入れられた軽石が宅配便で送られて来た。

開いてみると、一個ずつ丹念に包装された、形や大きさが様々な軽石が沢山詰めこまれていた。お札の電話を入れると、

「よい形の物が見つからなくて申し訳ない。足りなければ、また送るよ」と言った。

「一生、使いきれないだけある」と私は答えた。

この軽石は、桜島の海岸で拾って来たものだという。

「萩元さんに送って差し上げたら」

と妻が言ったが、テレビマンユニオンの会長でもあり、カザルスホール総合プロデューサーでもある人に軽石を送るというのは、あまりにも不躾な感じがして私は躊躇した。

三年前、早稲田大学ロシア文学科のクラス会が新宿・中村屋で開かれたので、久しぶりに上京して出席した。萩元氏に会ったのは、それが最後であった。

その時、軽石を持って上京しておれば手渡すこともできたはずである、と現在でも後悔している。

軽石は、別名を浮石とも言うそうだが、「かるいし」よりは「うきいし」と言ったほうが響きがやわらかいし、余韻があるような気がする。

けれども、放射線に晒された骨は、軽石のように多孔質で軽くなっている、と何時か聞かされたことがあるので、私は自分の骨のことを考えると、「憂《う》き石」と書くのが正しいのではないかと思ったりする。

水の上の残像

桜の花が散ってしばらくすると、藤の花が咲きはじめる。

この季節になるとなぜか遠い日の記憶が呼び覚まされ、私に一軒の茶店の光景を思い起こさせた。

戦前に広島市内を流れていた七本の川の一つ、本川の河口付近の土手にあったその茶店のことを、人々は〝一軒茶屋〟とも〝藤の棚〟とも呼んでいた。

場所は、舟入川口町と江波の境界近くの土手にあった。そこから少し南に下がった所に渡し場があり、対岸の吉島の土手とを結んで舟は川面を行き来していた。

この渡しを記憶している人は、現在では広島市内でもごく少数となり、かつてその近くに住み、渡しを利用したことのある人に限られている。

そうした人々が渡しについて語る時に必ず言い添えたのは、〝一軒茶屋〟とも〝藤の棚〟とも言った茶店のことであった。

それというのも、棚から見事な紫色の花房が垂れ下がり、まさしく藤浪と呼ぶにふさわしい風情が漂いはじめる季節になると、通りがかりの人々の視線は自ずとその藤棚に惹きつけられ、心に深く刻み込まれたからにちがいない。

けれども対岸の吉島の船着場の方は、長々と続く広島刑務所の塀の南端の土手にあり、ガンギと呼ばれる川底に繋がった石段に舟が寄せられるという、きわめて風情のない光景であった。

そこから先は、終戦の二、三年前に突貫工事で完成された陸軍飛行場の、広漠とした空間が海に向かって延びていた。

私が最初にその渡しに乗ったのは、中学一年生の時であった。

その飛行場が建設される時、市内の中学校に勤労奉仕が割り当てられ、そのために私たちは一週間ほど現場に通わされた。

作業は、団平船がひっきりなしに運んで来る赤土をモッコに盛り上げ、それに太い棒を通して二人一組で担ぎ、遠く離れた埋め立て地に運搬するという単純な作業であった。しかし、大人の身体になりきっていない中学一年生にとって、炎天下でのこの仕事はきわめて過酷な労働であった。

赤土は、近くの瀬戸内の島から採掘されたものであったが、ショベルを持った陸軍兵士が粘土質の重いその土を掬い、気合をこめてモッコに放り込むので、私たちはその重さに辟易しながらも用心して渡し板を踏み、地上に降り立った。

そして、なかばよろけながら運んだが、その重みで棒が肩に食い込み、たちまち腫れ上がってしまった。予め、教師から言われて肩当てを家から用意して来ていたが、有って無きが如しで、役には立たなかった。二、三度往復しただけで、肩が腫れ上がり、途中で仕事を放り出してしまいたい衝動に駆られた。

その日の作業が終了した時、私たちに鉄道草でこしらえた代用食の団子や島で栽培された夏蜜柑などが配給になったが、あまりに疲労困憊していたのでその場で食べる気にはなれず、家に持ち帰った。

私たちの学校では、通学に市内電車やバスを利用することは許可されていなかったが、勤労奉仕で兵器廠や被服廠などに行き、作業が終わって現地解散するようになった時には、交通機関を利用して帰宅することが認められていた。

飛行場に勤労奉仕に行った日は、解散になると私は二、三人の友人と共に刑務所の前から渡しに乗って、こちら側の町にある私の家にもどった。渡しを利用しなかった場合、私は飛行場から一キロほど北に遡った所に架かっている住吉橋を渡り、その同じ距離を今度は逆に南に下って家に帰らなければならなかったが、作業の後ではそれだけの体力は残されていなかった。

戦争中に私がその渡しに乗ったのは、後にも先にもその時だけであった。

私がふたたびその渡しに乗るようになったのは、戦争が終わった年の十月から暮れにかけての短い期間であった。

その頃の船頭さんは、戦時中に飛行場建設の勤労奉仕に行った帰りに乗った時の年配の人とは異なっていたが、どこか面立ちが似通っているように私には感じられた。二十歳代後半の、眉毛が濃くて眼光の鋭い、屈強な体格をした、いかにも船頭さんらしい風貌の人であった。時折、剽軽なことを言っては乗船客を笑わせた。

当時を思い出すと、先ず最初に、寒気のために水面に靄が立ち込めた、冬の朝の渡し場の光景が脳裏に浮かんだ。

原子爆弾が投下された広島市内は、赤褐色に焼結した大地で覆われ、その遮るもののない廃墟の上を、すべてを凍てつかせてしまいそうに北風が音を孕んで吹き荒んでいた。

私が在籍していた広島県立広島第一中学校が授業を再開するために、生き残った生徒たちに新聞広告で登校日を知らせたのは、その頃であった。

登校するといっても、爆心地から九〇〇メートルも離れていなかった学校は跡形もなく全焼していて、表面が薄い赤色に変色、溶融した校舎の基礎石や瓦、それにプールのみが、かつての学校の施設であった名残をとどめているに過ぎなかった。

原子爆弾が投下された日、学校には一年生三〇〇名が残っていて、半数が付近の強制疎開で取り壊された家屋の後片付け作業に出ていたが、全員が死亡した。残りの半数は、交代の時間が来るまで教室に残って自習していたが、倒壊した校舎から脱出できた十数名の生徒以外は、すべて焼死した。

学校全体では、教職員、生徒あわせて三六九名が被爆死していた。

焼け跡に登校した生き残りの生徒たちは、教師から質問されるままに近況報告をした。

その後に命じられた作業は、焼け跡に放置されたままの、焼死した生徒の遺骨収拾であった。遺骨といっても、ほとんどが赤く変色した貝殻の破片に似た骨灰の状態で、赤く焼け爛れた大地にしがみついていた。

拾い集められた遺骨は筵の上に積まれたが、後で林檎箱に納められ、学校に縁のある近郊の寺に預けられたという。

その日以降、私たちは市内の焼け残った国民学校（当時の小学校の呼称）や近郊の国民学校の校舎の一部を借りて、五カ所での分散授業を受けることになった。

私は、市内翠町の外れにあって損壊をまぬがれた、第三国民学校の方に通うことになった。

そして、翌年の一月からは、江波にあった陸軍第一病院江波分院跡が私たちの学校の校舎に転用されることになったので、そちらに通いはじめたのであった。

戦争が終わり、初めて登校した日の朝のことは、五十八年経った現在でも克明に記憶している。

その頃になってようやく被爆による傷が癒えた私は、畑の中に建てられたバラックの病床から離れ、崩壊状態のまま残っていた元の家の近くまで、足慣らしのために少しずつ歩きはじめたばかりであった。

また、冬の到来によって、化膿した傷口を襲いつづけた蠅の群れに悩まされることもなくなり、私は少しずつ冷静さを取り戻しつつあった。

しかし、ある日、倒壊寸前の元の家に立ち寄り、洗面所のタイル張りの床の上に散乱していた鏡の破片を拾って自分の顔を映してみた時の驚きは、生涯忘れることができないほどの衝撃を私に与えた。

そこには、私の顔なぞなく、赤く焼け爛れて凝固した溶岩に似た肉塊が映っていた。

何かの見まちがいかもしれないと思って、二、三度指先で拭ってみたが、いっそう鮮明に醜悪さが映し出されるばかりであった。赤い光沢をもった、蟹の足を連想させる醜い肉の固まりの奥に眼らしいものがあり、眉のあたりとおぼしき箇所には、焼失をまぬがれた眉毛の痕跡らしきものが認められたことによって、私は異形な物の反映を自分の顔として認識せざるをえなかった。その瞬間、この地上から消え失せてしまいたい、と思ったほど身が竦むのを覚えた。

あの日の朝、私たちのクラスは動員先の軍需工場の義勇隊として市内鶴見町に、強制疎開家屋の取り壊しに出かけていた。現場では四列縦隊に整列して、工場の責任者からの訓示を受けている最中であった。

爆心地から一・五キロメートル離れた地点だったので、死をまぬがれることはできたものの、全員が熱線による火傷を負った。整列していた位置によって火傷の度合いが異なったが、もっとも西寄りの列にいた者ほど重症であった。

その火傷の痕は、後にケロイドという医学用語で呼ばれるようになったが、顔に火傷を負った者を「お化け」、「ゆでだこ」と呼ぶのと同じ意味合いを持っている響きとして、私は感じ取っていた。

人間の顔を失った私は、それ以後は自分の顔が人々の視線に晒されるのが怖く、止むなく外出しなければならないような折には、人が通らない道ばかりを選んで歩く習性を身につけてしまった。

見渡すかぎり廃墟と化した市内は、幸いなことに自由に道を選んで歩くことができたけれども、最終的には人々が大勢集まる場所に行き着くことになり、人々の視線が私の顔のケロイドに注がれるのを、強く意識せざるを得なかった。

焼け跡に初めて登校した日の朝は、学校を中退して、このまま家の中に引き籠もっていたいと切実に感じたが、友人に誘われて仕方なく私は家を出たのであった。

住吉橋までたどり着くと、すでに大勢の人々が流失した橋の袂に長い列を作って、乗船の順番を待っていた。

住吉橋は、明治四十三年に本川に架橋された木桁橋であったが、被爆時は欄干が南北に分かれて川の中に落ちただけの被害ですみ、人々は通行できた。しかし、翌月の台風、翌々月の水害によって流失してしまったため、応急の渡しが設けられ、それによって人々は一五〇メートル離れた対岸に渡った。

旧陸軍が使用していたと思われる、大型の上陸用舟艇の舷側に取り付けられた鉄製の輪の中に太いワイヤーが通され、両岸に張られた。乗船すると、人々は協力してそのワイヤーを手繰りつづけ、船を向こう岸に着けた。

寒風に吹き晒されながら順番を待っていたが、人々の視線が絶えず気になった。周囲を見渡しても、私のように顔にひどいケロイドを負った人の姿は見出せなかった。

冷たい川風が吹き抜けてゆく川岸に長時間立っていると、両手の甲に残ったケロイドの傷痕が紫色に凍えたように変色し、直にひび割れが生じて血が滲み出た。痛みを覚えながら、ふとこれから先のことを考えると、暗い気持ちに陥り、

—いっそあの時、死んでしまえばよかったのに。

と、心の底で何度も呟いた。

学校の焼け跡に集合した翌日からその年の暮れまで、私は第三国民学校の間借り教室に通うことになった。

私は、家を出ると住吉橋の渡しに乗り、さらに本川の東隣を流れる元安川に架かる明治橋を渡って鷹野橋に出、そこから南東方向に一キロほど下って、さらに京橋川に架かる御幸橋を渡って通学しなければならなかった。都合、三本の橋を渡っての通学であった。

その間に住吉橋は仮橋としての復旧工事がなされたが、人ふたりがやっと擦れ違うことのできる橋幅しかなく、渡された板の隙間からは川面が見下ろされ、しかも橋全体が人の歩みにつれて絶えず揺れ動くので不安定この上なく、いつしか足早に渡っていた。

下校の時には、私は御幸橋を渡ると千田町付近で西の方角に向かい、明治橋の下流に架かった南大橋を渡って吉島の土手に出る近道をたどった。

その南大橋は、爆心地から一・八キロメートル離れた地点にあって、被爆時には欄干を焼かれ、南に傾斜した姿で存在していたが、住吉橋と同様に十月の水害で流されてしまい、その頃には応急の仮橋が架かっていた。

因みに被爆当時の橋の状況について調べてみると、市内には四九本の橋が架かっており、そのうち被爆で流失したものが八橋、台風、水害で流失したものが二〇橋となっている。

ようやく吉島の土手に出た私は、刑務所の正門前を通って渡し場に行き、舟に乗った。

運よく舟がこちらの岸で待っている時もあれば、逆に向こう岸で客を待っている間《ま》の悪い時もあった。そんな時、こちらの姿を認めると、船頭さんは櫓を操り、船首をこちらの岸に向けた。

戦時中、陸軍飛行場建設のため勤労奉仕に行った帰りに乗った渡しの船頭さんと、戦争が終わったその年の十月から暮れまでに乗った時の船頭さんは、実は親子だったということが、つい最近になって分かった。

父親は、沖元重次郎さんと言い、明治十八年生まれの人だったので、私が乗っていた当時は六十七、八歳の計算になる。

その息子さんは、進さんと言って、大正五年生まれであったから、当時は二十七、八歳だったということになる。復員して、父親の跡を継いで船頭になったと聞いたが、その後間もなく廃業し、生活の糧を求めて神戸に移住し、昭和四十五年に亡くなっている。

父親の重次郎さんは、原爆が投下された当日の朝も、いつものように渡し舟を漕ぎ、吉島方面から江波や観音町の新開地にあった三菱造船や三菱重工に通う職員、工員、徴用工、動員学徒などを乗せて櫓を漕いでいた。

原爆が投下された時刻には、川の中程で被爆したが、川面のことゆえ遮蔽物が何一つないために、ほとんど全身火傷に近い状態だったという。

市の中心地部から吉島に避難して来た被災者は、憲兵によって負傷の程度を確かめられ、乗船できる者とそうでない者とに分類された。その整理を、青い服をまとった刑務所の囚人が手伝った。そのために、沖元さんは自身も負傷しているにもかかわらず、舟が沈みそうになるほど被災者を乗せ、竿で水面を覆う死体を掻き分けながら舟を対岸に進めた。そして、また折り返した。

何度も往復しているうちに、沖元さんは体力を完全に使い果たし、夕方近くには、江波側の土手にしゃがみこんでしまった。

その時の沖元さんの様子について、小野憲一さん（当時三十九歳）は、『原爆爆心地』（昭和四十四年七月・日本放送出版協会）の中で、

〈ようやく川土手に出て、渡しで吉島に渡ろうと思ったが、渡しのおじいさんは、朝から何べんも往復したためか、疲れたと言って座っていた。舟を借りて渡った〉

と、証言していた。

小野さんは、市内天神町でタクシー業を営んでいたが、戦争末期には江波の埋め立て地にあった三菱重工（株）広島造船所の材料課に勤務していた。

当日の朝は、電気部の倉庫内にいて被爆したが、激しい爆風に吹き飛ばされた後に、半壊した建物の下敷きになり、胸部を強く圧迫された。幸いなことにすぐ自由になることができたが、避難の誘導をしたり、瓦や柱の下敷きになった者たちの救出作業や医務室への搬送に追われ、ようやく退

出許可が下りたのは午後五時頃であった。

また当時、観音町の新開地にあった三菱重工（株）機械製作所設計課に勤務していた私の小学校時代の友人は、家が吉島にあったので、毎朝、渡しに乗って通っていた。

その日も午前七時に家を出て、沖元さんの漕ぐ舟で対岸に渡って出勤した。そして、二階の事務室に入った瞬間、眼の眩むような黄色い閃光が走り、つづいてすさまじい爆風が襲いかかって来たが、とっさに机の下に潜って事なきを得た。退出許可が出て会社から渡し場に行ってみると、舟も沖元さんの姿も見えなかった。止むなく、友人は泳いで吉島に渡って家に帰った。

その沖元さんは、被爆から三カ月後の昭和二十年十一月十九日に、江波町八四番地で亡くなっていた。

渡し場に趣を添えていた〝藤の棚〟も、いつしか姿を消していて、誰ひとり消息を知っている者はいなかった。

国泰寺の大楠

先日、広島市に住む世良邦治君から便りがあった。

世良君は市内の目抜き通りの袋町に在る御菓子司・多津瀬の主人である。

店の代表的な銘菓は、なんといっても「氷牡丹」であろう。とりわけ、純白な淡雪に包まれ、内に黄の花芯と緋色の花弁が鮮やかに染みた緋牡丹には、艶やかさがある。

世良君と私は、旧制・広島県立広島第一中学校時代の学友の間柄であった。

久しぶりに届いた手紙には、国泰寺の被爆大楠の板材を入手し、それに鑿で字を彫ったことが認められていた。そして、文字を刻んだ際に出た細かい木片がビニール袋に詰められ、同封されていた。

袋の口を開くと、その瞬間に樟脳の強い香りが立ち込めた。

世良君は、この板材は「刻字」の先生から頒布してもらったものだ、と手紙に書いていた。

世良君は、それに「自然法爾」の四文字を刻んだ。

そして、次のような文章を添えていた。

何を刻むかで永らく考えあぐねた結果、原爆の事さえ全ては自然法爾《じねんほうに》という事ゆえそれに決め、それから文字を練習して二年ばかり過ぎてしまいました。何時まで経ってもけりがつかないので、直に筆を下ろした結果は爾の字が窮屈になりましたが、もはやこれまで。遊印には般若心経の「掲諦《ギャーティ》」としました。顧みると、紆余曲折と見えても結果は完璧に天の理法に従っているもの。つまり自然法爾という理解からです。

掲諦とは、彼岸の意であろう。諦観した感のある世良君の文章には、彼がこれまで歩んで来た道程を感じさせるものがあった。

なぜならば、同じ被爆者でありながら私は未だに修羅の世界に妄執しているからである。

私とは異なり、世良君は原爆で両親を失い、戦後は生き残った兄と二人で生活して行かなければならなかったのである。和菓子職人としての道を選んだのも、そうしたことが原因になっているのかもしれない。

世良君の家は、本通り商店地域で家具や美術品を扱う老舗であった。現在、多津瀬が在る袋町（当時は鉄砲屋町）には、住居、従業員宿舎、倉庫があったが、爆心地に程近いその場所で世良君の両親は被爆死したのであった。

「その日の朝は、疎開先に荷物を運ぶトラックが来ることになっていて、本来ならば疎開していたはずだった。私は観音町にあった別荘から動員先の工場に通っていたが、被爆直後、己斐《こい》に級友と一緒に避難し、山中で一夜を明かした。翌日、実家の焼け跡に行ってみて、そこに両親の焼死体を発見したけれども、今考えると不思議な話だが、涙一つ流さなかったことを覚えている」

と世良君は私に語ったことがある。

淡々とした話し方だったが、それだけに一層深い悲しみが私に伝わってきた。

同封された写真で見ると、「自然法爾」の文字が刻まれた板は扇額に納められて店の壁に飾られ、その壁の前の棚には、昭和七年頃の市の広報写真を参考にして描かれた国泰寺の大楠の水彩画が、額に入れて立て掛けられていた。

この水彩画は、私たちより四年先輩の医師から世良君に贈られたものであったが、その医師は一昨年亡くなっていた。

—あの日から五十八年も経っているのに。

私はつい先ほど切り倒されたかのように匂い立つ大楠の香りを嗅ぎながら、時間が逆に回っているような錯覚にとらわれた。世良君の手紙にも、それに似通ったことが記されていた。

頂いた板材の時にはまったく楠の香が無くて、真偽を疑っていました。ところが鑿を入れた途端、樟脳のかぐわしい匂いが立ち上ってきました。

その香りは、あたかも樹皮から削り取られたばかりのように、強い芳香を放っていた。

この時空を超えて存在する大楠の生命力に、私は深い感動を覚えた。

その時、被爆後しばらくして国泰寺の焼け跡付近を通りがかった際に見た、大楠の無残に焼け残った姿が網膜の底に浮かび上がって来た。

炭化した巨木の幹が横たわっていたが、それを支えながら地上にはみ出していた根の一部が未だに燻り続けている光景であった。

被爆して病床にあった私がようやく市内を歩けるようになった時期であったから、少なくとも被爆後二カ月は経っているはずであった。その間には、大型の台風が焦土を吹き抜けたにもかかわらず燃え続けていたのである。

世良君が同封してくれた資料の中に、「倒れた大クスノキ」、「大クスノキ掘り出す」という見出しの付いた新聞写真のコピーが一緒にあった。前者は被爆直後の九月、後者は昭和二十四年の二月に撮影されたものであった。

爆心地から五百メートルという至近距離にありながら、三町にわたって根を張り、電車の軌道を曲げ、しかも歩道までも盛り上げてしまったこの大楠は、都市計画の障害になるという理由で根を掘り出されるまで、死者に代わって、かつてこの地上に存在していたことをかたくなに主張していたように私には思われるのであった。

原爆が投下された時刻に、この大楠が閃光と爆風を受けた瞬間の状況を目撃した人の証言が、「広島原爆戦災誌」に残されていた。

爆風激しく二進も三進も動けず、窓際にしゃがんで市内の様子はどうかと、屋外を見守っていたところ、隣の国泰寺にある天然記念物の有名な大楠木の一本が、根こそぎにされ、宙に飛び上がったのを目撃した。そのうち随所に火災が発生し、みるみるうちに火の海と化した。しばらくして残りの一本の楠木に火焔が移り、折からの強風で三階にその火焔が入り、居たたまれなくなった。

証言した人は、財務局に勤務していた赤井了介氏（当時、経理統制課長）であった。その頃、日本銀行広島支店の三階を財務局が使用していたが、道路を隔てたすぐ南側は国泰寺の境内であった。また、東に寄った隣接地には頼山陽記念館があった。そして別の頁には、

国泰寺の樹齢四百年という大楠木は、一本は根こそぎに倒れ、隣の一本は上部が折れて落ち、下部は着火してその空洞から煙を噴いていた。

とも記されていた。

そして、被爆して焼け崩れ、数本の炭化した幹のみの残骸となってしまった大楠が中央に、左に日本銀行の建物、右端に熱線と爆風で脱線、全焼した電車が撮影された写真が載っていた。撮影年

月日がその年の十月になっているので、恐らく私が燻っている大楠を見た時期とほぼ重なっているのではないだろうか。

大楠が植わっていた国泰寺は、広島藩主浅野氏の菩提寺で、元和五年（一六一九）紀州から入城した浅野長晟はじめ、その他一門の墓碑が広く閑静な敷地に幾基も並んでいた。

このほか境内には豊臣秀吉遺髪塚、赤穂義士大石家の墓（大石大三郎の五輪塔、理久夫人の無縫塔）ならびに赤穂義士追遠塔などがあった。一般藩士の墓も多く、頼家はじめ藩儒者などの筆になる碑銘も数多く、好事家の心も惹いていたといわれる。

私が通っていた中島小学校では、赤穂浪士の吉良邸討ち入りの十二月十四日になると、国泰寺の赤穂義士の墓に詣で、その後に下級生は比治山に遠足をし、頂上の御便殿前の広場で紅白に分かれてテープ切りをするのが恒例であった。

比治山は、十七世紀前半の干拓によって陸繋化した地にある海抜六十九・六メートルの小山塊であった。登山道を百メートル行った所に頼山陽遺跡の一つである「文徳殿」が左側にあり、私たちはその前を通って山頂に向かった。敷地内に植わった猿猴づくりの、樹高わずか二・七メートルの老松が昔から有名だったので、おそらく頼山陽が立ち寄った場所の一つかもしれなかった。

原爆が投下された当日の正午近く、私は多聞院の門前から文徳殿の前を通過し、山頂に向かって懸命に歩いていた。そして、吊り橋が架かった下の辺りに来て意識を失い、倒れてしまった。

その朝、私たちは動員先の軍需工場の義勇隊として、建物疎開作業のために鶴見町に出動していた。その場所は、比治山の麓を流れる京橋川の西岸一帯にあって、近くの鶴見橋を渡れば、すぐに登山道に達した。

今になって、文徳殿の前を避難して行った時の自分の姿を想像すると、居たたまれない気持ちに駆られる。顔や両手足に火傷を負い、焼け縮んだ皮膚を襤褸のように垂らした、十四歳の私の姿が思い浮かぶからである。

国泰寺は、原子爆弾の炸裂と共に一瞬のうちに倒壊し、炎上してしまった。

その後復興計画が進められたが、昭和五十三年に現在地の西区己斐に移転し、約十二万平方メートルの広大な寺域となっている。

世良君から大楠の香りが届けられるまで、私は記憶の底に残る姿によってしか回想していなかったが、いざ樹齢について、また実際の大きさについての思いにとらわれると、何一つ正確な知識を持っていないことに気付いたのであった。

大正十三年（一九二四）刊行の広島市史によれば、「国泰寺の大楠（楠）樹、四株」として、

院内墓地の西方堤塘上に在り、北にあるもの最大にして周囲目通り二十三尺、中央の東にあるもの周十九尺、中央の西にあるもの周十六尺、南にあるもの周十二尺八寸あり、共に少なくとも三百余年を経過せし老樹なり。

とある。この大楠は、全国的にも銘木ということで、昭和三年（一九二八）十一月、当時の内務省より、天然記念物に指定されていた。

またこの大楠は、その昔、頼山陽親子にとっても思い出の多い樹木であった。

山陽の父である春水が、藩主重晟から杉ノ木小路の新邸を拝領したのは、寛政二年（一七九〇）八月のことで、山陽は当時十一歳の少年であった。

この杉ノ木小路というのは、国泰寺の大楠が茂る北側を、東西に通じる小路のことで、新邸の位置は、戦前に日本銀行広島支店と隣接する頼山陽記念館のあたりと推定され、いつもこの大楠が影を落としていた。

山陽が脱藩の罪により、閉門の上、謹慎を命じられたのは、寛政十二年（一八〇〇）九月のことで、山陽が二十一歳の時であった。幽閉は約三年で解けたが、山陽は、軒端に大楠を仰ぎながら、書棚の置かれた二畳の小部屋で五年間、「日本外史」の著述を続けた。

この跡地に、昭和十年十一月に史蹟・頼山陽記念館が設立され、旧住居のほか、遺物陳列室・図書室・講堂などがあった。

これも原爆で全壊全焼したが、昭和三十二年に復元された。昔からの遺物としては、井桁が御影石の井戸がある。なお、庭内にあった古いクロガネモチの大木は、被爆により根株だけを残して焼けたが、五年目の昭和二十五年に、不思議にもその株が芽を吹き、現在では樹高五メートルほどに育っていると聞いた。

その後文化十一年（一八一四）八月、三十五歳の山陽は、父・春水の病気見舞いに帰省している。そして同九月十一日、広島から船で京都に向かった。その時の感慨を、次の詩に託している。

發二広嶋一奉レ別二家君一
囱囱尽二杯酒一　遅遅出二門閭一
回レ首語二諸弟一　侍養煩レ代レ予
舟進洲移城漸遠　遥見送者自レ厓返
一株如レ蓋立二薄暮一　猶認爺家對レ門樹

この詩は「山陽詩紗」巻二に収められているものである。

そこそこに別杯を飲み干して家を出はしたが、後ろ髪引かれる思い、自然足も進まず遅遅として故郷を出た。送ってくれる諸弟を顧み、自分に代わり、父母の侍養に当たってくれるよう面倒を頼んだ。いよいよ舟に乗り込んだ。舟は次第に進み、島の位置も移り、広島の街もだんだんと遠ざかって、見送りの人びとが岸から帰るのが遥かに見えた。特に車蓋のごとくこんもり茂った、父います我が家の門前の大楠一樹、暮れが迫る空にまだはっきりと見えている。

（通解・伊藤靄谿氏。「頼山陽詩集」昭和六十年　書芸界刊）

原爆が投下されるその日まで、大楠の枝葉はまさに一株蓋の如くに市内電車の線路の上に覆いかぶさっていた。電車がその下を行くと、車内が一瞬、緑陰で翳り、同時に車両が大きくカーブするのが感じられた。

また、徒歩で線路脇の根の上に土が盛られた坂道を行くと、あたかも太鼓橋を渡る時の感があったのをこの詩に会って思い出した。

そして、この大楠は現象界にあっては原子爆弾によって消滅させられたかもしれないが、自然という大いなる生命の中に在っては、永遠に生き続けているように思われた。同じようにあの日の死者たちも、大自然の中で風となり、光となり、草木に宿る雨露となって、私たちの住む大地を育てているのだろう。

飛鳥時代の日本の木彫仏はすべて楠で造られているという。

四季折々の趣を和菓子に篭める世良君が、楠の板に「自然法爾」の文字を彫った心境には、どこか仏師に似通ったものが感じられる。

広島を訪ねる機会があれば、世良君が大楠の板に彫った文字、それと国泰寺に残されているという、同じ材でできた衝立をぜひとも鑑賞したいものである。

(この稿を書くに当たり、頼山陽史跡資料館駐在の広島県立歴史博物館主任学芸員・荒木清二氏、国泰寺・野間英明氏から貴重な資料の提供、ご教示を頂きました)

黄葉の記

来年は、被爆六十周年になる。

最近ふとした機会から、私が現在住んでいる大分県内に、三人の小学校の同窓生がいることが判明した。

一人は私より四学年上の大分市に住む女性、今一人は宇佐市に住む同学年の女性、そして、私よりひとまわり年下の大分市に住む男性であった。

それぞれが、私と同じように被爆者健康手帳を持っていた。そのせいで同窓ということを知り得たのであるが、それとても偶然の出来事が重ならなければ、私たちは永久に知り合うこともなかったし、言葉を交わす機会もなかったであろう。

私たちが通っていた小学校は広島市立中島小学校（当時は国民学校）と言い、生徒の通学区域は、もっとも北寄りで爆心地から一〇〇メートル、南の端では二キロと広範囲にわたっていた。学校自体は、爆心地から南南西一・一キロ離れた場所に在った。

県庁、県立病院、警察官講習所、武徳殿、それらの建物に囲まれるようにして存在していた旧藩主・浅野家の別邸や、御船小屋のあった与楽園と地続きに、中島小学校はあった。

学校と公園地（私たちはこのように呼び習わしていた）の境目に申し訳程度に取りつけられていた枝折り戸を通り抜ければ、そこはもはや雅趣に富んだ静かな別世界で、幼い子供の視界には突知として木々の緑や、傍を流れる本川の水を誘い込んだ池水の蒼がきらめいて映った。

図画の時間には、先生に引率されてしばしばそこに写生に行った。

回遊式築山泉水の様式で造られた庭園の風景、とりわけ池の中ほどにあって、陸地と橋で結ばれた浮島にも似た小さな島の上に建てられた四阿《あずまや》を望みながら、生徒たちは熱心に写生した。

池では、時折、魚が水面に飛び跳ね、銀鱗を光らせた。また、河口近くに生息するチヌやボラが川から紛れ込み、鯉とともにその魚影が認められた。

写生をしている時刻と干潮時間が重なったりすると、池の底が浅くなったのを見届け、私たちは池に下りて魚を囲った。ほとんどの場合、ボラが捕らえられた。しかし、この辺りの家庭ではボラは滅多に食用にされることはなかったので、捕獲しても直ぐに池に解き放たれた。

私が通学していた昭和十二年から十八年にかけての中島国民学校は、戦時色が濃くなって来たとはいえ、まだ長閑な雰囲気が若干残っていた。

しかし、私たちの学年が卒業してからというものは、日を追って急速に戦局が悪化し、私が進学した旧制の中学校でも、二年生の二学期になると学徒動員で軍需工場に通い、工作機械を使って航空機のエンジン部品を製造することになった。

こうした時局の緊迫は、国民学校にも及んだ。

昭和二十年に入ると学童疎開が指示されるようになり、中島国民学校でも集団疎開、縁故疎開が実施された。

集団疎開は、四月十三日に双三郡三良坂町に教職員十五人、児童二一〇人が六ヵ所に、同郡吉舎町に教職員四人、児童五〇人が二ヵ所に分散して実施された。同時に約五四〇人の生徒が、縁故を頼って疎開して行った。

またその頃には、県庁、武徳殿、日本銀行宿舎、県立病院の建物保護の目的から、周囲の民間家屋、学校の校舎の強制疎開が急がれた。

このような状況が進行する最中、被爆前日までの中島国民学校では、敷地約二、五〇〇坪の中に建っていた木造二階建ての七四教室はあらかた解体され、講堂、宿直室を残しているだけであった。したがって、残っていた児童たちは、学区内に緊急対策として設けられた学校の講堂、住吉神社、慈光説教所、誓願寺その他の分散授業所に通っていた。

こうした記録を読んでいると、中島国民学校の通学区域内における家屋強制疎開がいかに急務であったかがよく分かる。その作業のために動員された中学校、女学校の低学年生の被爆死がいかに多かったことか。

家屋の強制疎開を免れた吉島地区は、中島国民学校から南に下がった地域にあり、端には広島刑務所があって、学校からは約一キロ離れていた。

そこからさらに南に進むと、戦争末期に急ごしらえされた陸軍飛行場があった。刑務所と飛行場に挟まれたその付近一帯は、吉島本町一・二丁目という町名になっていた。

はじめに大分県に住む同窓生について触れたが、この三人のそれぞれの実家がこの界隈にあった。私よりひとまわり年下の佐々木茂樹氏は、当時父親が勤務していた刑務所内の官舎に住んでいた。三歳の時であった。

原爆が炸裂した時刻、家のすぐ傍の刑務所の高い塀の近くに出ていて遭遇した。瞬間、母親が覆い被さるようにして庇ってくれたので事なきを得たが、その時の記憶は今でも強烈に残っているという。

佐々木氏は現在大分県原爆被害者団体協議会の事務局長として、被爆者の世話に当たっている。私がはじめて佐々木氏と会った折、二十一世紀への遺言という副題の付いた「いのち」という冊子を贈呈された。

この冊子は、大分県原爆被害者団体協議会、大分県生活協同組合連合会、大分県連合青年団が中心となって「聞き書き語り残し」実行委員会を設け、平成七年八月に編集・出版されたものである。内容は、広島、長崎編に分けられていて、それぞれの地で被爆した人々の、生々しい証言が記録されていたが、故安東荒喜氏（明治二十二年生まれ。昭和五十年二月九日没。八十五歳）が書き残された文章が私の目に止まった。

これが「ある書簡」と題が付けられていることについては、理由があった。原稿が募集された折、安東二三子さん（明治三十八年生まれ。平成十五年十月二日没。九十八歳）が自分の体験記に添えて、夫がかつて書いた被爆直後の被害状況報告書を提出した経緯があったので、「ある書簡」とされたようである。

この経緯を知らなかった私は、「以前から、安東さんをご存知だったのですか」と、愚かにも佐々木氏に質問した。

「その時はじめて知ったのです」という答えが返って来た。

内容から判断して、旧知の間柄に相違ないと私は思っていたが、事実は異なっていた。被爆の時点では、佐々木家も安東家も同じ広島刑務所の官舎に住まい、佐々木氏の父親と安東氏は同じ職場で受刑囚の矯正、指導に当たっていたのである。

けれども両家族は、後に同じ大分県に住んでいながら、互いの消息を知らなかったのである。もっとも安東氏は広島刑務所を最後にその年に退官されたが、一方、佐々木氏の父親はその後盛岡、札幌矯正管区、松江、山口、福岡と転勤し、大分刑務所所長を最後に昭和四十年に退官され、平成四年四月に八十八歳で亡くなられているので、両家の交流がないのは無理からぬ話であった。

これまで私たちは数多くの被爆記録に接して来たが、広島刑務所内での被爆体験が綴られたものを目にする機会はほとんどなかった。

法務省の付属機関である広島刑務所は、広島市吉島町五〇番地（現在同町一三一一一四）にあるが、一八七二年（明治五年）七月に岡市水主町に懲役場が設置されたのが始まりで、一八八八年（明治二十一年）三月に現在地（当時吉島村）へ施設が新設された。以後、一九〇三年（明治三十六年）四月の監獄官制の改正で「広島監獄」と改称。さらに一九二二年（大正十一年）十月の官制改正によって「広島刑務所」となった。

被爆当時、七四、三四四平方メートルの敷地内には舎房、工場、官舎などの建物があり、職員二五〇人、収容者一、一五四人がいた。

当日、広島刑務所に勤務中に被爆した、安東荒喜氏が被害状況報告書を認めておられなかったら、また夫人がこれを今日まで大切に保存されていなかったならば、私たちは広島刑務所内における被爆の実相について知ることはなかったであろう。

以下は、その全文である。

〈ある書簡〉

大分市　安東荒喜

客月六日午前八時十分　警戒警報及空襲警報発令下ニアラザル当市全域ニ亘リ原子爆弾ニ依ル空襲アリ　其後今尚、戦慄ヲ覚ユルモノ有之　当時小生ハ戒護課ニ於テ書類検印中先異様ナル光線ヲ認メタルモ其何者タルヤヲ探知セズ　且最初ノ事デモアリ何等ノ不安ヲ感ズルコトナク依然検印中約十秒経過後大爆音ヲ聞クニアラズシテ突如「グラグラ」ト言フ一大音響ト共ニ戒護建物

大破　天井始メ瓦其他ノ落下物無数　中ニ自分ハ約二間位吹キ飛バサレテ　戒護中央近クニ在ルヲ意識ス時真ノ暗黒（ゴミ散乱ノ為）間モナク外部ヨリ光輝ヲ認メタルヲ以テ其方向ニ脱出左前膊部ニ縫合四針ノ負傷ヲ始トシ外十数ヶ所ノ擦過傷ヲ受ケ上半身ハ血ニ染ミ其何人タルヤヲ判別出来ザル程度ニ有之　戒護本部前ニ停立一瞥スルニ各工場各舎房共全部崩壊　収容者ハ屋根ヨリ脱出スルモノ救ヲ求メルモノ阿鼻叫喚実ニ惨害ノ極ニ有之候

軽傷者ヲ督励救助救出ニ努メ併而、戒護検索ニ任ジ所内ヲ一巡スレバ各種通用門各非常門各事務室ハ何レモ一瞬ニシテ倒壊　各官舎ハ或ハ倒壊或ハ大破ノ状況ニシテ所内出火十ヶ所余ニ至リタルモ何レモ完全消火　火災ニ至ラザリシハ不幸中ノ幸ニ有之候

右災害ニ依リ収容者即死十四名・重傷八十八名、職員即死四名（津国技手・山口技手・宮野部長・乗元教誨師）、重傷三名ニ有之　無傷ノモノハ職員及収容者ヲ通シ殆ド一人モ無之候

工場又ハ舎房内ニ在リシ者ハ打撲傷　外部ニ在リタルモノハ光線ニ依ル火傷ニ有之候　市内ハ全部焼失而モ同時ニ各方面ヨリ出火消防器具ナク消防ニ従事スル人ナク身ヲ以テ逃ゲントスルニ止ムル　時ニ愚息二男英雄事　当官舎ヲ去ル約五六丁所在ノ代用校舎　休業中ノ浴場脱衣場約四坪ヲ教室トシ吉島町残留学童十数名ガ授業ノ為メ当朝七時三十分警戒警報解除ト共ニ登校　八時十分ニハ已ニ之ノ災禍ニ遭遇シ万斛ノ恨ミヲ呑ミツヽ永眠シタルモノト存候

当日午前八時十六七分頃所長ヨリ英雄ノ救出方ニ出向スル様慫慂セラレタルモ多数部下看守ガ家ヲ忘レテ救助ニ戒護ニ懸命ニ努力ヲ払ヒツヽアルノ現状ヲ見テハ之ヲ辞退スルノ外ナク　其後

調査致候処当日当時登校中ノ学童七名ハ教室内ニ女児ハ前道路ニ在リタル時例ノ光線ヲ認メ子供ナガラニモ焼夷弾ナリト直感　女児ハソノ侭夫々帰宅　男子ハ教室内ヲ右往左往スル内早クモ天井落下　引続キ建物ハ倒壊シタルモ教室中央前ニ在リシ者ニシテ自力脱出ノモノ二名　直近在住ノモノニシテ保護者ヨリ救出セラレタルモノ二名　是等生徒ノ話ヲ綜合スルニ英雄ハ教室ノ奥ニテ遊ビ居ル時此ノ難ニ遭遇シ自力脱出ノモノガ出ル時ニハ英雄ガ「カアチャン助ケテ」ト連呼シ居リシモ脱出ヲ終リタル頃ニハ已ニ其声サヘモ絶ヘタル由ニ付テハ不運ニモ相当重傷ヲ受ケ且自力脱出シ得ザル状態ニ在リシモノト存候　呼々救ヲ求メタル吾ガ子ヲ両親アリナガラ救出ニ間ニ合ハズ　本人ガ待ツ時間コソハ実ニ一日千秋ノ思ヒ処ニアラズト存候　該代用校舎ニ火ノ移リタルハ午前八時三十五分頃ノ由ニ有之　職務上トハ云ヘ死体ノ収容モ出来ズ白骨ト化シタル吾ガ子ノ遺骨ヲ収拾シタル心中御察シ願上候

反面英雄ハ最近郷里ニ疎開方ヲ度々申出最後ニハ単独ニテモ帰省スルト頑張ル状況ニ付キ「斯様ニ帰リタガルノニ帰サズニ若シモノ事ガアッテハ」ト妻ニ申シタル事有之候　英雄ハ已ニ帰省ニ付意ヲ決シタルモノカ郷里ノ友達ヘノ御土産ナリトテ国民学校ノ帽章十ケヲ購求　自分ノ机ノ中ニ格納致在候　又郷里ノ子供ニハ近イ内帰宅スル旨ノ発信モ致候

何モ彼モ因縁トハ存候ヘ共　数々ニ思ヲ致時諦メ得ザルモノ有之候　客月二十四日ハ英雄ノ憧憬ノ地郷里ニ於テ葬儀執行　永久ニ安カニ成仏スル様祈念

今尚祈ヲ続ケ居申候

先ハ右生前ノ御厚誼ヲ深謝シ併而災害ノ状況斯御申上候
追而　愚妻ハ右眼瞼ニ三針縫合ノ負傷ヲ受ケタルモ軽傷ニシテ已ニ全治ニ付申添ヘ候
九月六日

以上が、安東荒喜氏が五十九年前に書かれた被害状況報告書である。
私は読みながら、明治三十五年生まれだった私の父の候文がふと思い出された。その時代の人たちの書いた文章は、簡にして要というのか、無駄がなく、しかも要点は的確に述べられているのである。

このことは、夫人の書かれた手記についても言えることだった。

いとし子よわが名を呼びて助けをば求め疲れて命絶えたるや

この短歌に始まる「愛し子偲びて五十年」には、銭湯を利用した代用校舎の焼け跡で、篩《ふるい》にかけて息子（当時、小学四年）と学友のものと思われる四体の遺骨を拾ったが、引き取り手が現れないままにやむなく郷里の墓に懇ろに葬ったこと、実際に子供の遺骸を見ていないためにあらゆる収容所を捜して回り、久しい間、ラジオの「尋ね人」の時間に耳を傾けたりしたことが淡々と書き記されている。
「五十年過ぎた今日まで、とうとう帰って来ません。あれほど郷里に疎開したがったのに、『死なばもろとも』の浅はかな考えから、あたら幼い命を戦争の犠牲にしたことは、何としても愛し子に申し訳ない次第で、未だ亡き子の歳を数えて暮らしております」

後に、大分市田室町に在住の長男・孝義氏に、「ご郷里はどこだったのでしょうか」と尋ねた。すると、「大分市大字河原内です」という返事が戻って来た。

地図で調べて見ると、市のもっとも南西部寄りで、大野郡に接する辺りにあり、現在では陶芸の盛んな地と聞いた。

遥かなる祖国

昨年の十月十一日の新聞に、中国西安市で発見された遣唐使墓誌の記事が掲載されていた。それによると唐の都・長安のあった西安で、八世紀前半に阿倍仲麻呂（七〇一～七七〇）らとともに遣唐使として渡りながら、現地で亡くなった日本人留学生の墓誌が見つかったというのである。この「井真成墓誌」と呼ばれる一枚の石板からは、その人物の姓は井、字は真成、国は日本。唐の開元二十二（七三四）年正月某日に長安（現・西安）で亡くなり、翌月の四日に長安の東郊外を流れる川の辺に埋葬されたとある。享年三十六歳。時の皇帝玄宗から、死後特に尚衣奉御という官位を贈られたという。従五品上の役職である。

日本に帰ることがかなわなかった遣唐使の中には、玄宗皇帝に重用され、後に秘書監、安南都護にまで昇進した阿倍仲麻呂がいたが、井真成が死没した年に従五品上に昇格していることから推察して、ほぼ同年齢の井真成は、仲麻呂と同じ七一六年の船で派遣されたのではないかと言われている。

また、「井」という中国姓については、井を日本名の痕跡と考え、現在の大阪府藤井寺一帯を本拠とする渡来系の氏族、井上か葛井《ふじい》氏のいずれかではないかという二つの学説がある。

阿倍仲麻呂もまた、名を朝衡と改めている。

この両氏族からは飛鳥から奈良時代にかけて、遣唐使など外交官の任務に就いた者が多かったという。したがって、「いのうえまなり」なのか、それとも「ふじいまなり」なのか現時点では判然としていない。

この真成が没した開元二十二（七三四）年正月は、次の遣唐使が来唐して長安に入っていた時期と重なっていたというから、おそらく帰国を前にしての無念の急死であったことは想像に難くない。

中国史に詳しい明治大学の気賀澤教授の墓誌銘文抄訳によると、

「（前略）生まれつき優秀で、国命で遠く唐にやってきて、一生懸命努力した。学問を修め、正式な官僚として朝廷に仕え、活躍ぶりは抜きんでていた。ところが思わぬことに、急に病気になり開元二十二年の一月に官舎で亡くなった。三十六歳だった。皇帝は大変残念に思い、特別な扱いで埋葬することにした（後略）」

となっていて、末尾は、

「体はこの地に埋葬されたが、魂は故郷に帰るにちがいない」

と、真成の言葉で結ばれていた。

一三〇〇年の時空を越えて、この悲痛な言葉は私たちの心の奥底に強く響き、浸透してくるものがある。

この個所に至った時、私は京都市左京区・瑞巌山圓光寺の「南方特別留学生」サイド・オマールが眠っている墓のことを思った。

東京の国際学友会に保存されている学籍簿には、

昭和元年七月二十八日生まれ　マライ、ジョホール・バル出身　昭和十九年四月広島高等師範学校入学　同二十年四月同文理科大学　同二十年八月六日被爆　同九月三日京都帝大病院で死亡

というサイド・オマールの記録が残されている。

広島に原爆が投下されてから六十年経た今日では、南方特別留学生について記憶に留めている人はいないであろう。

昭和十六（一九四二）年十二月から始まった太平洋戦争は、日本が満州、中国を含めた大東亜共栄圏構想で米、英、蘭を相手に始めた戦争ということで、当時の国民は大東亜戦争と呼んでいた。戦端が開かれた直後は、東南アジア全域を占領し国威を高めたが、二年後には戦局も次第に不利となり、同盟国のイタリアが降伏し、山本五十六連合艦隊司令長官も搭乗機が米軍機によって撃墜され、戦死した。

その頃から連合軍の反攻は本格化し、一方、東南アジアの占領地域では反日感情が強まって来はじめた。そのために当時の大東亜省は、東南アジア各国の有力者の子息たちを「南方特別留学生」

として日本に迎え入れた。

軍部の意図は、日本統治の協力者に仕立て上げることにあった。表向きは、政府が招聘した留学生ということになっていたが、アジアの少年たちを日本人に同化させることがその教育の目的であった。

この招聘留学生制度が採り入れられるに当たり、最初「南方文化工作特別指導者育成事業」という名称にされたが、後に「南方特別留学生」と変更された事実から判断すれば、その目的とするものが自ずと浮かび上がってくるであろう。なかには「体のいい人質ですよ」と言いきった、当時の関係者もいた。

来日に先立って、留学生たちはマニラやシンガポールで、日本語、日本史、また武道から和歌、箸の使い方に至るまで、軍によって徹底的に教えこまれた。

その第一期生（第二期生は昭和十九年の六月二十日、百一名が来日）の先発隊であるビルマ、ジャワ、マライ、スマトラからの留学生五十三名が門司港経由で東京駅に着いたのは、昭和十八年六月三十日の午前九時二十一分であった。

後続のフィリピン、ボルネオ、タイその他からの五十七名の留学生も七月中には来日した。こうした留学生たちは、十七歳から二十歳ぐらいまでの中等学校以上卒業者を基準に、名門の優秀な青年子弟が選ばれた。

先発隊が来日した翌日、東京に都制が布かれ、新聞には、「帝都東京が大東亜の首都たる威容を制度上に確立した」と報じられた。「東京都」という大きな見出しが、取材中の私に強烈な印象として残った。

この「南方特別留学生」第一期生の中に、後に広島で被爆して死亡した、マライ出身のサイド・オマールとニック・ユソフの両名もいた。

到着した留学生たちは、多数の出迎えの政府関係者や報道陣が注視するなかで、すぐさま整然と隊列を組み、東京駅から二重橋前に向かって行進し、皇居遥拝をすませた。

そして、東京駅の貴賓室で小憩をとった後、それぞれの地域の寄託団体が用意した宿舎に入った。それ以降、国際学友会の日本語学校で一年間勉強し、順次全国各地の専門学校に散って行った。そうした背景には、米軍による首都空襲の激化、都会での食糧事情の悪化、加えて南国育ちの留学生たちの生活習慣にも配慮しなければならない事情があった。

しかしその一方、教育を終えた段階でどのような方法で留学生たちを帰国させるかについて、関係者の間で密かに論議が交わされていたが、空・海・陸ことごとく米軍によって制圧されてしまった現況からは、方策は何一つ見出せなかった。

「潜水艦に乗せて帰すしかない」

というのが唯一の解決策であったが、その頃の海軍に果たしてそれだけの能力が残されていたかどうか。

原爆が投下された昭和二十年八月六日の朝、広島文理科大学特設学級に在学中のオマール、ユソフの両名は、爆心地から八〇〇メートル離れた場所に在った宿舎「興南寮」にいて被爆した。四月に入寮したばかりの二期生たちは、登校して授業を受けている最中に被爆したが、命に別条はなかった。

その日は授業が休講だったオマールは、一階自室の窓際でズボンにアイロンをかけていて、左鎖骨から右の乳にかけての線から下に広範囲にわたる火傷を負った。下体、両足の部分を含めて全身の四分の三以上を占める火傷であった。

ユソフは玄関で寮母と立ち話をしている時に被爆し、崩れ落ちた家屋からはい出ると、そのまま火の海に向かって走り出し、以後消息を絶ってしまった。

廃墟と化した広島に国際学友会の本部から迎えがあり、生き残った七名の留学生たちは、八月二十五日の午後十時十五分の汽車で広島駅を発ち、東京に向かった。

一行は京都駅で途中下車し、京都市左京区北白川にあった国際学友会京都寮でいったん休養をとった後に帰京することになった。

その彼らの眼には、戦争が終わり、しかも災禍を免れて平時の賑やかさを取り戻していた京都の町が、日本の中でもっともすばらしい場所のように映った。

しかし、広島から京都に向かう車中でも高熱に苦しみ、衰弱もはなはだしかったオマールは、一行が八月二十九日東京に向けて出立した翌日、京都帝大医学部付属病院・耳鼻科病棟の三階特別室に入院した。

原爆の放射能の影響から骨髄を侵されて出血しやすくなった身体は、突然、腸から多量の出血をみた。そして、無顆粒球症につきものの壊死性扁桃腺炎を併発した。残された治療方法は、輸血以外にはなかった。

主治医の浜島医師は、血液型がオマールと同じO型だったので、毎日、四〇〇ccの自分の血液を採ってオマールに輸血した。

「輸血によってオマール君の生命が救えるのであれば、自分の身体はどのように衰弱してもかまわないと思いました」

浜島医師は、過度の採血と睡眠不足から急性貧血症を生じ、廊下を歩く時にも身体がふらついた。この事実を知ったオマールは、両手を合わせ、涙を流して感謝した。

「何を言っているのだ。私の心が君の心の中に入ったのだから、君は必ず元気になる。君と私は今や一心同体なのだ」

と浜島医師は励ました。

それでも、ふと小康状態が訪れたような折には、

「ぼく助かるね」

とオマールは微笑を浮かべたりしたこともあったが、死期を悟った時には浜島医師の手を握りしめ、

「私は、先生の血を分けてもらった。私の血の中には先生の血が入っている。私は日本人だ。先

生の弟だ。私は日本を少しも恨んではいない」

と言った。

「オマール君、生きるのだ」

浜島医師の励ましも空しく、昭和二十年九月三日、午後十一時五十七分永遠の眠りについた。

浜島医師は、医局の一室にこもると、声を出して泣き、「彼は天国に行った」とカルテの末尾に書き残した。

京都帝大に留学していた留学生たちが、オマールの遺体を回教の儀式にしたがって白布で包み、その棺を南禅寺大日山の共同墓地に運んで埋葬した。その埋葬地に、回教の様式を省略されたと思われる二本の棒杭が立てられた。

しかし、長い年月の間にはそれは朽ち果てようとしていた。

そのことを週刊誌の記事で知った八瀬の老舗料亭「平八茶屋」の七代目の主・園部英文氏が哀れに思い、「これは、京都の恥や」と言って市に二千円差し出し、建墓を願い出た。

その後に紆余曲折があり、しかも英文氏が脳内出血で倒れるということもあったが、後を引き継いだ実弟の健吉氏が昭和三十六年九月三日、圓光寺の墓地にオマールの墓を立派に完成させた。

圓光寺は、徳川時代の中期に、相国寺内からこの比叡山麓の一乗寺の里に移って来た、臨済宗南禅寺派に属する寺であった。山門の柱には「尼僧専門道場」の木札が掛かっていた。

山門の脇の潜り戸から菜園、池の傍にたたずむ禅道場を通り過ぎ、さらに石橋を渡って疎水をともなった山道をたどって行くと、にわかに視界が明るみ、墓地の風景が展開された。

その一画に、縦一・四八メートル、横一メートル、前後にそれぞれ一メートル、五〇センチの石碑のある、回教様式に則ったオマールの墓があった。

ただ正式のものと若干異なるのは、手前の石碑が斜めにはめられているということであったが、その表面には、

オマール君
君はマレーからはるばる
日本の広島に勉強しに
来てくれた
それなのに君を迎えた
のは原爆だった　嗚呼
実に実に残念である
君は君の事を忘れない
日本人のあることを
記憶していただきたい
武者小路実篤

と書かれた墓碑銘が刻まれていた。

この碑文を武者小路実篤氏に依頼したのは、英文氏であった。

戦争中には大原に多数の文化人が疎開していて、八瀬、大原への往還にある川魚料理が主体の高級料亭「平八茶屋」が溜まり場となり、その関係から知り合い、依頼したようであった。

教育学が志望のオマールは、東京の国際学友会の目黒寮で世話になった寮母に「この広島の高等師範学校で一生懸命勉強し、南方の本当の有力な指導者になって、新しいマライ、ひいては東洋平和の為に尽くしたい。強く正しく明るくさしのぼる朝日の如く邁進したいと思ひます。この立派な仕事をやり遂げる為に来たのですから」と書き送っている。

また、被爆直後、広島文理科大学の焼け跡のグラウンドで野宿している時に詠んだとされる、オマールの和歌も残っている。

原爆で廃嘘と化した広島市の夜空には、恐ろしいほどに沈黙した静けさと透明感があり、太古もかくやと思わせるように無数の星が冴え、震えるように輝いていた。その頃、同じ被爆者として私も広島の廃墟の夜空を眺めていた。

母を遠くに離れてあれば　南に流るる星のかなしけり

日頃から万葉集の歌を好み、諳んじていたものも数多くあったというオマールの遺詠ともなった歌である。この歌には、井真成墓誌に刻まれた、「体はこの地に埋葬されたが、魂は故郷に帰るにちがいない」という思いと共通するものがある。

また、阿倍仲麻呂は藤原清河が大使として来唐した折、共に帰国の途についたが、風に災いされて安南に漂着したために唐都にもどり、ふたたび仕える身となった。

天の原ふりさけ見れば春日なる三笠の山にいでし月かも

とどまること五十有余年、望郷の念を抱いたまま阿倍仲麻呂はかの地に没した。

最後の学徒兵

その話を聞かされたのは、ごく最近のことである。

隣家のご主人中村平八氏が亡くなられ、この四月二十一日に親族のみによる葬儀がご自宅で営まれたが、私も特別に参列させていただいた。

ご夫妻は敬虔なキリスト教の信徒であったから、日曜日の礼拝にはかならずお二人で、大分県速見郡日出町にある日本基督教団日出教会に行かれていた。

葬儀は、教会から伝導師の方が見えて執り行われた。

ご主人はかつての陸軍士官学校を卒業された方で、享年八十五であった。

献花を終えた私は、出棺を見送るために石段を下り、往来の端に立って待っていた。

そこに葬儀ではじめて顔を合わせた、日出町豊岡に住んでおられる吉良権《ちから》氏が傍に寄ってみえ、

「私の兄は、繰り上げ卒業の学徒兵として入隊し、まもなく肋膜炎を患って別府の陸軍病院に入院していましたが、広島に原爆が投下される少し前に、広島陸軍病院に転送となり、被爆死したの

です」

と話された。

日出教会は、吉良初見牧師によって昭和七年に建てられた。牧師には、八人の子女がいたが、うち五人は男子で、吉良氏は末の五男であった。

伝導師の方を自分の車に乗せて火葬場まで送って行くという吉良氏とは、後日詳しく話を聞かせてもらうということで、その場はあわただしく別れた。

話を聞いた時、私は二年前に取材した折のことをふと思い出した。

戦争末期、別府の鉄輪温泉旅館街には、別府陸軍病院が旅館を借り上げた臨時の病舎が多数あった。

その中の一軒に、冨士屋別館があった。

そこで療養していた戦病患者の一人が広島陸軍病院に転送となり、他の病舎に入院していた数名の兵士と合流して広島に向かった。

後で分かったことであるが、彼らが別府駅から乗った列車が広島駅に到着する時刻と、原爆が投下された時刻がほぼ重なっていたという。

「無事だといいね」

冨士屋別館では家族全員が安否を気遣ったが、その時の様子が今も記憶に残っている、と伊藤つたゑさんは語ってくれた。

当時、彼女は旧制の別府高女二年生で、女子挺身隊として動員されていた。昼間は家にいなかったので、傷病兵についての記憶は薄かった。

「母が存命ならば、消息を知る手がかりはあったかもしれませんね」と言った。

葬儀の日からまもなく、吉良氏と教会のオルガニストの佐藤さん、そして私の三人が中村夫人の招待によって、南荘園に在る仏蘭西料理店で昼食を共にする機会があった。

私は吉良氏の車に同乗させてもらったが、車が西別府病院の横にさしかかった時、

「ここに、兄は入院していました」

運転を続けながら、吉良氏は説明した。

明治四十三年に創立された別府陸軍病院の本院は田の湯にあったが、日満、日華両事変を経て戦病患者が増加したために、昭和十三年に拡充強化を図る目的で、別府市大字鶴見に石垣原分院が建てられた。

この分院は、現在の国立病院機構西別府病院の前身であった。

長兄の嗣義《つぎよし》氏がこの病院にいたのは、昭和二十年七月三日から七月十七日までのごく短い期間であった。

父親の吉良初見氏が、入隊してまもない長男が肋膜炎を患い、五十市《いそいち》から別府陸軍病院分院に転送されたことを手紙で知らされたのは、昭和二十年七月三日のことであった。

初見氏は、前日にその分院のすぐ近くを通り過ぎたが、身辺にそのようなことが起きていようとは想像だにしなかった。

五十市というのは、宮崎県都城に駐屯する西部第六〇部隊の所在地名で、嗣義氏はそこに入隊した。日豊本線には、現在も「五十市」という駅が残っている。

七月十日には、母親のトヨさんが徒歩で亀川まで行き、石垣原分院を訪ねた。

「警戒警報発令中でしたが、特別の計らいで面会することができました」

と言って、雨の中を憔悴しきって帰って来た。

七月十七日には、父親の初見氏が午前中の勤めを終え、午後から自転車で別府陸軍病院石垣原分院を訪ね、入院加療中の長男を見舞った。

日出教会の牧師でもあった父親は、聖書とともに鶏卵二個、息子が特別に好んだヒヤケポテトと呼ばれる、小豆代用のジャガイモの餡を包んだ饅頭十二個、石鹸一個、袋などを届けた。

午後三時半頃に病院に到着したが、

「広島陸軍病院に転送されることになり、四時三十分にはここを出発します」

といきなり息子から伝えられた。

すでに手荷物は、玄関に運び出されていた。

嗣義氏はもはや父親に会うことも叶わないと思っていた矢先なので、喜びを顔全体に表して迎えた。

父親は、不意の転送に落胆しながらも、「早く健やかになり、皇国のために働くように」という言葉を残して、病院を去った。

その夜、母親と七人の子供たちは見送りのために、広島陸軍病院に転送される傷病兵を乗せた臨時列車が、日出駅付近を通過する時刻を見計らって、雨と闇の中に提灯をかざして待っていた。

列車は、二時間ほど遅れて通過した。

家に帰って待っていた者は、二階の窓から灯を振って見送った。

しかし、列車は灯火管制が厳しく守られ、すべての窓は鎧戸で暗く閉ざされていた。けれども家族の者は、自分たちが見送りのために振った灯が、必ずや長兄の目に届いたものと確信していた。これが、嗣義氏と家族の最後の別れとなった。

嗣義氏は旧制杵築中学校五年を終了し、昭和十八年四月に大分師範学校に入学した。

それまで大分県師範学校、同女子師範学校と呼称されていたが、その年から官立専門学校に昇格し、大分師範学校として新発足した。

その第一回の新入生は六十名であったが、嗣義氏を含む十四名の生徒は本科一年一組に編入された。

学校は、戦災をこうむるまで現在の春日浦球場（大分市王子北）のある場所に在った。同じ敷地内の海寄りには六棟の寮があり、そこに新しく入った本科生は入寮した。

嗣義氏が入寮したのは、桜庭寮であった。

その時の嗣義氏は、官立専門学校として新発足をした大分師範学校の第一回新入生としての誇りと、第二小国民錬成の門たる学校に入学したことへの喜びと決意のようなものを全身にたぎらせていた。

また杵築中学では陸上競技部員だった嗣義氏は、大分師範では戦場運動班の選手として活躍した様子であるが、どのような運動競技であったのか、今となっては私たちには判然としない。

総じて父親から長男として厳しく育てられた嗣義氏は、正義感の強い、元気溌剌とした青年であったようだ。

しかし、昭和十八年以降になると戦局は次第に悪化し、同年六月には学徒戦時動員体制が確立され、九月には理科系以外の徴兵猶予制が撤廃された。

そして翌十九年になると、三月に中学生の勤労動員大綱、五月に学徒動員実施要綱が決定され、八月には学徒勤労令・女子挺身隊勤労令が公布施行となった。

大分師範学校の全校生徒も動員されることになり、本科二年生になっていた嗣義氏も、八月から三十数名の学友とともに佐世保海軍工廠の桜木学徒寄宿舎「青葉寮」に入寮し、軍艦の部品を製造する作業に従事した。

その頃の写真が、アルバムに残されていた。

師範学校の帽子と制服を着用し、「大分師範・勤労動員学徒」の腕章をした嗣義氏と二人の学友が写っていた。

佐世保海軍工廠では連日のように米軍機の来襲があり、爆弾を投下して行った。その災いをこうむって、鋳造工場で働いていた大分師範の生徒一人が負傷し、死亡した。

しかし、この動員も、徴兵適齢が一年繰り上げられたために、生徒たちは昭和二十年五月には動員解除となったが、卒業式とてなく、ただちに軍隊に入営することになった。

嗣義氏は、五月二日に佐世保より帰郷したが、六日に壮行会、九日には入隊のために都城に向けて出発するというあわただしさであった。

出発当日の朝は、空も澄み、周辺は清清しい空気に包まれていた。門に掲げられた国旗が、新緑の微風に揺れていた。

「吉良君万歳」

壮途を祝すとともに、武運長久を祈って隣保班長の発声があった。

若宮八幡神社の社頭では、入隊する四人の学生を代表して、嗣義氏が決意を述べた。

警報発令下にもかかわらず多数の人が見送りに来ていて、駅前の集会は跡切れることがなかった。

また出陣の学徒兵を満載した臨時列車も、ひっきりなしに到着しては去って行き、動員の規模の大きさを感じさせた。

息子の五月十一日の入隊が無事に終了したか否かを気遣っていた父親に、五月十二日、都城からの第一報が届いた。

入営前夜に旅館でしたためられたものであったが、文中に極度の疲れが訴えられていた。

これを読んで、父親は、「若人の言として添はざりしなり」と日記に苦言を残していた。

しかし、五月二十八日に息子が日出町豊岡の戦友に託した手紙を読んで安堵した。

文面には、生還を期せず山中で訓練に明け暮れしていること、米軍機の激しい空襲にもかかわらず機関銃隊の十三名が無事であることなどが書かれ、末尾には万年筆、ノート、鉛筆、小刀、ハガキ、食糧の託送が依頼されていた。

都城の西部第六〇部隊に入隊した嗣義氏は、機関銃隊に配属されたが、その分隊は六名が大分師範、五名が宮崎師範、二名が宇部、明治の各工専からの学徒兵で編成されていた。

しかし米軍機の空襲によって兵舎が破壊されたりしたこともあって、後に一部の隊は隣県の熊本の山間部に移動し、国土防衛の任に当たっていた。

嗣義氏が体調を崩し、肋膜炎と診断された時期については定かではない。これについて、吉良氏は、「生きて帰るな、とまで言った厳格な父でしたから、兄は恥ずかしくて報告できなかったのだと思います」と語った。

壮行会の朝、出発を前にして嗣義氏は十四歳年下の末弟を抱き上げて、「両親を頼んだぞ」と言った。幼かった吉良氏ではあったが、その時の兄の声や体の温もりを現在も記憶にとどめているという。

食糧が極度に不足していた時代に、学校、工場を通じての寮生活を余儀なくされ、満足な栄養が摂取されなかったために、入隊を境に病状が急速に悪化したものと思われる。

七月十七日に別府陸軍病院から広島第一陸軍病院に転送となった嗣義氏からは、その後音信が途絶していた。

そして八月六日広島、九日長崎に原子爆弾が投下され、十五日には終戦となった。

広島の惨状が次第に明るみになってくるにつれて、家族の不安は日ごとに増した。八月二十四日は、嗣義氏二十歳の誕生日であった。

父・初見氏の日記には、

「長男嗣義の誕生日なり。今日に至るも彼の地上生存確かならず。不安、失望次第に募る。人道無視の新型爆弾うらめしくなる。比類なき残虐性を発揮せるも、この犠牲になりたるかを思うと残念なり。彼の誕生日の今日、一昨日に東山香より貰った白き雪のごとき米の飯と、以前より買出せる沢庵の夕餐にて祝う。誠に御馳走にして家の者一同大いに喜び満腹したる模様なり。『米のめし』これ以上の美味なるもの当世になし。彼の霊魂に主の平安のあたへらるゝやう祈る」

と書かれていて、激しい怒りと霊の平安を願う輻輳した心情が感じられる。

その翌日、母親は息子の存否を確かめるために、広島に向けて出発した。

嗣義氏が入院していたと思われる広島第一陸軍病院の本院は、広島城の傍にあって爆心地に近く、もっとも惨状をきわめた。

目撃した人の証言によれば、「全病棟が棟から一刀両断された形で、瞬間壊滅、たちまち灰燼に帰した」という。その焼跡には、建物の大きな土台が枠状に残っているだけで、各室の区画の中には、堆積した屋根瓦のあいだに多数の白骨が散乱していた。

当日、第一陸軍病院には、職員五六五人、入院患者三〇〇人がいた。

焼野原の中、道を尋ねながらようやくたどり着いた病院ではあったが、この惨状を目撃しては、一縷の望みも断ち切られてしまった。

母親はその日、近くに止まっていたトラックの荷台の下で一夜を明かした。

翌日、病院関係者から白骨の欠片が納められた軍用封筒を受け取り、日出にもどった。この遺骨は、病舎の焼け跡に散っていた、誰の物とも判らない骨片であった。

安達久・大分連隊区司令官から、昭和二十年八月六日午前八時十五分死亡した旨の正式な告知書が役場に届けられたのは、嗣義氏が被爆死した日から四ヵ月経った十二月七日であった。

これによって除籍の手続きがとられ、嗣義氏は戸籍から抹消された。

その後十二月二十六日に書かれた日記には、「本日、嗣義外七柱ノ町葬ガ午後二時ヨリ西教寺デ執行セラル。終戦後初ノ町葬ナリ。何トナク気抜ケセル愁情堂ニ充ツル。弔辞ノ奉読奉呈モナク軍人ノ影消ヘテ哀レナリ」

と片仮名で記されていたが、私には父親が息子の死を悼み、人しれず心の内に建立した墓碑に刻んだ言葉のように思えた。

大分大学教育学部の名簿には、

「昭和二十年九月二十日卒業。死亡」

と記されている。

病みてまた病む

——生き残りし者の日々

七十半ば過ぎまで生きていると、人々は私に向かって、

「何時までも、元気でいてください」

と言ってくれる。

しかし、私が若い頃はそうではなかった。

人から問われて、私が十四歳の時に広島で被爆したことを話すと、ケロイドで歪んだ私の顔に視線を注ぎながら、「でも、生きていてよかったですね」と慰めるような口調で言ってくれた。

けれども、私自身はあの時死んでいた方がどんなにましだったたか、と常々思っていた。

その思いは、現在も変わっていない。

よんどころない事情で、大勢の高校生の前で顔に醜いケロイドの傷痕を残した私の少年時代の話をしたことがあるが、後で、「貴方は、真に強い人だったのですね」という感想文がもどって来た。

私自身はそのいずれにも属さない、むしろ不承不承生きて来た人間のような気がしている。

それも、フランスの画家ミレーが描いた「落穂拾い」や「晩鐘」の絵の世界にあるかのように自分を思い、忽然とこの地上から消されてしまった死者と会話を交わしながら、今日まで文章を書きつづけて来たというのが、私の人生であったかもしれない。

このような思いにとらわれている時、関千枝子さんから、三宅一生デザイン文化財団が企画した片岡脩「平和ポスター展」のパンフレットが送られて来た。

関さん自身もまた被爆者で、昭和五十七年に日本エッセイスト・クラブ賞を受賞した『広島第二県女二年西組』という名著がある。

私が卒業した旧制の広島県立広島第一中学校は、昭和二十三年の学制改革によって新制高校となり、翌年に国泰寺高校と校名を改めて存続している。

関さんは国泰寺高校を卒業すると、一年後に私と同じ早稲田大学の露文科に入学して来た。しかし、関さんは優秀な人であったから、当時はきわめて就職難の時代であったにもかかわらず、露文科を卒業すると同時に毎日新聞社に入り、記者となって活躍した。

関さんが国泰寺高校を卒業した七年後の昭和三十二年に、三宅一生さんも同校を卒業している。

その三宅一生さんが平成十七年度の高松宮殿下記念世界文化賞を受賞し、国泰寺高校の同窓会総会で他の叙勲を受けた人々とともに顕彰されたことを、私は会報で知った。

このたび、関さんから送られて来たパンフレットには、次のような結び文があった。

広島に生まれ、被爆を体験したグラフィックデザイナー片岡脩（一九三二―一九九七）は、一九八五年、「平和ポスター」一〇〇枚の制作を始めた。しかしながら、完成はかなわなかった。原爆六〇周年を迎える今年の夏、三宅一生デザイン文化財団ではこのポスター展を企画いたしました。片岡脩がデザインにたくした平和への希望と願いは、世代を超えて繋いでいきたいメッセージです。

「惨状は鮮明に覚えている。しかし、それをそのまま表現するのではなく、それを乗り越えた表現のなかで平和と愛を考えたい」――七二点のポスター制作を終えて、六五年の生涯を閉じられた。

自費で制作が始められた平和ポスターは、今回そのうちの二五点が、三宅一生さん主催による原爆六〇周年特別企画として、東京都内の代々木上原にあるＭＤＳギャラリーで開かれたものである。それを観て感動した関さんは、わざわざパンフレットを取り寄せ、別府に住んでいる私に報告かたがた送ってくれたのである。

金井淳氏の書かれた「脩さんのこと」によると、その頃の美術学校志願者の多くは、お茶の水や阿佐ヶ谷美術研究所などの塾以外に、在学中の美校生について受験勉強をしていたという。

昭和三十年当時、芸大図案科の三年生であった片岡脩さんのいわゆる片岡塾には、八名の志願者がいた。そのなかに三宅一生さんもいた。

郷里が同じ広島ということもあったろうが、国泰寺高校の縁につながるものが多々あったに相違ない。なぜならば、片岡脩さんは昭和二十年の三月に旧制の広島県立広島第一中学校に入学していたので、そのように推測するのは可能である。

当時の片岡脩さんは、被爆者というイメージとかけ離れていて、むしろフランスのデザインや文化に凝っている、洗練された都会人の印象を人々に与えたという。

自身の作品にいれるサイン、脩も、(s・i・u)とアクセントをつけた横文字を使っていた。

私が昭和四十三年に南北社から短編集『死の影』を出版した時、片岡脩さんに装丁してもらった。私たちは、市立中島小学校の同窓生であり、しかも同じ広島一中に通っていたという関係から本の装丁を頼んだのであるが、振り返ってみると冷汗の出る思いがする。

本が出た直後に、TBSのニュース番組に私たちは出演し、来栖琴子アナウンサーの朗読を交えて対談したことがある。

片岡脩さん自身も、被爆者であった。

爆心地から八〇〇メートルという至近距離にあった学校は、瞬時に崩壊し、炎上した。当時、一年生三〇〇名が学校に残っていたが、原爆が投下された時刻には、半数が界隈の建物疎開家屋の後片付け作業に出動しており、残りの半数は教室で待機しながら自習していた。

屋外で作業していた生徒も、教室に残って自習していた生徒も、一瞬の閃光の後に生命を絶たれてしまった。崩壊した校舎の下敷きになった生徒のうち、奇跡的に脱出できた生徒は、十八名に過ぎなかった。片岡脩さんは、その一人であった。

しかし、対談の中ではそのことについて多くは語らず、「むしろ惨状の記憶は鮮明であるが、今はまだ言語で表現することはできないし、仮に表現したとしても、それは真実を伝えることにはならない」という意味のことを言った。

岩波書店版の長田新編『原爆の子』で書いていた片岡脩さんの文章が強く印象に残っていたので、その発言を聞きながら、意外に感じたことを思い出した。

しかし、パンフレットにあるメッセージを読んだ時、私は遠い日の言葉の真意を知ることができたのである。ようやく二十年経って原爆の体験を文字にすることができるようになった私であるが、やはり修羅に妄執していたことが今になって分かるが、片岡脩さん自身もそのことを十分に意識した上での発言だったのだろう。

その直後に、私は原宿の駅近くにあったシウ・グラフィカの事務所を訪ね、表紙絵の原画を記念にもらった。

その時、「少し待ってください」と言って片岡脩さんは奥の部屋に入り、一部加筆して私に贈呈してくれた。

緑色のシンプルな縁で飾られた額の中には、真紅の炎を背景に向き合った中学生の、濃淡のある横顔のシルエットが描かれ、その中央に舞う黄色い羽をもった蝶が鮮明に描かれていた。この蝶は当初描かれていなかったので、後で描き加えられ、加筆された様子であった。それには、シウの署名があった。

「これからは、蝶をテーマにして仕事をしてみたいと思っています」

と語ったが、今でも私の心の奥底にしみて残っている。

片岡脩さんの網膜の底には、炎の中に一瞬のうちに消えて行った学友の姿が、儚い命の化身ともいえる蝶として焼き付いていたのであろう。

私が本のことで会っていた頃の片岡脩さんは、外見からは重大な病状を抱えている人のようには思えなかった。

因みに略歴を見ると、〈昭和三十三年に東京芸術大学美術学部デザイン専攻を卒業。資生堂宣伝部、サントリー宣伝部、早川良雄デザイン事務所を経て、昭和四十一年にはシウ・グラフィカＩＮＣを設立。昭和四十三年四月からは愛知県立芸術大学に赴任。後に同大学の教授、評議員、芸術資料館長〉となっている。

その間には、国内外での大きな賞をいくたびも受賞しているので、とても大病を抱えている人のようには見えなかったし、予想だにしていなかった。

関さんからパンフレットが送られて来た一年ほど前、現在は福岡市東区に住んでおられる、片岡脩さんの姉の加藤近子さんから、片岡勝子・片岡脩句集『流燈』を頂戴していた。

この句集は、広島に原爆が投下されて平和な家庭を壊された六人家族、そのうち生き残った四人の中で、母と息子がそれぞれの暮らしの場で作った俳句、母勝子百五十三句、息子脩百四十九句、短歌二十七首を夫人の恒子さんが編集し、平成十四年四月に発行されたものである。

読み終えて、被爆以後の片岡脩さんには、身体の安穏を覚えるひとときさえなかったのではないか、と私には思われた。

夫人の書かれたあとがきによれば、芸大に入ってからも白血病で寝込み、卒業してすぐに結婚したが、二年に一度は入院したとある。

椎間板ヘルニア、自然気胸、蜂窩織炎などの病名が羅列されていて、免疫力が弱いために風邪ですぐ四十度以上の熱で倒れ、虫に刺されてもたちまち化膿し、切開を必要とした。

したがって、白血病の血液検査はかかせなかった。

私が本の装丁のことで会っていたのは、昭和四十三年の春から夏にかけての季節であったが、そのような病状は少しも感じられなかった。

まして、翌年に下顎骨腫瘍で顎半分と鎖骨運動神経まで切除するという大手術を受けるとは、当時の私にはその兆候を感ずることすらできなかった。その後に肺炎、黄疸で再入院し、鼻からのミキサー食が三年ほど続く。

平成元年、胃癌のため胃五分の三を切除。以後腸閉塞で入院を繰り返す。背骨の痛みのためにしばしばペインクリニックに入院。

平成九年四月肺癌と診断される。呼吸困難になり、胸水を抜いた後、夏に一時退院。秋に再入院したが、平成九年十二月二十一日、六十五歳の生涯を閉じたとある。

病理解剖の結果、肝臓にも、骨にも、原発性の癌が見つかったと書かれていたが、一〇〇〇メートル以内で被爆した者にはこの「重複癌」が発症しやすいことを、私はつい最近になってテレビの番組で知った。片岡脩さんと同じく崩壊した校舎から脱出し、現在生き残っている一中生徒が、その症例患者として何度も入退院を繰り返す状況が映し出されていた。

『流燈』を読みながら、私は正岡子規の『病牀六尺』を思い出さずにはいられなかった。

こののどをたちきり落せば楽ならん
　夜の目ざめにひとりしおもふ

ただれ顔半面にあざふきて
　もの言えぬ吾れにレモンの香さわやか

口あかず物をもいえず痛み去らず
　蝉啼く聞きて裟婆の暑さ知る

病みてまた病みと親しみ桜散る
秋天に仰臥の尻を拭かれをり
噎して背骨の痛み極まれり

こうした状況にありながらも、戦中の食糧不足の時代を補うかのように、食への執着心は強かった。

牡蠣の色冴え澄むほどの夜冷ゆる
穴子飯今日一日は懺悔せず
衰へし食ゆるすまじ泥鰌鍋

私は、『病牀六尺』の中で「絶叫。号泣。益々絶叫する。益々号泣する」と記述した子規が、死の一週間前に「自分は昨日以来昼夜の別なく、五体すきなしといふ拷問を受けた。誠に話にならぬ苦しさである」と書いた文章を読んだ時、これが我世界であるという片岡脩さんの『病牀六尺』を感じた。

そして、平和ポスターに残されたメッセージ、

平和のうちに、いつまでも生きていけるように——

この透明な死生観に到達するまでの、片岡脩さんの生き残った以後の日々を思わずにはいられない。

みほとけにすがるよりほか術なしと
　老母の手紙はインク滲めり

一年ほど前、私は横浜に住む知人から、福岡で片岡脩さんの姉である加藤近子さんに会うということを聞かされた。知人は、加藤近子さんが広島で高校の教師をしておられた頃の教え子であった。その知人から片岡脩さんの「ラブ・ピースポスター展」のことを教えられた時、私はせっかく片岡脩さんが描いて贈呈してくれた表紙絵の額縁を、加藤近子さんを通じてもっと適切な保管をお願いすることを思い立った。

私には身寄りがなく、死後にこの額縁が散逸することは十分に予測されるので、知人に依頼し、届けてもらった。その後に、『流燈』が加藤近子さんから送られて来た。

この本の題名は、

　流燈の川面焔の跫音す

からとられている。

私の網膜の底には、被爆直後に焼け跡で出会った時の、毛髪を失い、血の気の失せた、透き通るように蒼ざめた顔色をした、片岡脩さんの姿が現在でも強く焼き付いている。

北風が赤褐色に広がった焦土を吹きぬけてゆく、厳寒の季節であった。

日々旅にして

——横田瑞穂先生のこと

　私が昭和二十四年に早稲田の文学部露文科に入学した時、最初にロシア語を教わったのは横田瑞穂先生であった。

　先生は後に、一九六五年にノーベル文学賞を受けた旧ソビエト連邦の作家ショーロホフの『静かなドン』を全完訳（岩波文庫・全八巻）され、ロシア文学者としての名声を博されたが、昭和六十一年二月に静岡県伊東市の自宅で亡くなられた。享年八十二であった。

　つい先頃、先生の実家跡が私の家からきわめて近い町にあることを知った。

　私が東京から別府市野田という高台に移住して来て十四年になるが、先生が大分県、とりわけ別府と深い関わりがあったとは露知らず、これまで暮らして来た。

　実家跡がある新別府という町全体は、昭和初期に温泉会社が保有していた土地を温泉付きの高級住宅地として分譲販売したもので、今では、広い敷地内に近代様式の邸宅が建った区画が整然と並び、閑静な雰囲気が漂っていた。

けれども、私が訪ねた先生の実家の跡は、完全に時代から取り残されたかのような、鬱然とした一画を形成していた。

植えられてから七十年は経ているると思われる栴檀は、幹を高く生育させ、大きく枝葉を広げていた。そのために家屋や敷地を取り囲む生垣や竹薮は光から遮られ、暗鬱な光景を沈めていた。

かつては玄関があったと思しき場所の、入り口の扉の前には、数本の太い枯れ枝が筋交いにはめ込まれ、固く閉ざされていた。

そして柱の上部には、風化した石の表札が今にも剥落しそうな状態で掛かっていて、よくよく見ると「横田穣」の名前が彫り込まれているのが分かった。

さらに奥に入り、南に面した庭に回ると、竹藪を背景に枯れ山水の趣を残した、石の配置の跡が感じられた。

広い平屋建ての家屋は、今日では廃屋同然の姿を晒しているが、かつては和風様式の美しさを備えた別荘建築を想像させるに十分な、設計と構造が施されているのを感じた。

表札に残されていた名前は、先生の父上で、明治四十三年に日出生台演習場の初代主管に任命され、昭和十年に退官した陸軍砲兵少佐・横田穣氏であった。

日出生台演習場は大分県のほぼ中央にあり、当時の地名で東北は宇佐郡、西北は玖珠郡、東南は大分郡の三郡にまたがる、面積四七五〇ヘクタールにもおよぶ大草原の盆地であった。少佐は、在職中に一四〇〇ヘクタールにもおよぶ地に自費で購った四五〇万本の苗木を植えて水源を涵養し、一大植林事業を完成させた。その業績を顕彰して、少佐の頌徳碑（銅像）や名前を冠した「横田山」が後世に残され、「大分県の植林の父」とも言われた。

退官後は、別府市新別府に家を建て、そこで老後を過ごしたが、昭和二十五年五月に八十五歳で没した。

その地に立っていると、地縁、血縁もなく東京から別府に移住して来た私は、先生との不思議な邂逅を思わずにはいられなかった。

この家には、戦中から戦後にかけての先生の思いが濃密に閉じ込められているのだった。

このことを知ったのは、先生のご遺族の方から頂いた遺稿集『山桃』（平成四年刊）の中に収められた、昭和十九年五月から昭和二十二年三月までの「家族への戦中・戦後の手紙から」を読んだ時であった。

書簡には疎開、空襲による家の焼失、極度の食糧不足、住宅難、敗戦、占領軍の進駐、社会が混乱する中で五人の家族が三ヵ所に別れ別れに住まわれた時期の、苦悩の記録が残されていた。

昭和十九年四月、小石川の教員養成所を終えたばかりの長女美佐子さん（故人）は、小学校三年生の三女伸子さんの縁故疎開に付添い、別府の祖父の家に移った。

伸子さんは、昭和十年にその家で生まれている。伸子という名前は、先生が露文科の学生時代の恩師、片上伸先生の名前の一文字をもらって名付けられた。

二人が別府の祖父の家に向けて出発する前夜、先生は心の支えとして日頃から熱心に読んでおら

れた『正法眼蔵随聞記』を、長女の美佐子さんに渡された。本の扉には、

「只今ばかり我が命は存ずるなり
昭和十九年四月二日夜　瑞穂」

と書かれていた。

二人が九州の土を踏んだのは、五月二十七日であった。

それからちょうど一年後の五月二十五日に、世田谷の家が空襲で焼かれたために、夫人と次女も別府に疎開して行ったが、内閣情報部に勤務されていた先生は独り東京に残り、住と食に難儀しながらの生活がはじまった。そうした状況下にありながら、先生は家族に宛てて絶えず手紙を書き、近況を伝えられた。

時には、出張の機会を利用して何度か帰省されたこともあった。しかし、当時は軍用列車以外の一般列車の本数は少なく、ようやく切符が入手できても、死ぬ思いで乗車しなければならず、その上往復に日を取られるばかりであったが、家族と再会することによってご自身の心身の保養にも努められた。

事細やかに日常を記された手紙以外にも、現在私が住んでいる町の付近の地名、それらを織り込んだ風景が描写された個所を読んでいると、時空を超えて先生と別府でお会いしているような錯覚を覚えるのであった。

私はその場を去り、少し南に下がった所にある実相寺山への道をたどった。

先生の手紙には、この山道のことがしばしば出てくる。その頃村人たちが〝兎道〟と呼んでいた幅一メートルほどの山頂に通ずる道は、現在では宅地開発が山裾にまでおよび、閉ざされていた。そのために昭和六十二年に山頂に仏舎利塔が建立された折には、南斜面に沿って桜並木の参道が新たに造られた。

実相寺山は標高一六九メートルのごく低い山であるが、山頂から風と光によって縮んだ別府湾の海面を眺めていると、先生の「思索のあと」が偲ばれ、先生が翻訳をしながら静かな生活を送ることを望まれた日出町が、遠くに霞んで見えた。

私はこれまで迂闊にも、先生のご出身地は山口県だとばかり思いこんでいた。

入学した年の秋、先生のお供をして神宮球場に早慶戦の応援に行ったことがあるが、その道すがら、「僕は、広島の隣の山口県にいたことがあるんだよ」と言われた。

その言葉が強く印象に残っていて、独り合点していたのであった。

しかし、このたび色々と調べているうちに、先生が北海道函館市生まれだということを知り、自らの不明を恥じる思いであった。

先生は、幼少期に長崎県佐世保市、次いで大分県玖珠郡玖珠町に移転、当地の小学校（分教場）に入学、小学校在学中に山口県山口市秋穂三島に移転、続いて山口県立山口中学校に入学、大正十一年三月大分県立中津中学校卒業、大正十二年四月に早稲田第二高等学院入学というのが、上京されるまでの略歴であった。

このように先生の度重なる転居、転校は父・穣氏が職業軍人のせいであった。

先生の誕生日は、明治三十七年一月二十四日であるが、その時点では穣氏は函館陸軍兵器支廠長であった。以後は日露戦争に従軍、帰還してからは兵器本廠、佐世保要塞、対馬要塞の各砲兵大隊長を歴任して、明治四十年に、四十二歳の若さで退役した。

その後はトミ夫人の郷里である山口県佐渡郡右田村に居住し、釣りなどをしながら自適の生活を送っていたが、明治四十三年には、もと上官の豊島少将、有坂中将の推挙によって、日出生台演習場の初代主管に任命され、着任したのである。

そうした事実から判断して、先生は日々旅にして（芭蕉・奥の細道）という想念を内に秘めて、生きて来られたような気がする。

先生が新別府の家に疎開した家族にしたためられた手紙にも、道元、芭蕉、西行、実朝、ドストエフスキー、トルストイ、チェーホフを例に、

「僕も人生の寂寥に堪えたい、偉大な文学はみんな其処から生まれてきているようだ」

と書かれていた。

先生のご家族がふたたび揃って生活されるようになったのは、昭和二十二年二月東京都北多摩郡昭和町（現昭島市）の家であった。

そして昭和二十七年には北多摩郡田無町（現田無市後に西東京市）に移られ、昭和五十三年に伊東市に住まわれるようになるまでその地に居を構えておられた。

先生は昭和二十年十二月には内閣情報部を退職された後ナウカ社に入社し、「社会評論」の編集を担当された。そして、北多摩郡昭和町に転居されたのを機に、ご自宅で翻訳、著述に専念されるようになったが、昭和二十三年には早稲田大学文学部臨時講師、翌年には同第一文学部専任講師、第二文学部、第一・第二商学部を兼任された。

教授になられたのは昭和三十五年、五十六歳の時であった。

私が露文科に入学した昭和二十四年当時、先生は専任講師のはずであったが、私の目には教授と講師の区別は感じられなかった。

その頃の大学構内には未だに戦災の跡をとどめた個所が残っていて、教室も十分に補修されてはおらず、教授も学生も共に貧しい服装での授業時間であった。ことに焼野原に北風が激しく吹く冬の季節には、共にコートを着たまま、机に身をかがめていた教室内の風景が思い出される。先生の黄色がかった薄い茶色のコートが、なぜか今でも鮮明に記憶に残っている。

その頃、顔面にケロイドの傷痕を生々しく残していた私は、同じクラスの学生から、広島での被爆体験を学生大会で語るように、と執拗に促されていた。その学生と顔を合わせるのを避けるために、私は先生の授業を無断で欠席することが多くなった。

そうした事情をご存知なかった先生は、私が原爆の後遺症で病床にあると思われ、見舞いの葉書を下さった。これが機縁となって、卒業後も文学の上で絶えず励ましを頂くようになった。

現在、私の手元には先生から頂いた葉書が十二枚残っているが、発信先の住所が田無、軽井沢追分、伊東市八幡野と異なっていて、先生のこれまでの経緯から察すると、白樺派の志賀直哉氏の「一所不住」の精神の在り方と、非常に似通ったものが感じられる。

あらためて先生が書き残されたエッセーや頂いた葉書を読み直していると、先生はロシア文学の翻訳者という枠を超えた、文学者であり作家であったような気がする。

昭和三十七年頃、井伏鱒二氏にはじめてお目にかかった折、井伏さんが横田先生について語られたのは既に述べた（本書「井伏さんのこと」）。

先生が亡くなられて後、早稲田大学大隈会館において、「横田さんを偲ぶ夕べ」が開かれたが、その発起人の名前の中に、井伏鱒二、小沼丹、五木寛之、後藤明生などの作家の名前があった。

私が頂いた葉書のほとんどは、私の作品についての感想であったが、時折、先生の交友関係の文面もあり、私は読ませて頂きながら、先生の温かい眼差しを常に感じていた。

御作品集「死の影」御恵送にあずかり有難うございました。ただ一つの題材、主題をわき見せず追求されて、こういう形でまとまったこと、貴重なことだと思います。（中略）七月一日の会、ぜひ出席いたし、二十年ぶりにお顔拝見いたしたく存じております。

「文学者」いつも送っていただいて御礼も出さず失礼。御作いつも拝読、この前の学生時代のことを書かれたのも感慨ぶかく拝見、人物も大変よく描かれていると思いました。いつか丹羽氏に会合で会ったときも話しました。ご精進願います。新しい小説、こちらの頭が老化し、よく分からず、閉口ですが、貴君の御作よくわかり感心しております。

一途に原爆問題に取り組んでおられる貴君に敬服します。世に出る出ないは時の運とこの頃つくづく思いますが、何もやっていなくてはその運にもめぐり会わないわけですから。昨夜も三木卓君の詩人賞授賞式の帰り、木山捷平君と一緒になり、二人で、樽平でビール一本かたむけながら上林暁君のことなど話しました。御健筆祈ります。

私たちより三、四年後に露文科に入学した学生の中からは、横田先生の薫陶を受けて多数の作家が輩出した。五木寛之、後藤明生、三木卓、宮原昭夫、李恢成、東海林さだお、森内俊雄氏などは大きな賞を受賞して世に出た。

私たち昭和二十四年入学の露文科の会が、いつか阿佐ヶ谷界隈の小料理屋で、横田先生を招いて開かれたことがある。

会の終わり頃になって、誰かが、「どうして、我々の学年からは作家が出なかったのかな」と言った。その言葉を聞きとがめられた先生は、私がこれまでついぞ見たこともない厳しい表情をされ、「中山君がいるではないか」と、語気鋭く言われた。

私はその場で強く感じた先生の表情と言葉、そして瞬間戸惑った自分の気持ちが不意によみがえって来るのを覚えた。

同時に、いつか先生が私の書いたものについて「手作りの仕事」と評されたことがあったが、それから以後も愚直に一筋の道をたどって来た自分の過去を思わざるを得なかった。

只今ばかり我が命は存ずるなり

先生が疎開する長女と三女に与えられた、『正法眼蔵随聞記』の本の扉に書かれた文字は、半世紀余経って別府でめぐり合い、私の内部に静かに響き浸透してくる、先生の肉声のようにも感じられるのであった。

先生の墓は、静岡県伊東市八幡野の曹洞宗伊雄山大江院の墓地にあり、正面海上には伊豆大島が眺められる。

（執筆にあたり、佐仲伸子さん、淺川彰三氏のご指導を仰ぎました。参考資料として『横田瑞穂　著作・翻訳年譜』源 貴志編、『山桃　横田瑞穂』横田 富編を使用させて頂きました）。

〈周防灘〉残照

室積海岸

私は今、黄褐色に褪せた一枚の写真を眺めている。

松林を背景に、左右に大きな櫓状の監視台が置かれ、その間には足場を利用して組まれた階段があった。そこには、水泳姿の二五〇名の生徒が、肩を寄せ合うようにして横八列に並んでいた。白い水泳帽を被り、同じく白の褌を締めた生徒全員が笑みを浮かべ、豆粒大に写っているので、拡大鏡で覗いて見なければそれぞれの表情を確かめることは不可能であった。

ようやく私の姿を、上から二段目の中央部に認めることができた。

この写真は、昭和十八年四月に旧制の広島県立広島第一中学校に入学した生徒たちが、夏休みを利用しての臨海教育に参加した際の記念写真であった。

この臨海教育は、古くは県中と呼ばれていた大正時代の頃から実施されていたもので、いわば学習の延長としての水泳訓練であった。

当初は、広島県内の安芸郡坂村の横浜海岸での十日間の水泳訓練であったが、大正十一年からは山口県室積海岸に移り、一年生全員の水泳訓練が行われるようになった。

室積海岸では、旧山口女子師範の寄宿舎を借りての合宿生活で、地元の金久旅館が食事の世話をしてくれた。

助手として、五年生の風紀委員や水泳部の上級生が付添っていたので、私たちは終始緊張しながら行動した。

寄宿舎を出ると、すぐ背後の白い砂浜には黒松の林が続いていて、その向こうに青く透明な海が広がっている光景が眺められた。

周防灘に面したこの海岸の風景は、私たちが列車を降りた山陽本線の光駅近くの虹ケ浜からはじまり、その距離は二里にもおよんでいた。

私たちは駅を出ると、海岸に沿って白く光る一直線に延びた舗装路を、南東方向に向かって四列縦隊で行進し、室積海岸の女子師範の寄宿舎に到着したのであった。

開かれた窓からは、海の香りをやわらかく包んだ潮風が入り、室内には透明な光があふれていた。

私たちは割り当てられた畳敷きの部屋で、背負って来たリュックサックの荷物をほどき、短時間の休息を取った。

夕食後、教師から臨海合宿に当たっての心得や細かい指示がなされた後で、ここの海は三、四尋の海底まで透き通って見えるとの補足説明もあった。一尋が一・八メートルとすれば、七、八メートルの底まで見える計算になる。

私たちの合宿生活は、八月五日から十二日までであったが、水泳訓練のほかに朝礼時の体操、自習、教師による講習会、夕刻の峨嵋山への行軍などの日程で埋められていた。

最終の十二日は退水式だったので、その前日に五キロメートルの遠泳が行われた。数艘の手漕ぎ船に乗った上級生たちは、遠泳をする生徒を監視しながら、時々メガホンから大きな声を出して励ましたり、太鼓を叩いたりした。

中には自身も海に入り、気を配りながら遠泳を共にし、飴を配ったり、疲労した生徒を船に導いたりする役目の助手もいた。

私たちは二時間半かけて、海岸線近くを西に向かって泳ぎ、折り返して出発点にもどった。底まで透明に澄んで見える遠浅の砂浜にたどりついた時には、膝に力が入らず、容易に立ち上がることができなかった。

その時の光景や、遠泳の最中を撮った写真も何枚か手元に残っていた。

そうしたスケジュールの合間に父兄の参観日があり、私の母も、近所に住む学友の母親と一緒に参観に来ていた。

日傘を差して、海岸から私たちの水泳訓練を眺めていた母の姿は、今では七十半ばを越した年齢になった私ではあるが、記憶の中に鮮明に残っている。

その母は、室積海岸の参観日からまさしく二年経った夏の日にも、私の姿を探さねばならなかった。原爆によって廃墟と化した炎天下の広島市内に、学徒動員で爆心地にほど近い作業現場に出ていた私を、六日間にわたって探し歩いたのであった。そのため母は、後々まで原爆の後遺症に悩まされつづけた。

私の母と一緒に室積海岸に参観に来ていた学友の母親は、私とは別の動員先の工場に通っていた息子を、その日死なせてしまった。

こうした回想にとらわれながら数枚の写真を見ていると、班を同じくし、一緒に撮影された生徒の中に、翌々年の八月六日にはこの地上から忽然と消え去った者の多さに気付かされた。

その不意の訪れを少しも予感することなく、誰もが未来に向けての輝かしい微笑を浮かべていた。写真を通してあの日消え去った者たちを凝視していると、彼らの瑞々しく、幼さを残した肉体が、透明な夏の空の下で白く光り輝く砂浜、松林を吹き抜けて奏でられる涼やかな音に包まれているのを感じた。

夏季休暇を終えて二学期に入ると、私たちには多くの勤労奉仕が課せられるようになった。日に日に悪化する戦況が、学校本来の姿を変えつつあった。農村の稲刈りの手伝い、暗渠排水工事、飛行場建設、兵器廠・被服廠への出動、水源地増築の作業に従事したりした。

昭和十九年には学徒動員令が公布され、学徒の勤労動員は法制化され、組織化された。

私たちが二年生になった時、クラスの編成替えがあり、その二学期から、三ヵ所の軍需工場に分かれて出動するようになった。

私が通った工場には、三学級・一五〇名の生徒が配属されたが、他の二工場にはそれぞれ一学級・五十名の生徒が配属され、兵器生産に邁進した。

しかし翌年の八月に入ると、私たちは工場で機械に向かうかたわら、広島市内の強制建物疎開家屋の取り壊し作業に臨時に駆り出された。緊急に防火帯をこしらえる必要から、市内全域の中学校、女学校の低学年生徒までが出動して後片付けの作業に加わっていた。

原爆が投下された八月六日、私たちの工場からは、私もその一員であったが、半数の生徒が爆心地から一・五キロメートル離れた地域での作業に加わった。私はそこで重度の火傷を負い、陸軍通信隊の救護所に六日間いた。

別の工場に動員されていた一学級、五十名の生徒は、爆心地から七五〇メートルの地点で作業していて、全員が死亡した。

また私たちの学年では、爆心地から九〇〇メートル離れた地点にあった学校に、防空要員として詰めていた数名の生徒が被爆死している。

私は室積海岸での写真を眺めながら、さまざまな想念がよぎるのを覚えた。

学校の伝統行事であった室積海岸での臨海教育は、戦況悪化のため私たちの学年を最後に中断されてしまった。

そして、その時からまさに二年を経た、昭和二十年八月六日には広島市に原爆が投下され、六十名の生徒の命がこの写真から一瞬にして姿を消してしまったが、写真は彼らがまちがいなくこの世に生存していたことの証になっているように思えた。

また、彼らの一人ひとりも、かつてこの地上に生存していた自分を、強く訴えているようにも感じられるのである。

祝島

写真を整理していると、私の母が一歳になるかならないかの女児を抱いた写真が、ふと目に止まった。

すると、その写真を撮った時の状景がまざまざと思い出された。

この写真は、昭和十八年八月、広島の家の庭先で撮ったものである。記憶が鮮明なのは、私が室積海岸での臨海教育を終えて帰った直後に、撮った写真だからである。

母が抱いている女児は、離れの二階家に住む五十君《いぎみ》さん夫婦の子供で、留守を預かったときのスナップであった。ご主人は、西部六部隊本部付きの下士官で、奥さんともども山口県祝島の出身であった。

私の家には、同じ敷地内の北側の奥まった所に、こぢんまりとした二階建ての洋風建築の建物があった。

建築家の父が、後に姉が結婚した折にでも住まわせる心積もりで建てた家で、あえて貸家にする意図はなかったようであるが、陸軍のご用達をしていた親戚の者からのたっての頼みで、やむなく貸すことにしたのである。

引っ越して来た五十君さん夫婦には、生後まもない恵子ちゃんという女児がいた。

五十君さん夫婦の出身地である祝島は、周防灘と伊予灘の境界に近い海域にあり、室積海岸からは南に一六キロメートルほど離れた海上にあったので、水泳訓練中にも水平線の向こうに島影を見ることができた。

現在（平成一九年）では、上関原子力発電所反対運動で揺れている島としての印象が強いが、遠く万葉の時代には、

家人は帰り早来と伊波比島斎比待つらむ旅行くわれを

と詠まれ、「伊波比島」と表記された神霊の島として崇められてきた。

遥かな地に向けて渡航を続ける遣新羅使節の一行は、祝島の荘厳な姿を目にして心打たれ、旅の無事を祈ったという。

東京から大分県に移住して来て十五年になるが、最近になって周防灘に浮かぶ山口県上関町祝島と、大分県国東半島の突端にある国見町の間で、千年以上も続く伝統行事「神舞《かんまい》」のあることを知った。四年に一度のうるう年に、国見町の伊美別宮社のご神体が祝島に渡る神幸祭で、島では連

日、古式ゆかしく神楽が奉納される。

また、江戸初期に始まり幕末までの二百年間には、十二回にもおよぶ李氏朝鮮からの外交使節団「朝鮮通信使」の往来があり、そのつど上関町は寄港地になっていたので、早くから李王朝の文化に接していたともいえる。

祝島は周囲一二キロメートル、面積七・六七平方キロメートルの島であるが、昔から漁業が盛んで、島民は今でも漁業を中心にした半農半漁の生活を営んでいる。

五十君さん一家とは、夏の夕凪の時刻になると、庭の縁台に掛けてしばしば夕涼みを共にしたものである。

当時は食糧や衣類が切符による配給制で、特に甘味料を入手するのは困難であったが、五十君さんの口利きで砂糖を入手することができたので、私の家からは抹茶と氷を用意して、宇治氷をこしらえた。

食事に招待した時なぞ、「実家に帰ったようです」と言っていた五十君さん夫婦であったが、翌年の夏には市内牛田町に移り住まねばならなくなった。営外居住者に異動が命じられたようなものであったが、広島城に近い基町に駐屯する西部六部隊に通うには、距離的に言えばそちらの方が近かった。

移転後も、奥さんは恵子ちゃんを連れて何度か私の家に遊びに来た。

広島市に原爆が投下された当日の朝、新規入隊者の受け入れと教育が行われるために、五十君さんは午前七時半に家を出て、八時には部隊に着いていた。

爆心地から至近距離の場所で被爆したために、五十君さんは全身に火傷を負い、火膨れした裸体同然の姿で家にたどり着いたが、まもなく救援に駆けつけた兵士によって担架に乗せられ、陸軍第二病院三篠分院に運ばれた。

しかし、手当ての施しようもなく、十日の午後三時、水を求めながら亡くなったという。

父親が翌十一日に祝島から駆けつけて来た時には、遺体はすでに運び出された後で、その場所には、奥さんが持たせた洗面具の入った袋が残されているだけであった。

その時、奥さんは妊娠八ヵ月の身重だったので、家で夫を看取ることができなかった。そのことに悔いを残しながら、翌日にはやむなく義父に付き添われて広島を離れ、祝島にもどった。

ご主人の遺骨が連隊区司令部の死亡通知書と一緒に上関町役場に届いたのは、十月になってからであった。奥さんは十月に女児を出産したが、その児は義母が引き取って育てることになったために、三歳の長女を連れて五十君家を去り、結婚前の三藤姓にもどった。

戦争が終わって三年目の冬に、奥さんが訪ねて見え、はじめてその話を聞かされた。

私たちが最後に奥さんに会ったのは、東京・九段にあった旅館の応接間だった。

奥さんが地域の遺族団体と一緒に上京して、靖国神社に昇殿参拝した折、私たちはごく短い時間ではあったが、会って言葉を交わすことができた。広島を引き揚げて上京して来た両親と一緒に杉並で生活をはじめた頃なので、昭和三十二年の晩秋のように記憶している。

その後も文通はつづいていたが、直接会う機会はなくなっていた。

別府に越して来た折、移転の挨拶状を奥さん宛てにも送ったが、「本人不在」の付箋がついてもどって来た。いつか京都に住む恵子さんの写真が送られて来たことがあるので、そちらの方で一緒に住むようになったのかもしれない、と勝手に推測していた。

やがて独り身で暮らすようになった私は、折に触れて遠い日の五十君家との交流を思い出したが、いぜんとして祝島に魅せられている自分にも気付くようになった。

春、周防灘の沖合いに泳ぐ鯨の姿。風除けのために石を積み、土や漆喰、セメントなどで固めた「練り塀」に固まれた民家。平家塚。秦の始皇帝が探し求めたといわれる、不老長寿の薬の実をつける特異な植物。これらは、奥さんの手紙に書かれていた風景であった。

そして、いつかかならず祝島を訪ねる約束をしていたが、それは果たされることもなく、今日におよんでいた。

私は電話局に問い合わせて奥さんの実家の電話番号を確かめ、思いきって架けてみた。

「亡くなって、今年が十三回忌でした。享年七十三です」と、義弟に当たる人が説明してくれた。

病名をたずねると、「しょっちゅう入退院を繰り返していましたが、白血病が原因だったと思います」という返事だった。

聞かされた私は、にわかに眼の前が白く薄い膜で覆われてくるのを感じた。

谷のひとつ家

「青淵」六月号の〈渋沢栄一のことば〉の頁に、栄一が明治三七年に詠んだ「月」という題の短歌が掲載されていた。

山の端に照る月影は清けれど
　軒は小暗し谷のひとつ家

この短歌がいかなる場所で詠まれたのか定かではないが、明治三七年といえば日露戦争がはじまった年であるから、まだ地方には電気が普及していなかったことであろう。ましてや谷のひとつ家とあれば、なおさら電灯が点っているとは考え難い。おそらく灯油に芯を浸して点された、明かりではなかったかと想像される。したがって外に映る明かりは弱々しく、軒先が小暗く見えたのはそのせいであろう。

明治三五年生まれの私の父は、よく夕食時などに酒を嗜みながら、小学生だった私に、「わしが子どもの頃は、学校から帰ってくると、必ずランプの火屋《ほや》を磨かされたものだ。これが子どもの日課だった」と語った。

火屋と言われても、生まれてこのかた電球の明かりの中で育った私たちには想像すらできず、具体的にランプの姿や形を頭の中に描くことはできなかった。

石油ランプは、洋灯とも呼ばれた。

ガラスまたは金属の壺に石油を入れ、芯に含ませて燃焼させる。一般家庭では平芯や巻芯ランプが用いられ、明治三〇年代にはその全盛期とされた。

江戸時代末期に輸入されるとたちまち普及し、それまであった行灯はやがて姿を消し、明治の文明開化時代の象徴として存在したようである。

国産のランプは、一八七二年に初めて製造されたが、年を追って改良され、種類も増していった。しかし、後にガス灯の輸入によってやや衰え、次いで電灯によって廃れてしまった。

けれども都市以外の、配電線から遠い地方にあっては、石油ランプの時代が長く続き、大正年間には未だその使用は相当残っていたと言われる。

父が私たちに語っていた「火屋」は、ランプの火を覆うガラスの円筒のことであるが、煤がつきやすいので、絶えず手入れをしなければならなかった。

そうした不便と火災の危険があるにもかかわらず、構造が簡単で、その割りに明るいことから、現在でも山小屋など電気のこない場所で愛用されている。

父の実家は、広島市内を流れる本川と天満川にはさまれたデルタの南端にあって、伝統的な漁業で栄えていた江波町にあった。

もともとは広島湾の孤島の一つであったが、太田川デルタの発展にともなって陸に繋がり、大正五年七月に江波町として新発足した土地柄であった。

江波がまだ島であった時分、寛政一二（一八〇〇）年九月に頼山陽は脱藩の罪により、閉門の上、謹慎を命じられた。

自宅は、広島藩主浅野氏の菩提寺がある国泰寺の北側、袋町の杉ノ木小路にあった。幽閉の身であった山陽は、二畳の小部屋で「日本外史」の著述に専念していた。

その合間には、寛政年間に創業された江波の料亭「山文」に遊び、憂さを晴らした。

その折、酔筆を振るって「白魚阿里　山文」と、大きな看板に揮毫した。

広島に原爆が投下されたとき、店は爆心地から約三キロメートル離れていたため焼失をまぬがれ、山陽が揮毫した大看板は残った。

しかし、原爆で三人の娘さんが行方不明となって血脈が絶えたことや、加えて太田川が汚染されて白魚が棲まなくなったこともあって、昭和四〇年代に入ると、白魚料理を名物とした老舗「山文」の行灯は、江波の町からその灯を消した。

「山文」の商号は、創業者山本文蔵の名前に因んでつけられたものであった。

当時の「山文」の主人と父は、小学校を同じくし家が近所だったので、親しい間柄であった。私が小学校に上がった頃、何度か家族連れで食事に行った。

「山文」は、海際の不動尊を祭った丸子山と呼ばれる、小高い山の麓に隣接した場所にあった。その頂きには、海に向って、常夜灯が設置されていた。

長い廊下を渡った端の、海に突き出た奥座敷で、父は白魚の躍り食いで酒を楽しみ、私たちは磯の香に満たされた牡蠣飯を食べながら、入り江の風景を眺めていた。

酢醤油の入った器の中に小さな網で掬った白魚を入れ、跳ねるところを箸の先で素早く挟み取りにし、口の中に入れて喉越しを味わうという、白魚の躍り食いなる残酷な食べ方をその時はじめて知った。

そのような環境に育った父であったから、ランプの火屋を磨かされたことは容易に想像できた。

渋沢栄一の「月」という短歌を読んで間もなく、私は大分市にある県立美術館で開催されていた「追悼　高山辰雄の画集」展を見に行った。

展示された絵の中に、『一軒の家』という題の作品があった。

その前に立った時、「月」の短歌が自然に頭の中に浮かび、その情景が重なってくるのを覚えた。

この絵は夜空の下に映し出された、奥深い山中の人家を題材に描かれたものであった。

月光に照らし出された山林や渓流に囲まれた家から漏れる薄明りには、人の姿は感じられなかった。しかし、自然の中で営まれる人間の生活を感じさせるものがあった。

高山辰雄氏は、昭和二〇年の空襲によって中野にあった自宅を焼失し、都下西多摩郡羽村に疎開して戦後に荻窪に転入している。

そのことは氏の年譜によって知ったが、その時から四三年経って制作された作品とはいえ、その背景にあるものが伝わってくる。

「月」という短歌を読んだ時も、そして高山辰雄氏の『一軒の家』の絵の前に立った時も、私の内部で重なる風景があった。

それは、被爆直後に七五年間は草木も生えないだろうと言われた広島市の大地、その廃墟に点のようにたたずむバラックの板壁の隙間から漏れる、淡く心もとない灯火が、星月夜の空から降り注ぐ光に包まれている光景であった。

小屋の中では、生き残った人々が皿にパラフィンを溶かした油を入れ、それに布を裂いて縒った芯を浸して明かりを点し、生活を続けていた。

配給になったパラフィンで明かりを作る方法を教えてくれたのは、父であった。

一見して氷砂糖にも似た白い固形物は、ろうそくの原料であった。紙縒りを作ることが得意だった父が芯を縒り、パラフィンを溶かした容器の中にそれを浸して先端に火を点した。

こうした一連の作業には、子どものころに火屋を磨かされた技術と感覚が活かされていた。

被爆して顔や手足に広範囲の火傷を負った私は、湧くように流れ出る血膿とその臭気、激しい痛みに悩まされながらバラックの小屋の隅に寝ていたが、明かりが点されていく過程を眺めていると、心なしか気持ちが安らぐのを覚えた。

この冬には大勢の人が飢えと寒さで死んで行くであろうと噂される中にあって、明かりが点ることによって人々は救われた思いがしたのではないだろうか。

山里を遠く離れた谷間にも似た、静寂な廃墟にたたずむ一軒家の灯火が、月の光に包まれている光景であった。

先ごろ、新聞にガザ地区南部で、ろうそくの明かりで食事をとる家族の写真が掲載されていた。これはパレスチナ自治区ガザの発電所がイスラエルの制裁によって燃料が底をつき、発電所の稼働が停止されたためであった。皿のろうそくの明かりを囲み、子どもを含む五人の家族が食事をとっている光景は、六三年前の広島の生活にあまりに酷似していた。

戦争は、人々から明かりを遠ざけた。

これに関連して思い出されたのは、先日、テレビ朝日の番組〈徹子の部屋〉で、黒柳徹子さんと小沢昭一さんの対談であったが、非常に興味のある内容であった。

黒柳さんは、「戦時中は、灯火管制が厳しく、夜は電灯の笠の周りに暗幕が吊り下げられ、光が外に漏れないように囲われていたので、その限られた明かりの下だけでしか本を読むことができなかった。従って夜になると、外は暗闇だった。戦争が終わって、明かりが戻った時は、本当に嬉しかった」と語った。

当時、海軍予科兵学校の生徒として山口県の防府の学校にいた小沢さんは、当時は根っからの軍国少年の教育を受けていたので、一朝事ある時は死ぬ覚悟はできていたが、生まれた浅草の町を離れて暮らすことの寂しさを覚えた、と言う。

そう語った後で、小沢さんは、「寂しさをまぎらわすためにハーモニカを持って行ったが、入学した時に没収された。その頃は、人々は軍歌など歌わず、映画『愛染かつら』の主題歌〈旅の夜風〉や敵国であるアメリカ民謡の『谷間のともしび』がよく歌われていた」と回想した。

この話を聞きながら、小沢さんと同時代を生きた自分を強く感じた。私の家にも、霧島昇と松原操（後にミス・コロンビア）が歌った「旅の夜風」や、東海林太郎が歌った「谷間のともしび」のレコードがあり、たびたび聴いていたことを覚えている。

小沢さんは旧制の麻布中学から、それまで海軍兵学校の入学資格が四年生であったものが、一年早められて三年生で受験できるようになった昭和一九年九月に海軍予科兵学校に入学していた。

昭和二〇年四月に旧制広島一中の三年生になった私は、学徒動員で軍需工場に通い、兵器生産に従事していたが、九月には推薦されて海軍予科兵学校を受験することが決まっていた。

しかし、広島・長崎の両市に原爆が投下され、八月一五日に終戦になったために、そのことは自然消滅したが、被爆して重傷を負って病床にあった私は、悔しい思いをしたことが今でも鮮明な記憶として残っている。

小沢さんは亡くなった両親、戦災で焼失した浅草の実家のことなどを語った後、持参したハーモニカで、「谷間のともしび」を奏でた。

黄昏にわが家の灯
窓に映りし時
わが子かえる日祈る
老いし母の姿
谷間灯ともしころ
いつも夢に見るは
あの灯あの窓恋し
ふるさとのわが家
なつかしき母の待つ
ふるさとのわが家

（西原武三訳）

切々とハーモニカを吹きながら、小沢さんにはこみ上げてくるものがあったのだろう。その涙ぐんだ小沢さんを見つめる黒柳さんの目にも、光るものがあった。テレビを見終えた後も、小沢さんのハーモニカが奏でる「谷間のともしび」の詩と曲の余韻が、いつまでも心に沁みた。

検閲の記憶

三年ほど前、「大分プランゲ文庫の会」の方から思いもかけぬ問い合わせがあり、それが機縁となって、その会との関わりが生ずるようになった。

「プランゲ文庫」は、終戦直後に連合国軍総司令部（GHQ）に勤務していたゴードン・プランゲ博士が、占領下の日本国内で検閲された出版物を米国に持ち帰り、メリーランド大学で約六〇万ページにおよぶ文書が所蔵されたことから付けられた名称であった。

GHQの民間検閲局（CCD）は、一九四五年から四年間、占領下の日本国内で出版された新聞、雑誌、書籍、町内会誌、社内報などあらゆる出版物を検閲した。

そのプランゲ文庫に収蔵された、大分関係の出版物は一一〇種類にもおよんでいた。

その中に別府市から発行されていた「大分春秋」という雑誌があって、執筆者に私と同じ名前の人がいたので、会の代表者から執筆の有無をたずねられたのである。

後で、同姓同名の人だったと判ったが、その人の消息は現在のところ不明とのことだった。

しかしその後、平成一八年一二月に「大分プランゲ文庫の会」が発足する少し前に、代表と事務局長の二人がパンフレットを持って私の家に見えた時、意外な事実を教えられた。

つまり、私が新制の広島県鯉城高等学校の三年生の時に、校友会が発行していた「ゆうかり」という文集に書いた随筆が、プランゲ文庫から検索されたというのである。

しかも、「風鈴」という題名まで教えられたのは、驚きであった。

私は、それを書いた時の情景を、今でも克明に記憶している。そして、高浜虚子の句、「風鈴に大きな月が懸りけり」と書かれた短冊を背景に、小ぶりな青銅製の風鈴が吊り下げられていたのを、鮮明に思い出すことができる。

店頭の、小さな陳列ケースに飾られていた。

それは、広島市内の繁華街のほぼ中ほどにある、鋳銅品を扱う老舗の店先にあった。

原爆が投下されて廃墟と化した広島は、昭和二三年当時、ようやく復興の兆しが見え始めた頃であったが、爆心地にきわめて近い本通り一帯は、家族全員が死亡したケースが多く、赤く焼結した地肌を露呈したままの空き地が目立っていた。

その所々に、バラック建ての、店と呼ぶには不似合いな、小屋風の建物が点在し始めた時分であった。

通りがかりに、何年ぶりかで目にした、風鈴が吊り下がった小さな風雅の世界に、私の心は惹かれたのであった。

足を止めて、微かに鳴る音にたまゆら耳を澄ませていると、被爆このかた私の内部にしこりとなっていたものが、少しずつほぐれていくのを感じた。

その頃になって、私はようやく生きることを考えはじめ、文学の世界に進みたいという希望を抱きはじめたところであった。

学徒動員中の、旧制中学三年生であった私は、広島に原爆が投下された時、爆心地から一・五キロメートル離れた地点で、建物疎開の作業に従事していて被爆し、顔や手足にひどい火傷を負った。化膿が癒えた時には、ケロイドに被われて二目と見られない顔になっていた。

以来、私は人目を避け、人通りの少ない焼け跡の道を選んで歩く人間になり、独り部屋にこもって、死ばかり考える人間になってしまった。

本来ならば、進学のコースを決め、将来の身の立て方を考える時期であったけれども、私は生きることに背を向けて暮らしていた。

私が広島一中に入学した頃には、父は私が医学の道に進むことを、母は私が一中、一高、東大へと進み、高級官僚になることを夢みていた。しかしその夢は、原爆が投下されてから六日後に、救護所に収容されていた私の変わり果てた姿を見た瞬間に、潰えてしまったはずである。

その時は、ただ生きていてさえくれればと願ったけれども、現実に息子が醜い顔になって生き残り、しかも生きる気力を失ってしまった姿を見ると、両親は失望と困惑にさいなまれ、私に話しかける言葉を見失っていたにちがいない。

その一方で、私は学校で進駐軍兵士によってケロイドを撮影されたことは、両親に話さないでいた。それまで陸軍病院跡の建物を借りて授業を受けていた全校生徒が、焼け跡に建てられたバラック建ての応急校舎に戻ったのは、終戦の翌年の九月であった。

それから間もなく、重度の火傷を負った生徒たちが校長室に呼ばれ、「恩讐を越えて、協力するように」と指示された。そして、あらかじめ用意された調査用紙に記入し、待機していた。

順番が来て、隣の応接室に入ると、私は三人の米国兵士と日系二世と思われる通訳に囲まれ、写真を撮られた。

顔面、それを引きつらせている頸部、左腕のケロイドの部分が一枚の写真におさまるように不自然な姿勢を強いられ、何度もシャッターが押された。

撮影が終わってその部屋から出た時、私の内部に屈辱感が急速に広がってくるのを覚えた。

こうした資料は後に米軍から返還され、昭和二六年に市内の比治山に設立された、原爆障害調査委員会（ＡＢＣＣ）に保管されていると聞いたことがある。

プランゲ文庫のことを知った今、米軍兵士によるケロイドの撮影は、被爆者の精神と肉体への検閲だったと思うようになった。

それから以後の二年間、私は死ぬことばかり考えて生きていたが、ある日崩壊した家屋の壁土の下から書道用具を見出し、何気なく墨を磨ってみた。

するとその墨の香が、小学生の頃に各種の書道展に出品し、大きな賞をもらったことを思い出させ、後に写経の書家として名を馳《は》せられた岸本磯一先生から指導を受けながら、稽古に励んだ日々が懐かしく感じられた。

部屋にただよう墨の香は、私を蘇生させた。

私は新聞広告を見て、東京にある龍峡書道会の「蘭契」を購読し、学生の部に作品を送るようになった。

そして、師範の山根閑山先生に通信添削をお願いした。先生からは欧陽詢の「九成宮醴泉銘」や王羲之の「蘭亭序」を臨書された折帖が送られてきた。

そうした日々、私は日本有数の筆の産地で知られる、広島県熊野で開催された全国書道展の〈大学・高校の部〉で最優秀賞を受賞した。

このことが呼び水となって、私は徐々に生きることへの意志を取り戻し、私の置かれている状況が少しずつ見えはじめてきた。

そして、父の書棚に残されていた文学書をはじめ、新聞広告に出ていた書籍を注文して取り寄せ、貪るようにして読んだ。

わけても、徳冨蘆花の「自然と人生」、正岡子規の「病牀六尺」、芭蕉の「奥の細道」は私に強い影響を与え、文学への道を選ばせることになった。

本通り裏の玉泉堂で半紙と折帖を買い求めた後に、鋳銅品店の前を通りがかり、店頭に吊るされた風鈴と、高浜虚子の俳句が私の目に映り、足を止めたのであった。

ようやく進学の気持ちが定まった私は、早稲田大学の文学部に進学し、将来は文学で身を立てたいと言った時、両親はあえて反対しなかったが、自身も上京して苦学した経験のある父は、「文学では、容易に飯は食えないぞ」と言った。

そして、父の蔵書の中にもあった有島武郎を例に引き、むしろ農学部で牧場経営を学びながら書いて行ったらどうか、と提案した。

私が人目の多い社会で生活することの困難をあらかじめ察知した、父の発言であった。しかし私がその真意を理解したのは、ずっと後年になってからであった。

私が上京したのは、昭和二四年の三月末であった。

当時は、いまだ米軍による占領下の郵便物の検閲がなされていて、家から届く郵便物が時々開封されていて〈OPENED BY CCD〉と印刷された検閲済みのテープが貼られていた。

そのテープは、現在我々が普段用いているセロテープであるが、当時、アメリカではすでに普及していたのである。

つい先頃、昭和時代の写真を編集した本を見ていると、銀座四丁目の交差点で交通整理をしている、MPと呼ばれる駐留米軍兵士の写真が目に入った。瞬間、上京して間もない頃の銀座の風景が、熱っぽく私の内部によみがえった。

同時に、広島で進駐軍兵士に顔のケロイドを撮影された日のことが思い出された。

昨年（平成二十年）の七月、私は広島市の原爆資料館の人から、原爆が投下された翌年の八月に発行された、文集「泉」についての問い合わせをうけた。

この文集には、「みたまの前に捧ぐる」という副題がついているように、原爆が投下された時、爆心地に近い場所で建物疎開の作業をしていて、全員が死亡した学級の生徒を悼んで編まれたものであった。しかし通読してみると、被爆体験集の趣が強く感じられた。

逝きし友を偲びながら、戦時下や被爆直後の赤裸々な思いが凝縮した文章が、全編にあふれていた。とりわけ原爆に関する出版物に関しては、プレスコードが設けられ、厳しい検閲が行われていた。しかし、「泉」は検閲を意識することなく編纂され、発行されたのである。

それというのも、亡くなった生徒たちが通っていた旧・軍需工場が、戦後に社名を改め、被爆死した動員学徒を供養するために発行したからであろう。

あるいは会社に手持ちの用紙があり、わざわざ検閲の許可を得て、紙を入手する必要もなかったのかもしれない。

いずれにしても、「泉」は広島初の被爆体験記集であると言えた。

編纂に携わった友人は、「当日、何らかの理由で動員を休み、生き残った級友で原稿を集め、一〇〇部ほど作って配った」と語った。

「泉」は、ガリ版刷りB5判、六七ページで、当時の粗悪な紙に印刷されていた。

私も頼まれて、一年生の時に同じ学級の生徒であった藤井勝君のことを書いていたので、できあがった時に一冊もらった。

しかし、六〇年経た現在では、学校にも、資料館にも、寄稿した誰の手元にも残っていなかった。

私が持っている「泉」が、唯一現存のものであることを、資料館の人から聞いて知った。

私は本来物持ちが良い方ではないが、被爆の経験を基調に小説やエッセーを書いているので、関連する資料は大事に保存しているのかもしれない。

しかし、六〇年前に粗悪な紙にガリ版刷りされた「泉」を取り出して開いてみると、判読困難になった文字があることもさりながら、ページをめくると、たちどころに崩れてしまいそうなほど脆くなっていた。

今になって考えてみると、六〇年前に検閲を受けた「ゆうかり」が、当時の姿のままアメリカで保存され、検閲をまぬがれた「泉」は、もし私の手元に残っていなければ、確かに存在したという証は失われていたのである。

検閲がもたらした皮肉な現象としか言いようがない。

私は、広島の原爆資料館に「泉」の保存を寄託した。

尋ね人

今から二年前、私は未知の人から一通の手紙を受け取った。

差出人は、広島県山県郡北広島町で内科医院を開業している五六歳の医師、金谷俊則氏であった。

パソコンで書かれた丁寧な文章が、五枚にわたって認められていた。

それによると、私が平成一〇年に出版した『私の広島地図』を読み、それを頼りに手紙を書いたということであった。

手紙の内容は、昭和二〇年八月六日に広島で被爆死した旧制の広島一中第三学年生徒、金谷善夫の消息について知っていることがあれば、教えて欲しいというものであった。

添え書きとして、金谷善夫は貴方と同学年のはずで、自分の叔父に当たると記されていた。

この手紙を読み終えたとき、私は戦後間もなく始まったラジオ番組〝『尋ね人』の時間〟を思い出した。

ラジオ放送に「天気予報」が復活したのは、日本がポツダム宣言を受諾し、終戦の玉音放送が全土に流された七日後の、昭和二〇年八月二二日のことであった。

三年半ぶりの予報復活は、人々に改めて平和を実感させた。それは、戦争が終わって灯火管制から解き放たれ、気兼ねなく電灯を明るくともしたときの喜びに似ていた。

しかし、焦土の中で始まった〝戦後生活〟は、決して平坦なものではなかった。

私の脳裡には、原爆で廃墟となった広島で迎えた戦後初めての正月の風景が、今も色濃く残っている。

その記憶は、終戦直前にアメリカの空軍によって焼き尽くされた、日本各地の都市の人々も同じに違いない。

飢えと寒さと戦いながら、人々は焼け跡の壕舎の中、焼けたトタン板を貼り合わせただけの小屋、あるいは疎開先の農家から借りた狭い部屋で暮らしていた。

被災者にとって、ラジオは唯一の情報源であり、放送される番組は人々を慰め、励ましを与えた。

昭和二〇年後半から翌二一年にかけて、新番組が次々に登場した。

『街頭録音』、座談会「天皇制について」の大反響を受けて登場した『政治討論会』、『真相はこうだ』、「カム・カム・エブリボディー」のテーマソングで始まる英会話番組『英語会話教室』、娯楽番組として『のど自慢素人音楽会』、『紅白音楽試合』、『話の泉』などがあった。

その後『二十の扉』、『私は誰でしょう』、『とんち教室』などの番組が生まれ、人々をラジオの前にくぎ付けにした。

しかし、昭和二一年七月一日から始まった『尋ね人』の時間は、それらの番組とは異なっていた。戦争によって外地や内地で引き裂かれた肉親、知人、友人、また戦地に赴いた兵士の安否を尋ね、その連絡を待っている人の必死の思いが伝わってくる番組であった。

その思いは、感情を抑え、淡々と伝えるアナウンサーの朗読によって、人々の耳の底に染みた。

この『尋ね人』の番組は、朝八時三〇分から八時四五分までの時間帯で放送された。

しかし、テレビの普及にともなって昭和三七年三月三一日には終了となったが、荒廃した当時の生活の中で、記憶に強く刻み込まれた番組であった。


金谷氏の手紙を読んで、両親が被爆者であることから、金谷氏が被爆二世であることが分かった。叔父は、金谷氏の父の実弟であった。

金谷氏は子供のころ、八月六日の原爆記念日には祖父に連れられて、ドーム前の元安川のガンギに降りて灯籠を流し、叔父の供養をした。祖父から「善夫は、昭和二〇年八月六日に亡くなった」とだけ告げられたので、以来、金谷氏はその日が叔父の命日だと信じたが、過去に広島で起きた悲しい事実を、子供心にも察したという。

しかし、広島大学医学部の学生の時、毎年夏に平和記念会館で公開されている「原爆死没者名簿」の閲覧に行き、偶然にも叔父の名前を発見し、死亡日時と死亡場所を確認することができたのである。それによれば死亡年月日は昭和二〇年八月七日、死亡場所は陸軍被服廠となっていたが、遺骨はなかった。

叔父が健在だったころの様子や、原爆が投下された以後どのような経緯をたどって死に至ったのか調査し、記録を残して置きたいという金谷氏の気持ちが文面から伝わってきた。

金谷氏の手元には、叔父の遺品として、一枚の写真と何通かの手紙が残っているだけであった。写真は、広島一中に入学して間もないころのものであった。昭和二〇年七月一五日付けの葉書には、西郊外の古江にある東洋工業の枇杷山に一中生一七〇名ばかりが枇杷もぎに行き、食べ過ぎて腹をこわしたことがユーモラスに語られていた。

金谷氏が私に手紙を書く気になったのは、『私の広島地図』の中で、

「曖昧な部分を明確に記録しておくことが死者に対する礼儀であり、供養である」

と私が書いていたからである。

私はこれまで数多くの、被爆して亡くなった人たちのことを書いてきたが、その中には、未だに消息の分からない者が大勢いた。

たとえ死亡場所が判明しても、儀式によって弔われた死ではなく、あまつさえ身内の誰からも見送られることもなかった。一括して荼毘に付されたり、埋葬されたりしたために、遺骨さえ無い者が大半であった。

原爆が投下された当日、私たち第三学年は一クラス五〇名が爆心地から七五〇メートル離れた土

橋町に、そして七〇名が一・五キロメートル離れた鶴見町で、それぞれ建物疎開の作業に出ていた。

私たちは学徒勤労動員令によって、二年生の二学期から三ヵ所の軍需工場に分かれて通っていたが、当日は、工場の義勇隊として臨時に強制疎開家屋の取り壊し作業に駆り出されたのである。私は鶴見町の班に属していたので、顔や手足に放射熱による火傷を負ったが、死はまぬがれた。けれども、土橋町に出動していたクラスは全員が被爆死した。

爆心地から八〇〇メートル離れた私たちの学校では、原爆が投下された時刻、一年生三〇〇名のうち半数が付近の建物疎開作業に出ていた。残りの半数は教室で自習しながら待機していたが、倒壊した校舎から脱出した一八名を除き、全員が死亡した。そのほか私たちの学年から防空要員に指名された生徒一五名がいたが、同じ運命をたどった。

当初、金谷氏は私と同学年の者から、叔父は土橋町に作業に行って全滅したクラスにいたのではないか、と教えられた。しかし、その場所で被爆した生徒のすべては、動員先の工場がある西郊外を目指して避難したが、工場にたどり着いた者以外は、大半が近くの国民学校や病院に収容されて亡くなった。

金谷氏はそのことから察して、叔父が反対の東方向に、しかも遠い距離を避難したとは到底考えられず、私と同じ作業現場にいたのではないか、と疑問を持った。

私は鶴見町で被爆し、川向こうのすぐ近くにある比治山に逃れた。

『原爆死没者名簿』に記載されていた叔父の死亡場所である陸軍被服廠は、比治山の東側麓にあったので、金谷氏がそのように判断するのも無理からぬことであった。

けれども、爆心地から一・五キロメートル離れた地点での被爆は、身体の皮膚は焼かれたが、生命まで奪われた生徒はいなかった。

むしろ爆心地から八〇〇メートルの至近距離にあった学校で被爆した一年生は、この方向に逃れた者が多かった。そして、翌日、もしくは翌々日には死亡していた。

途中、路上に倒れているところを救出され、近海の似島《にのしま》や金輪島に収容されて亡くなった生徒も大勢いた。

また、倒壊した校舎の下敷きになったまま、炎に包まれて死んだ生徒も多数いた。

その日、防空要員として学校の校庭にいて被爆し、奇跡的に生き残った友人は、いったん被服廠に避難したことを私に語ってくれたことがあった。

これらのことから推測した上で、当日、防空要員として学校にいて被爆したと考えるのが妥当なような気がする、と私は金谷氏に伝えた。

防空要員というのは、最初は学校の近くに住む生徒が選ばれていたが、後に近辺が強制立ち退き区域に指定されたために、家から三〇分で学校に通える生徒が選ばれ、当番の日は工場を休んで登校した。一年生の指導も兼ね、米軍機の空襲から学校を防衛するために二交代制で任に当たっていた。当時、横川町に住んでいた金谷氏の叔父の家は、三〇分で登校可能な距離にあった。しかし、そのころの私たちには、そうした情報は的確に伝わっては来なかった。なぜならば、私たちは様々な班に分類されて行動していたからである。

本来の学級別の呼称があるうえに、通勤するために乗車する駅別の班編成、工場では航空機、小銃部門に分かれていて、さらに細分化された班に属していた。戦局が悪化し、二交代制で作業するようになってからは、A班、B班に分かれ、原爆が投下された日につながっていった。当日の作業に出動したのは、私が属していたB班七〇名であった。

そのころには生徒自体にも、空襲で家や肉親を失い、縁故を頼って転校してきた生徒や、家族とともに疎開してきた生徒の転入などもあって、見慣れない顔の生徒もいた。従って不確かな記憶の部分があるのも、いたし方ないことであった。

動員当初は、金谷氏の叔父と私は同じ横川駅から乗車する班だったので、毎朝、駅前で集合する際に何度か言葉を交わしたことがある。しかし、夜勤が始まるようになってからは、班が異なったために顔を合わせる機会は失われていた。

私はそうした事情を金谷氏に伝え、終戦の翌年に発行された追悼集『泉』の中に、「逝きし友・金谷君を想う」という文章があったので、書き写して送った。当時の粗悪な紙に謄写《とうしゃ》印刷された冊子は、消えかかった文字もあって読みづらかったが、模型飛行機作りに熱中していた金谷善夫の人物像が、学友によって鮮明に描かれていた。

その返事を書き終えたとき、昭和三一年度『経済白書』の「もはや戦後ではない」という文言が、皮肉にも私の口をついて出た。

最近、「被団協」の会報を見ていて、被爆者手帳取得の「証人さがし」の欄に、被爆直後に比治山で負傷者の収容に従事した、陸軍船舶通信隊第四中隊の兵士の、証人探しの記事が目に止まった。昭和一九年七月に臨時召集された大正一二年生まれの人で、長野県下諏訪町出身であった。

読みながら、比治山の頂上近くで倒れていた私を背負い、東側斜面の中腹にあった救護所に運んでくれた兵士のことを思った。

家人が迎えに来るまでの六日間、何くれとなく面倒を見てくれ、「家の人が来るまで、しっかりと気を張っているのだぞ」と励ましてくれた。母が迎えに来たとき、兵士は私を背負って細い山道を下り、往来で待機していた荷馬車の台まで搬送してくれた。

私と母は、手を振って見送ってくれる兵士の姿が見えなくなるまで、お辞儀をしていた。

後年、私と母は「あの時の兵隊さんの身元が分かる方法はないものだろうか」としばしば話し合ったものである。

その母も昭和五九年に亡くなり、今では私一人が『尋ね人』の時間の中にいる。

産土に

今年の二月、私は何年ぶりかに別府市内の亀川駅から日豊本線の電車に乗り、臼杵市藤河内小出という小さな集落を訪ねた。そこは、臼杵市と合併する以前は、大分県北海部《きたあまべ》郡下北津留村大字藤河内という地名であった。

私は、東京都東村山市に住む茶本（旧姓・三重野）裕里さんから教わったように、臼杵駅の二つ手前の熊崎駅で電車を降り、駅前の公衆電話からタクシーを呼び、道案内を頼んだ。

車は駅から北に向けて走り、臼杵・坂ノ市道路を横切り、六ヶ迫《ろっかさこ》鉱泉方向の道をたどった。しばらく行くと、右手に小さな川に架かった橋のたもとに、「小出」と板に書かれた標識が立っていた。

「あの山の向こうは、大分です」

運転手は説明しながら、車を右折させた。

車は谷間の細い道を伝い、奥に向かって進んだ。車窓の左側には、道に沿って小川が流れ、その向こうには田んぼが広がっていた。今は刈られた後の株が、寒々とした幾何学模様を残していた。

やがて、「龍舌の滝」と記された看板が視界に入った。崖上から、清冽《せいれつ》な水がほとばしり、落差の少ない滝を形成していた。そのすぐ脇に、新しく造営されたと思われる、三重野家の立派な墓が目についた。少し行った先にも、三重野家と刻まれた墓碑があった。

裕里さんから聞いた話では、小出にある六戸のうち、五戸（現在は三戸）が三重野姓だということであった。

三重野家の家督は、裕里さんの父親の長兄・巽氏によって継がれ、墓は臼杵市内の大橋寺にあると聞いていたので、この地にある三重野家の墓は、別の家系の墓であった。調べて見ると、藤河内に合併する以前の正保、天保の郷帳には三重野村が記載されているので、そこからの枝分かれと考えれば容易に理解することができた。

車は、谷間の最も奥まった所でいったん停車した。そこには、数軒の家が寄り添うようにして建っていて、細い道の行き当たりは藪であった。少し引き返して、左手の山の坂道を上ってみたが、途中、風で吹き倒された孟宗竹の太い幹が交錯して道を覆っていたので、引き返した。

先ほど車を降りた地点に戻り、集落の入口に近い、「三重野」と書かれた表札が掛かった家を訪ねて聞いてみた。

庭先で草花の手入れをしていた老婦人に、三重野定夫さんの生まれ在所をたずねると、「すぐそこです」と教えてくれた。

庭から往来の近くに下りて、指差された方向に視線を向けると、先ほど引き返した坂道の下に、屋根を蔦や葛の葉に覆われた二階建ての、廃屋とおぼしき家の姿があった。

老婦人に礼を言って別れると、私は小川に架かった橋を渡り、その家の前に立った。傍を流れる小川を眺めていると、裕里さんが裸足で歩いた谷間の道、小川のヤマメやモクズガニ、裏山のヤマミミズのことが書かれた手紙の文面が思い出された。

裕里さんが編集した母親・松代さんの手記「三重野杜夫の最期」を読んだ時、三重野という姓や、戦後に両親が話し合う内容から、大分に深い関係があるように私には思えた。

裕里さんに電話でたずねたところ、藤河内は明治二九年に父・定夫が、昭和八年に長男・杜夫が出生した地であることを教えられ、私はいつか訪れてみたいと思うようになっていた。


母親の松代さんが綴った「三重野杜夫の最期」は、松代さんが昭和五七年一一月、八二歳で東京都東村山市の次女・裕里さんの家で亡くなった後の、遺品整理の際に発見されたものであった。

押入れの下段の、最も奥まった所に置かれた薄い箱の中に収めて、保管されていた。

手記は、当時の粗悪な紙質のために、今はすっかり黄ばんでしまった大学ノート数枚に、原爆が投下された直後に行方不明になった、最愛のひとり息子の杜夫を、焦土の中に捜して歩いた七日間の記録が松代さんの筆跡で詳細にしたためられていた。

当時、父親の三重野定夫海軍大佐は艦隊勤務を終えて内地に帰還し、呉の海軍航空工廠に転任、単身赴任していたが、その後、広島市内にあった軍需省中国監理部部長に就任した。

それを機に、鎌倉の自宅にとどまって家を守っていた家族四人は、長男・杜夫の神奈川県立湘南中学校の合格を待って、四月末に広島に引っ越し、家族そろって生活することになった。

それまで長女・万里は聖心女子専門学校に通っていたが、中退して大船の航空機工場に勤めていた。次女・裕里は神奈川県立横浜第一高等女学校の四年生であったが、川崎の軍需工場に勤労動員されていた。広島に移り住んでからは、広島県立広島第一高等女学校に転入学したが、そのまま郊外の軍需工場に通った。

長男・杜夫は広島県立広島第一中学校に転校したが、一年生はまだ動員されず、学校に残っていた。授業の傍ら農村への勤労奉仕や、近くの建物疎開作業に駆り出されていた。そのころ、同じ学校の三年生であった私は、二年生の二学期から勤労動員で郊外の軍需工場に通っていた。

三重野家の人々が最初に住んだのは、市内の楠木町であったが、ほどなくしてその地域が建物疎開対象区域に指定されたために、市外の井口《いのくち》村にあった、ある軍需会社の社員寮の二階に移って行った。そこは広島市の中心部から六、七キロメートル離れていた。

原爆が投下された八月六日の朝、家族は二階の部屋から、杜夫が家から出て行くのを見送った。杜夫は、いつも通りに戦闘帽をかぶり、国防色の制服にゲートルを巻いた姿で家を出ると、二階の方を振り返り、軽く手を挙げ、杜夫の背丈ほどにも伸びた稲が揺れる、田んぼの中の道を駅に向って歩いて行った。その時、杜夫は一二歳四ヶ月であったが、家族の者が見た杜夫のこの世での最後の姿であった。

それより少し遅れて、父・定夫は家を出て、市内・八丁堀下にあった福屋百貨店を庁舎とした軍需省中国監理部に向かった。電車宮島線の井口駅から乗車して己斐《こい》駅で降り、市内電車に乗り換えるために停留所に立っている時に被爆した。

強烈な閃光と同時に作裂音がして、爆風が襲いかかり、瞬間、身を伏せた。しばらくして立ち上がった時、周囲の風景は一変し、人々は血を流しながら、呆然と立ちすくんでいた。

自身の身体を点検したが異常はなく、佩いていた短剣の柄が截《た》ち裂かれていることに気づいた。

役所のことが気遣われたが、たちまち発生した猛火に遮られ、市内に入ることは不可能だと判断されたために、いったん井口に引き返したが、途中、古江にさしかかった頃に、黒い、油を溶かしたような激しい雨に降られた。

井口の家では強い衝撃は受けたが、窓ガラスを破損した程度で、さしたる被害はなかった。

折り返し自転車で市内に向かったが、依然として燃え盛る火の中から、幽鬼のような姿をした負傷者の群れがあふれ、流れ渦巻く避難者の群れに押し戻されて、市内に立ち入ることは阻まれた。

二度目に市内に入ったのは、午後四時頃であったが、その時には、松代も一緒だった。家を出る前に定夫は、松代に向かって、

「しっかりした決心を持って行かなければ、連れては行かれない」

と何度も念を押した。

それから以後の七日間、広島に来て間もない三重野家の人々は、炎天下の焦土の中に、杜夫を捜

して歩いた。

爆心地にほど近い距離にあった広島一中では、一年生三〇〇名が学校に残っていて、二交代制で周辺の建物疎開作業に従事していた。

半数が教室に残って自習しながら待機し、半数が屋外に出て作業していたが、ともにほぼ全員が死亡した。生徒の親は、学校の焼け跡を拠点に消息を求めて集まり、そして、市内のありとあらゆる救護所、遺体収容所、市中に張り出された名簿にわが子の名前を探して回った。近海の島々にも渡ったが、身元が確認されないまま遺体が処理されたために、行方不明となった生徒が多かった。

こうした状況の中で、屋外で作業中に被爆し、消息を絶っていた杜夫が、七日に鶴見橋の東詰近くの路上に倒れていたという知らせが八日の夜遅く届いた。九日の早朝、家族が駆けつけたが、遺体は兵士によって既に収容された後であった。

松代さんの手記には、血を吐くような思いが詳細に綴られていた。

現在では廃屋となってしまった、三重野定夫、杜夫父子が出生した家の前に立っていると、さまざまな思いが私の内部をよぎった。

明治二九年に生まれた父・定夫は、大分県立臼杵中学校に入学すると、片道二時間の道程を徒歩で通学し、後に全国で四〇人しか合格しない海軍機関学校の受験の時にも、徒歩で熊本まで行ったという。それも、次男であるために、官費で学べる学校を選び、海軍軍人としての道を選んだといわれる。

昭和八年三月一九日、長男の杜夫が増築されたばかりの、離れの二階家で生まれた時、定夫は海軍少佐で、第三艦隊所属の駆逐艦の機関長として、旅順や上海を巡航し、ようやく帰還したばかりであった。初めての男子誕生に、大喜びで抱き上げたという。

杜夫の死は確認できなかったが、八月七日に生きていた杜夫を見た三人の証言をもとに、九月一二日、広島東警察署で認定してもらった。それには、「八月七日（時刻不詳）広島市比治山公園下で死亡」としてある。

九月二一日、身内だけの遺体のない葬儀が行われ、遺族は五日市町光禅寺の星月老師が半紙に「三重野杜夫」と書いたものを持って裏山に上り、点火した。秋風の中で紙はたちまち燃え尽き、白い煙はたなびく間もなく消えてしまった。わびしい野辺の送りであった。

戦後、父・定夫は海の見える井口の高台に小さな家を建て、妻と二人で暮らしていたが、昭和三四年一二月に亡くなった。享年六二であった。

このように三重野家の人々を回想していると、六日間行方不明だった私を探し歩いた母のことが思い出された。そして、救護所で母に抱かれた時の、温もりが熱くよみがえってくるのを覚えた。

しかし、三重野杜夫は母親に抱かれることもなく、学友の母に「冷たい水をください」と頼んだのが、最後であった。

母は一度だけ、遺体が収容されている場所で私を捜した時の、腐臭ただよう悲惨な状況を話してくれたことがある。

そして、「一生、アメリカを憎んでやる」と嗚咽しながら言ったのを記憶している。

それに似た激しい言葉が、杜夫の母・松代の口からも叫ばれている。

しかし、昭和四九年五月に広島県立一中被爆生徒の会が発行した「ゆうかりの友」の中で、松代は当時の状況について書き記した後に、一三首の短歌を添えていたが、その中に、

雨に風に　はた生みの土に　あらはれて
　清らにいますらん　みほとけ杜夫は

昭和二六年八月に詠まれた、短歌があった。

私は定夫、杜夫父子が産土《うぶすな》に眠っていることを信じながら、廃屋の前にたたずんでいた。

私が生まれた母の実家があった町は、広島平和公園の下に埋もれている。

一九四五年八月六日の朝

(一)

例年、広島の原爆忌が訪れるころになると、その日の朝の情景が、私の脳裏に鮮明に浮かんでくるのはなぜだろうか。特に今年の異常とも思える猛暑は、いっそう強く記憶を呼び覚ました。

あの日も朝から暑く、炎暑の一日になることが十分に予測された。夜中に空襲警報が発令され、防空壕に避難したりしたので、睡眠不足からくる気だるさと身体の不調が感じられた。学徒勤労動員中の中学三年生であった私は、その日塵挨《じんあい》を全身に浴びながらの建物疎開作業に行くのが、何となくためらわれた。

この心の揺れが、些細なことに腹を立て、母につらく当たって家を出る結果になってしまった。

食糧の配給が途絶え、家庭菜園で収穫されたトマトやカボチャが食卓に出ることが多かった。母が申し訳なさそうに「ごめんね。何もなくて弁当のおかずは、カボチャなんよ」と言ったので、私は「カボチャが嫌いなのは、よう知っとるじゃろうに」と悪態を吐き、防空ずきんを収めたリュックサックの中に、弁当箱を邪険に放り込んで裏口から家を出た。その時、庭の隅に植えられて人の背丈ほどにも伸びた、濃いエンジ色の花弁を見事に開かせたダリアの大きな花が、視界の端に鮮明に映った。

その日、私は作業現場の鶴見橋の西詰めで被爆したが、対岸の比治山に逃れ、東側斜面の中腹にあった臨時救護所に六日間収容されていて、七日目に家に連れて帰られた。最初に父が連絡を受けて深夜に訪れ、翌日、雇った荷馬車で母が迎えに来た。

そこは陸軍が民間の別荘を借り上げて宿舎にしていたところで、私は比治山の頂から兵士に背負われてたどり着き、軍医から治療を施された後に、奥の大広間に寝かされた。兵士は、私が背負っていたリュックサックを、枕代わりにあてがった。

私がそこに運び込まれてから後も、次々と負傷者が収容された。部屋は傷の痛みから発せられるうめき声や、死を目前に水を求める声、置き去りにしてきた孫の名前を呼び叫び、重傷の身を顧みず出て行こうとする老女の悲痛な声、そして私も含めて身体から発散する腐敗臭が、それらと濃厚に混じり合った。

やがて、そうした人々は死者となり部屋から運び出され、その空いた場所に別の負傷者が運び込まれた。

私は枕元近くで数人の兵士が遺体を運び出す時の畳の上できしむ軍靴の音をかすれた意識の中で

聞きながら、死ぬまでにひと目でいいから家の者に会いたいと願った。ことに、母には、弁当のおかずに不満を言って家を出たことをわびておきたかった。

幸い、近所の人が第一県女に通う娘さんを探しに来た機会に家への連絡を頼み、私は家に帰ることができた。救護所で父と母に抱かれた時の、ぬくもりと懐かしいにおいは、その後何年経っても消えることはなく、この年齢になっても思い出すたびに涙が出てくる。

私を比治山から背負って救護所に運んでくれた兵士に再度背負われて、山道の下の往還で待っていた荷馬車の台に、母と一緒に乗った。その時に持ち帰った私の荷物は、リュックサックのほかに、袖口を焼いた上着、日の丸に「神風」の文字が染められた鉢巻であった。

リュックサックの中の弁当箱は、当日の朝に入れられたままの状態であったから、母が取り出した際には、腐敗して液状になっていたということを後になって聞いた。

六日間私を捜しながら、母は、

――あれが最後だったらと思うと、悔やみきれない思いがした。

と後日語ったことがある。

私は私で、ひと言母にわびてから死にたい、と救護所にいる間、ずっと思い続けていた。

六五年経った今もカボチャを見ると、あの朝の光景と母の涙ぐんだ顔が浮かんでくる。

(二)

今年の四月、アメリカから一時帰国していた定政和美君と広島で六二年ぶりに再会した。

定政君はシアトルの生まれで、家族は戦前に日本に引き揚げ、繁華街の中島本町に住んだ。一階が食料品店で二階が住まいになっていた。現在、平和公園の慰霊碑があるすぐ近くである。原爆が投下された当日、家には海軍経理学校の生徒であった兄を除いて、両親、姉、定政君の四人がいた。

昭和二三年に渡米して以来の話を定政君はした後、問わず語りに、

「あの日の朝、出がけに父が『今日は休まないか』と言ったが、作業を終えた後で全身に浴びた塵挨を、川で泳いで洗い流して帰ろうと思って、水泳用のふんどしを用意していたのでそのまま家を出た。なぜ父が珍しくそんなことを言ったのか、不思議に思いながら集合場所である広島駅前の広場に向かった」と感慨深く話した。

定政君と私は、同じ場所で被爆した。

けれども定政君はいったん比治山に避難し、市内の火が収まった頃を見計らって、自宅のあった中島本町に入ったが、薄暗く激しい熱気が渦巻く廃虚の町には人の姿はなく、ただ一人出会った近所の人から、一刻も早くこの場を離れるようにと促され、市の西の端にある己斐の縁戚を頼って避

難した。

翌日、親戚の者が中島本町の住居の焼け跡に行き、そこで焼死した定政君の両親の遺骨を拾ってきてくれた。

当時、姉の恵美子さんは広島女学院専門部の英文科三年生に在学していたが、動員されて第二総軍の特別情報班に所属し、米軍の短波放送を傍受する任務についていた。平素、恵美子さんは家ではよく話す方であったが、動員先に関しては厳重な守秘が命じられていたのか、語ることはなかったという。従って勤務先の所在地や仕事の内容について、家の者は詳しく知らなかった。

後に第二総軍の特別情報班は、泉邸（浅野侯爵邸　現在の縮景園）にあったと聞かされたが、爆心地から一・二キロメートル以内の地点であったから被爆死は免れなかった。遺体は不明であった。

「あの朝は、母は具合が悪く臥せっていたので、姉が朝食を作り、弁当を持たせてくれた」

私は定政君の家に遊びに行った時、ご両親や姉の恵美子さんに会ったことがあるが、定政君と恵美子さんが英語で話し合っているのを見て、私は自分の家とは異なる世界が存在していることに気付いた。

縁戚の家で、祖母からドクダミの葉で傷口をぬぐってもらうだけの治療を受けながら、朝目が覚めると「ああまだ生きていたのか／この痛みから逃れるために、いっそのこと誰かが殺してくれたら／あの日休んだらよかったのに／かすかながら生きていれば、兄に会えるかもしれない」と自分に語っていたという。

そんなある日、夢の中で父が燃える家の炎の中から姿を現し「和美、生きるんだぞ」と叫ぶのが聞こえた。「パパどうやって生きるの」と尋ねたが、父はそれには答えず、炎の中に消えて行ったという。渡米を決意したのは、その時からであった。

その後もらった手紙の末尾に、「庭に面したガラス戸を開けて両親に話しかけていましたら／そこへ当地では見かけない蜻蛉（広島ではヤンマー）が飛来し／さらに頭上を越えて家の応接間に入り／旋回した後に／中庭を経て飛び去ったことがあります／蜻蛉が来たのはその年だけでした」と、一九九〇年代の八月六日にサンマテオの自宅で体験した文章がつづられていた。

私たちが再会した後の、八月一二日付の手紙には「先週、原爆六五年平和記念式典が当地八月五日午後四時より生中継で放映されました。式典よりまず元安橋と産業奨励館〈現在の原爆ドーム〉が映し出された時、何を考えるともなく涙ぐむ自分でした」とあった。

（三）

前稿「産土に」で、大分県臼杵市出身の、旧制広島一中一年生の三重野杜夫君の被爆死について書き、その日の朝、杜夫君が家を出る時に家族全員が二階の窓から見送ったという話を聞いて書いた私であるが、そのことがいつまでも心の隅に残っていた。

〈杜夫はいつも通りに戦闘帽をかぶり、国防色の制服にゲートルを巻いた姿で家を出ると、二階の方を振り返り、軽く手を挙げ、杜夫の背丈ほどにも伸びた稲が揺れる、田んぼの中の道を駅に向かって歩いて行った。その時、杜夫は一二歳四カ月であったが、家族が見た杜夫のこの世での最後の姿であった。〉

後日、姉の裕里さんと話している時に「動員先が変更になり、その日は休暇になっていました」と聞いた。

昭和二〇年四月に父親の三重野定夫海軍大佐が軍需省中国監理局部長に就任した機会に、家族は鎌倉から広島に移り住んだ。

湘南中学に入学したばかりの杜夫君は、広島一中に転校したが、一年生は学校に残っていて、授業の合間に農村の勤労奉仕や付近の建物疎開の後片付けに出かけていた。

横浜第一高女の四年生であった裕里さんは広島第一高女に転校したが、川崎の軍需工場に勤労動員学徒として通っていたと同じように、広島でも郊外の軍需工場に通った。

動員先の軍需工場は、最初は私も通った東洋工業で、後に市の西方にあった広島航空に通っていたという。広島航空には、私たちと同学年の一クラスが動員されていたが、原爆が投下された時には、爆心地から八〇〇メートルの地点の土橋で建物疎開作業に従事していて、四〇名全員が死亡した。

そして再度、動員先が変更になり、六日は休暇で家にいたと聞いた。七日からの新しい動員先を尋ねると、裕里さんから「第二総軍でした」という言葉が返ってきた。そして、第二総軍に配属される生徒は、試験によって選抜されたという。「暗号を解読する任務だったので、試験があったのでしょうが､受かったのは軍人の子女だけでした。軍人の家の子ならば､口が固いということもあったのだと思います」。

第二総軍というのは、本土決戦に備えて昭和二〇年四月七日に、東日本の要として東京に第一総軍司令部、西日本の要として広島に第二総軍司令部が設置され、その部隊名であった。責任者は畑俊六大将で、所在地は東練兵場・二葉の里の元騎兵第五連隊跡であった。裕里さんに所在地を尋ねると、西練兵場なのか、東練兵場なのか判然としなかったという。

先に書いた中学時代の友人の定政和美君の姉は、広島女学院専門部の英文科三年生であったが、動員されて第二総軍の特別情報部に配属されていたが、こちらは市内幟《のぼり》町の泉邸にあった。そこで被爆した定政君の姉・恵美子さんは、行方不明であった。

裕里さんのいう練兵場とは異なるので、広島市軍用通信網に当たっていると、第二総軍には「泉邸」と「第二総軍東二葉交換」の二ヵ所の基地局があることがわかった。

裕里さんの言う練兵場は、東練兵場にあった「第二総軍東二葉交換」を指していたのではないだろうか。

「もし、八月六日から第二総軍の方に出ていましたら、助かってはいなかったでしょうね」

と裕里さんは言った。

私はこの話を聞きながら、三重野杜夫君が家を出る時に家族が二階の窓から見送った時の光景と、それから七日間の捜索の日々を思った。

終わりし時の証に

今年二月、『広島第二県女二年西組』（ちくま文庫）の著者・関千枝子さんからの手紙に、「白血病で病床にある姉が、昏睡状態です」とあった。そしてその手紙の最後に、「姉は原爆症認定の申請をしたのは、お金のためではなく、被爆したための病気を認めさせたいからだ、と怒っています」と書かれていた。

姉とは、黒川万千代（旧姓・富永）さんのことだろうと思った。この黒川さんには、一九七六年八月六日に刊行した『原爆の碑―広島のこころ』という表題の貴重な写真集がある。その〝あとがき〟の中で、

「私は隠すわけではないが広島で被災した事はあまり語りたくなかった。ふれたくなかった。それは一六歳の小娘にとってどれほどいまわしい傷痕であったことだろう。この手で看取り、この手で焼いた。とても耐えられないことを私たちはしなければならなかった。私たちは魂を失ったもののように一切の人間らしい感情を心の片隅におしやり、ひたすら耐えねばならなかった」と述懐し

ている。

一〇〇以上もある市内の慰霊碑を取材・撮影した写真集には、昭和三〇年白血病で亡くなった佐々木禎子さん（当時一二歳）の死を悼んで建てられた〈原爆の子の像〉もあった。

黒川さんの略歴には、「広島女専一年生のとき、校内で被爆」とあったが、今回の関さんからの手紙によると、学校内の講堂で被爆したことが判明した。広島県立女子専門学校は市内・宇品一三丁目にあった。

原爆が投下された四日後に、家族を捜す上級主に同行して爆心地を通り、ほど近い水主町《かこ》（現・加古町）に入ったという。水主町は、私が幼少期を過ごし、近くの中島小学校に通った地区で、爆心地から一キロ内にあった

関さんの手紙によると、黒川さんは原爆症の認定申請をしているが、認定まで二年かかると窓口で言われたという。あとで関さんに電話でたずねると、黒川さんは昨年一月に急性骨髄性白血病と診断された際に申請したとのことであった。私は、関さん宛に、「姉上様と同様、私も怒っています」と返事をしたためた。

実は、私も認定基準が緩和されたのを機会に、平成二〇年五月に別府市内にある大分県東部保健所で認定申請の手続きを行なった。

それ以前にも、平成四年に「右心房完全ブロック」でペースメーカーの植え込み手術を受けていたので、平成六年に原爆症の認定申請について保健所の担当者に相談したことがある。そのときは、

「申請しても無駄です」というすげない返事であった。当時、認定された者の数は一%にも満たない二六〇〇名程度と聞いていたので、やむを得ないことだとあきらめたが、保健所職員の対応には疑問が残った。

やがて各地の集団訴訟で国が敗訴し、二〇〇八年には原爆症認定の基準が緩和された。

私は被爆した地点が爆心地から一・五キロで、重度の火傷を負っていた。しかも今回新たに心筋梗塞が加わったので、心機能障害もそれと同等の症状ではないかと思い、被爆以来の健康状態を細かく書き、医師の診断書を添付して申請の手続きを済ませた。

今回は書類は受理してくれたが、担当者は「鶴見町とありますが、鶴見町のどの辺ですか。場所によっては離れていますからね」と質問したので、私は「橋の西側袂《たもと》です」と答えた。そして、ケロイドの部位を確認すると「ケロイドは認定の対象にはなりません」と説明し、「いずれ、本庁からペースメーカーを入れた際の心機能検査の報告書、当該手術の所見に関する報告書が求められます」と念押しした。

これに関しては、私が手術を受けた病院ではカルテやレントゲン撮影のフィルムなどは倉庫を借りて保存している状況であり、したがって五年の保存義務を一〇年も過ぎたものは既に廃棄されているとの医師の説明を、担当者には伝えてあった。

帰りしなに、「認定、却下の判定はいつ頃になるのですか」とたずねると、即座に「二年半先です」という断定的な口調の返事が戻ってきた。保健所の玄関を出ながら、

――それまで生きているものかどうか。

あと二年もすれば、私は八〇歳になる。

しばらくして、二〇〇八年八月一日の新聞に、一九七九―八〇年に開かれた「原爆被爆者対策基本問題懇談会」（基本懇）の議事録が厚生労働省内で見つかり、財政難を理由に当初から法律制定に難色を示していたことが大きく取り上げられていた。

この「基本懇」は橋本龍太郎・元首相が厚生大臣だった一九七九年六月、茅誠司・元東大学長を座長に発足したもので、行政や医学の専門家ら六人が委員を務めた。

ここでまとめられたのは、一見、被爆者を救済する表現になっていたが、東京大空襲など「一般の犠牲」の受容を強要したものであった。それとのバランスを盾に、被爆者の救済も生存者の放射線による晩発性の健康被害だけを「特別の犠牲」として認めた。これについて委員は誰も反対しなかった、と新聞には書かれていた。

そこには、委員を隠れ蓑にした官僚の思惑どおりの結論が導き出され、地方自治体の末端にまで浸透していたと解釈すれば、私が保健所で体験したことがより明瞭に理解できる。

私が何よりも憤りを覚えたのは、委員の発言を抜粋した記事を読んだときであった。

・橋本厚相〈今国家補償を求めてきているのは相当数ある。これから大きくなる危険性があるのがシベリア抑留。名古屋と東京下町（の空襲被害者）は生存している不具廃疾者の補償に動いてき

ておる。率直に申して国家補償という言葉をできるだけ使いたくない〉
・委員〈被爆者は今三七万人もおられ、ぴんぴんして何でもない人ずいぶん多いんでしょう〉
・委員〈いまだに（被爆）地域拡大とか言っているのは、国から何とか名目をつけて金を出させてその分け前にあずかろうという、さもしい根性の表れだ〉
・委員〈向こうの言いたいことを聞くことで、心理的に満足感を持つのでは〉

そして、意見聴取では、母親の胎内で被爆した小頭症の女性の人生を被爆者が語った後に、〈センチメンタルなものを長々と読み、時間を浪費した〉と酷評した。（二〇一〇年八月六日、東京新聞）

「基本懇」の結論を受けて援護法が成立したのは、自社さ連立政権下の一九九四年であった。

私は平成二〇年五月二〇日に認定申請書を提出したが、大分県知事から却下の通知が伝えられたのは、平成二二年七月六日であった。

平成二二年六月二四日付けの厚生労働大臣の通知には、

〈認定には、申請された負傷または疾病が原子爆弾の放射線に起因したものであり、かつ現に医療を要する状態であることが必要とされています。ただし、当該負傷又は疾病が原子爆弾の放射線に起因するものでないときは、その治癒能力が原子爆弾の放射線の影響を受けているため現に医療を要する状態にあることが必要とされています。

今回貴殿の申請された疾病について、疾病・障害認定審査会において、貴殿の提出された申請書類から得られた被爆時の状況、被爆後申請時に至るまでの健康状況及び申請された疾病の治療状況等に関する情報をもとに、これまでに得られている医学的見地や経験則等に照らし総合的に検討されましたが、当該疾病については、原子爆弾の放射線に起因していると判断することは困難であると判断されました。

上記の意見を受け、貴殿の申請を却下いたします。〉

保健所の担当者からは、

「却下の通知がありましたので、書類を取りに来て下さい」との連絡があった。

私は、わざわざタクシーに乗って通知書を受け取りに行く気にはならなかったので、郵送を依頼した。しばらくして担当者が書類を持って私の家に現れたが、申請時の担当者ではなかった。書類に「この決定に不服がある場合には、この決定があったことを知った日の翌日から起算して六〇日以内に、書面で大分県知事を経由して厚生労働大臣に対し、審査請求をすることができます」と書かれていたので、平成二二年八月一六日に異議申立書を保健所経由で提出した。

担当者が出かけていて、申請したときの担当者が代わって受理してくれたが、私が決裁はいつ判明するのですかと質問すると、申請したときと同じように「二年です」と言い、「厚生労働省から直接連絡が行くと思いますので、自宅の電話番号を教えてください」と言った。

保健所を出るとき、私は激しい疲労感と空しさを覚えた。

私は申請書に、学徒勤労動員で軍需工場に通っていた中学三年生のとき、市内の建物疎開作業に出ていて、周囲に何一つ遮蔽物がない、爆心地から一・五キロの地点で被爆し、顔や手足に重度の火傷を負い、兵士に助けられて六日間救護所にいたことから書いた。

・自宅に連れ帰られてから、脱毛、発熱、口内炎、下痢、出血の急性原爆症。

・三ヵ月にわたって血膿が止まらなかった火傷。その後、顔の左半分を覆ったケロイドに悩んだこと。

・そのケロイドは、ABCCの進駐軍兵士によって資料目的に撮影されたこと。

・また、私が自分のケロイドについて書いた文章が一九八一年に出版された『広島・長崎の原爆被害（英文版）』に引用され、ニューヨークタイムズ、ワシントンポストの両紙の書評にも引用されたこと。

・一八歳で上京してからも体調不良が続き、高血圧、ぜんそく、のちにはしばしば失神発作で、会社、通勤途中のバスの中、自宅で倒れ、入院したこと。

・平成四年別府市に移住し、八月八日に失神発作を起こし、ペースメーカーの植え込み手術、同一一年、同一九年には電池交換手術。その間に、水腎症尿管結石の手術を受けたこと。

などを書いた。私は異議申立の趣旨及び理由の項目に、〈新基準では一定の条件に当てはまれば、七種類の病気以外でも総合判定で認めるとされたにもかかわらず〔1〕一・五キロでの被爆線量、急性放射能症など考慮されることもなく〔2〕ケロイドは原爆症とされず、その心的外傷後ストレスによる多くの障害について判断材料とはされていない〔3〕原爆が投下された直後、爆心地近くで六日間私を捜し続けた父は、昭和四二年（六五歳）心筋梗塞で、母は昭和二四年に紫斑病にかかり、昭和五九年（七七歳）S状結腸がんで死去〉

と書いて提出した。

余命幾ばくもない私が、あえて原爆症の認定にこだわるのは、被爆から六六年の歳月を懸命に生き、多くの死者たちの声を落ち穂拾いのように聞き集め、彼らがかつてこの世に生存していた証を五〇年間書き継いできた者として、彼らにも、私自身にも、最後の病名を原爆症とし、被爆者として去っていくことの証を墓碑銘に刻みたいのである。いうなれば、被爆者を被爆者として死なせてほしいのである。

黒川さんは、白血病が判明した後も、証言活動を続けていた。それだけに、彼女の怒りが私には痛いほどに伝わってくる。

関さん宛てに「私も怒っています」と書いたはがきが届いた直後の二月一七日、黒川さんは亡くなった。

岡沢秀虎先生という人

昨年、集英社から創立八五周年記念企画として、コレクション『戦争×文学』（全二〇巻）が刊行された。

日清・日露戦争から二〇〇一年（平成一三）九月一一日の同時多発テロ事件に至るまでの約三五〇の文学作品を集成したもので、編集委員は戦後生まれの小説家や文芸評論家、歴史家で構成されていた。

送られてきたパンフレットを開いて収録作品と著者名を見ていると、早稲田露文科関係では小林勝、五木寛之、李恢成、宮原昭夫、三木卓、後藤明生、金在南の各氏に混じって私の名前があった。ジャンル別に編集・収録されているので、それぞれが異なる体験を経て露文科に入学し、後に作品として書き残したものであることがわかる。私と同じ頃、もしくは少し後に露文科に在籍した人たちであったが、よほどの決心で露文科を選んだに違いない。なぜならば、露文科に入ったからには就職は諦めろ、と先輩に言われていたからである。私が入学した一九四九年（昭和二四）当時は学生運動が高まりつつあり、その中心は常に露文科とされていたからである。けれども私のように学生大会で広島での被爆体験を語るように学友に強要されても、頑なに拒否したノンポリ学生もいたのである。そのときほど自分の顔のケロイドを悲しんだことはない。

パンフレットを読んだ後、不意に一九五三年（昭和二八）三月二一日に発生した、露文科主任教授の岡沢秀虎先生による誓約書事件のことが思い出された。

一九五〇年（昭和二五）一〇月一七日に早稲田で「平和と大学擁護大会」が開かれた際、大学の要請で約九〇〇名の警察官が出動し、大学本部を占拠した学生と衝突した。双方で二十数名の重軽傷者を出し、一四三名の学生が逮捕されたが、これが発端となっていた。

露文科はロシア遊学から帰った英文科教授片上伸先生によって一九二〇年（大正九）に開設され、一九三五年（昭和一〇）に閉鎖されたが、当時、助教授だった岡沢秀虎先生が一人残って、学院や文学部で選択科目としてのロシア語やロシア文学研究を講じていた。そして、戦後一九四六年（昭和二一）に復活させたという歴史があった。

この一九五〇年の早大事件に関して、大学の理事会の一部では、左翼学生を養成する可能性のある露文科の廃止が唱えられた。

そうした経緯から一九五一年以降は受験生に対して、岡沢先生は入試の二次面接試問で、入学後は政治活動をしないことを誓約させ、それに従わなかった者や、表向きは従いながらも本心は異なる疑いのあるものは落第させたといわれる。

このことが公にされた一九五三年（昭和二八）三月二一日は、私たちの学年が卒業した直後のことであったから、正確なことはわからなかった。最近になって当時の証言を読んでいると、署名させられた学生の一人が直後に朝日新聞の学芸部に電話し、取材に来た記者に全てを話したため、大きく報道されたという事実を知った。私はその記事を読んだ記憶はあるが、内容はよく覚えていない。

岡沢先生は、私たちに『露西亜文学主潮』を講ずる前に必ず、「政治と文学は異なるものです」と強い口調で言われた。

その後でプーシキン、ツルゲーネフ、ドストエフスキー、トルストイ、ゴーゴリなどロシア一九世紀文学について、独特な口調で大学ノートを読みながら講義された。

先生は常に縞のモーニング・ズボンに黒の上着を着用し、白のワイシャツに黒の蝶ネクタイを締めて教壇に立たれたが、ノートを広げる前に、胸ポケットからハンカチを取り出し、机の上を払われるのが常であった。先生の習慣というより、何かの儀式のように私には思われたものである。ずっと後年になって、先生にそのことを話すと、「そうでしたか」と子供っぽい目をして微笑された。

そのことにより、岡沢先生は教授会で行き過ぎを批判され、誓約書の破棄を表明した。

一九五三年（昭和二八）四月、露文科に入学した学生に最初の講義を行う前、先生は「諸君には申し訳ないことをした」と謝罪され、露文科を愛するがゆえの勇み足であったこと、戦時中、国家当局の圧力によって風前の灯火であった露文科を絶やすまいとして粉骨砕身してきたことを説明し、そんな歴史を経た露文科を愛する至情から入試のとき「あんなお願いをしてしまった」とわびた。

「あの書類は諸君の前で破棄します」

岡沢先生は黒い鞄から誓約書の束を取り出し、上の二、三枚を引き裂き「以下同様にします」と破棄を約束された。

この話に関連して、露文科の同級生で回覧同人誌の仲間だった栗原哲夫の結婚式に、主賓として招かれた岡沢先生の言葉が私の脳裏によみがえった。

栗原の結婚式は、一九五四年（昭和二九）一〇月八日に明治記念館で行われた。当時、栗原は同五三年四月に大学院修士課程に進み、卒論のテーマであったゴンチャロフについて、さらに研修を重ねていた。日本橋で会社を経営する父親の仕事を手伝いながらの学究生活に入ったが、父親が健康を損ねたために代わって経営に対処しなければならなくなり、純粋な気持ちで研究できないことの苦悩を手紙で先生に訴え、一年間の休学を相談した。

そして、先生から借りていた『平凡物語』に関する参考資料の一部をどうにか訳了したことを報告していた。

この手紙について、先生からは、

「御手紙有難う。立派な手紙でした。

なかなかの活躍で若いのに感服と申しても誇張ではありません。

人生は永く、芸術はなほ永い。

焦ることは禁物です。（中略）

結論を出すのは十年先のことだ。

御尊父の健康を祈る」

一〇月二三日付けの返書があった。

当時、一九五三年（昭和二八）三月に第一文学部露文科を卒業した学生のうち、大学院の修士課程に進学した者は三名、ほかに第二文学部露文科や他の学部からの四名、合計七名が在籍していた。

四月に入った最初の講義の日、学部での入試面接で入学後は政治活動をしない旨を誓わせた岡沢先生を糾弾するために、学生の一部が大学院の建物内に入り、教室に闖入するという事態が発生した。

そのとき大学院生になったばかりの誰もが、黙って事の成り行きを看過しているのに耐えかねた栗原は、

「ここは、我々が講義を受けている神聖な場所だ。理由はともかく断りもなしに突然入ってくるとは失礼千万ではないか。即刻出て行ってくれ」

と一喝し、追い出したという。

「誰も、うつむいていて何も言わないからさ」

これは栗原から直接聞いた話であった。

岡沢先生は、披露宴の席でこの話を最初に披瀝し、「私の窮地を救ってくれました」と話された。

私は先生の言葉に熱がこもっているのが感じられた。同時に、文学に専念する者には、常に優しい視線が注がれているのが伝わってきた。

私は二年生になったとき、目黒区上目黒の伯父の家を出て、文京区関口台町の石沢家の離れを借りて下宿生活をするようになった。先生の文京区音羽にあるご自宅まで、徒歩で一〇分とはかからない距離にあった。そこは講談社のすぐ近くで、傍らの坂道を少し上がったところには東大病院分院があった。

大学の行き帰りの途中、しばしば先生に出会った。それは講談社野間社長の広大な邸宅の付近であったり、正面に早稲田の時計台が眺められる胸突き坂の上だったりした。

胸突き坂は名前どおりの急な坂道で、左手には椿山荘の高い塀が坂に沿って長く続き、下りきった神田川沿いには芭蕉庵が建っていた。私が何よりも魅せられていたのは、坂を下りる右手にそびえる銀杏の大木であった。根本には水神を祭った小さな祠があったが、晩秋の黄葉が見事で、ことに黄金色の落葉で地上がおおわれたときの光景、堆積した葉の匂いには心奪われるものがあった。この坂は、常に静かなたたずまいを見せていた。

先生は坂を上がり終えたとき、石段に腰を下ろして一休みされながら、時計台の方向を眺めるのを習慣とされているようであった。そのような折、私が坂を上がっていくと、「一緒にそこまで行こう」と立ち上がられた。歩きながら先生は色々と質問され、私が習作を始めていることを告げると、「今度、書いたものを持ってきたまえ」と言われた。そして、目白通りに出ると、先生は日本女子大の方向に、私は東京カテドラル聖マリア大聖堂のある方向に別れた。それが機縁となって、私は先生のお宅を訪ねるようになった。今振り返ると冷や汗が出てくるが、つたない習作を先生は丁寧に読まれ、指摘してくださった。そして、後は文学の話になり、先生の文芸批評をまとめられた本をお借りしたこともあった。

ある日、先生と神楽坂まで足を伸ばして散歩したとき、坂の途中で「昔、雪の日、ここで尾崎一雄と相撲を取ってね、勝負がつかなかったことがある。君が将来作家になったら、このことをぜひ書いてくれたまえ」

と言われたことがある。

この約束が果たせぬまま、先生は一九七三年（昭和四八）三月九日に逝かれた。

最近になって、作家・尾崎一雄氏の『あの日この日』（昭和五三年七月・講談社文庫・全四巻）を読み直した。

これには「大正九年春早稲田高等学院入学と共に知り合って、爾来何種かの同人雑誌仲間として親しくやってきた間柄だったが、昭和一四年、私が山崎剛平の砂子屋書房を手伝っていた頃、あることから気まずい関係となり、以後疎遠となった」岡沢先生のことが、実に多くの頁をさいて書かれていた。

気まずい関係になったのは、砂子屋書房から刊行された『片上伸全集』について、先生が『早稲田文学』に「無産階級文学に関する先生の巨大な仕事が出版書房の不見識のためまったく影を没しているのは遺憾千万である（後略）」と書いた書評が原因であった。

発禁の恐れを考慮した結果の編集だったので、尾崎氏にとっても怒りは収まらず、疎遠の間柄になってしまった。

しかし読みながら強い友情で結ばれ、それぞれの文学の道を歩んだ二人の過去が鮮明に描かれていた。わけても、早稲田にほど近い戸山町の穴八幡宮近くの下宿での「岡沢の部屋が自室へ行く途中にあるので、よくそこへ入り込んで話をした。岡沢の部屋の壁には、ゴーゴリ、プーシュキン、ドストエフスキー、トルストイなど、露西亜文学巨頭の写真がピンで留めてあった」という描写は強く印象に残った。

一九七三年（昭和四八）三月九日、露文科教授の横田瑞穂先生から岡沢先生の死去を知らされた尾崎氏は、翌一〇日の音羽の自宅で行われた告別式に参列し、焼香を済ませた。

私は『戦争×文学』の露文科関係者の名前を見ながら、岡沢先生の意志が横田瑞穂先生に引き継がれ、以後多くの作家が輩出し、今日の露文科が存続しているのだろうと思った。

尾崎氏は『あの日この日』を書き終わって、「文学の高峰は誰の目にもつくが、その裾野に目をくれる人は少ない。文学を志して力及ばず、空しく山麓に眠る多くの人々を私は知っている。三合目、五合目に至って敗退した人もある。離反して、他の仕事に走り、その分野で大成した人も多いが、文学的には、やはり無名戦士と言はねばならぬだろう。私は老い先短い今となって、これら無名戦士に一層の親しみを覚え、彼らの夢の跡をたづねずには居られなかったのである」

と書きつづっていたが、それを読んだとき、二〇〇三年（平成一五）八月一三日に死去した栗原哲夫の、岡沢先生宛の手紙が頭の中をよぎった。

炎の巡礼

二〇一二年一月、大分県立芸術会館で開催された佐川美術館所蔵「平山郁夫展—大唐西域画への道」を鑑賞した。

その中には、平山さんが薬師寺に献納した「大唐西域壁画」の約四分の一の大きさで制作した、七枚の「大唐西域画」が展示されていた。

玄奘三蔵（六〇二—六六四）は唐代の名僧で、若くして仏門に入り、仏教学の真理を求めて六二九年から六四五年まで天竺（インド）へ苦難の旅をし、数百点もの経典を長安（西安）に持ち帰り、苦労の末に漢訳したという。

これらが日本に渡り、法相宗の大本山である薬師寺に引き継がれ、同寺の玄奘三蔵院伽藍《がらん》の玄奘三蔵塔には、始祖・玄奘三蔵の骨と座像が祭られている。

仏教東漸《とうぜん》の道をたどりながら、シルクロードを伝ってインドにたどり着き、仏教伝来をテーマに描かれた「大唐西域壁画」は、平山さんの画業の集大成といわれている。

私は展示室で、二〇〇七年に描かれた「西方浄土須弥山」の前に立ったとき、群青の天空に包まれた、神々しいまでに荘厳な雪峰の連なりに心を吸い込まれ、しばし時間を忘れた。

この絵は、ヒマラヤの高山を描いたものであるが、古来、ヒマラヤの山々を地元の人たちは「神々の住む聖なる山」とあがめてきた。私は静謐な、信仰と安穏な世界に浸っている時間を、内に感じながらその場に立ち止まっていた。

この仏教伝来シリーズは、一九五九年の初期代表作「仏教伝来」が始まりであった。しかし、平山さんは七九年に「広島生変図《しょうへんず》」を描いている。四年前に広島に行ったとき、原爆資料館の地階で、この絵の陶壁画に出会った。画面全体に朱色の炎が渦巻く中、右上隅の天空に不動明王が立ち、その炎の底にはまさに崩壊、焼尽しようとする広島の町が、影絵のように存在していた。

平山さんが原爆の絵を描く決心をしたのは、一九七九年（昭和五四）夏であった。それまで広島での原爆体験はあまりにも生々しい記憶であったがために、絵のモチーフにすることができなかったという。

その構想を練っているときに湧いてきたのは、炎の中で生きる不死のシンボルとしての不動明王の姿であり、主体は炎で、全面を炎で埋め、その天空に「永遠の生命」を描くということであった。

そして、

〈死と破壊の使者、「原子爆弾」の魔の手によって奪われた友や幾多の犠牲者は、しかし、あの瞬間を生きのびた者の胸の中に、代わりの生を得たのでした。生きのびた者たちが生き続ける限り、友たちもまた生き続ける。いやむしろ、あの人類最大の過ちの犠牲となった者の生は、生きのびた私たちがいかに生き、いかに贖罪の生を生きるかということを通じてのみ、生き続けるという気がしてなりません。そのことを通じてのみ、死んだ人たちの「救い」があり、また私たちの「救い」があるのだと思います。〉

と、生き残った者の心の内を著書『悠久の流れの中に』で語っている。

平山さんが「広島生変図」を描いたのは、若き日の苦境を脱するきっかけともなった「仏教伝来」から、二〇年の歳月を経ていたのである。

私は被爆の体験からようやく静謐な世界にたどり着いた平山さんの道程を思いながら、展示室を後にした。

原爆が投下されたとき、平山さんは修道中学校、私は広島一中と学校は異なったけれども、同じ勤労動員中の中学三年生であった。平山さんは市内霞町の陸軍広島兵器支廠に、私は郊外の東洋工業(現在のマツダ)に通っていたが、私は当日、職域義勇隊として鶴見町の疎開家屋の取り壊し作業に駆り出されていた。爆心地から一・五キロメートルの距離にあったが、周辺に遮蔽物がなかったのでその日出動していた約七〇名の生徒全員が火傷を負った。平山さんが被爆した陸軍広島兵器支廠は爆心地から二・四キロメートルなので、私たちは近い距離にいたことになる。

原爆のまがまがしい惨状を目の当たりにし、後遺症によって生死の境をさまよった平山さんは、「私の心は自然に何か永遠なるものを求めていたように思います」と語っていた。

私が「平山郁夫展―大唐西域画への道」を鑑賞して間もなく、大分合同新聞の「旬の人」欄に、国連教育科学文化機関（ユネスコ）の親善大使に任命された千玄室さん（八八歳）の談話が載っていた。その中で、「（日本人初のユネスコ親善大使で画家の）故平山郁夫さんから手伝ってほしいと言われていた。平山さんが手掛けた朝鮮三国時代の高句麗古墳の保全を引き継ぎたい」と語っていた。千玄室さんはこれまでに茶道の裏千家十五代家元として、六〇ヵ国以上を回り「茶道の心」を伝えている。九〇歳近くになっての大役について、「（平和伝導に）奉仕し、そのためにこれまで生かせていただいたと（死んだ）戦友に証明したい。その一念で引き受けた」と話していた。

この言葉の背景には、第二次大戦中に学徒出陣で海軍に入り、一九四五年五月には鹿児島の鹿屋基地で、特攻出撃を前にして待機命令が出され、生き永らえたが、大勢の戦友が出撃し、今も海底に眠ったままでいることがある。

千玄室さんの「一碗から平和を」の理念は、戦争という炎をくぐり抜けた体験に基づくもので、平山さん同様に、巡礼者の姿が彷彿としてくるのである。

「平山郁夫展」の会場で、シルクロードを行きながらヒマラヤの高山を描いたとされる「西方浄土須弥山」を鑑賞しているとき、中学校の同級生であった浜田平太郎君が送ってくれた、パキスタンのフンザ、イスラマバードから臨んだヒマラヤ「ラカポシ」の幻想的な写真が思い出された。その裏には、三蔵法師も見たはず、と書かれた付箋が貼られていた。

それともう一枚、パキスタンのガンダーラ、ペシャワール付近で撮影した「水を汲む少女」の写真が、鮮明に浮かび上がってきた。

「ラカポシ」の写真を見ていると、「神々の住む聖なる山」と地元の人々があがめながら仰ぐ気持ちが自然に伝わってくる。

「水を汲む少女」は、何かにおびえながらも、黒い瞳で前方を凝視する少女の頬を伝わっている二筋の涙が、広島であの日亡くなった少女の姿を重複させたが、もしかすると、被爆の翌日に亡くなった妹さんの姿を、その少女の内に見たのかもしれない、と私は想像した。

浜田君とは昭和二三年に旧制広島一中を卒業して以来、会ったことがない。浜田君は旧制の広島高等師範学校に進学したが、被爆して顔に醜いケロイドの痕を残した私は、進学の希望が持てないまま、新制度に移行して鯉城高校と呼ばれるようになった、旧一中にそのまま通っていた。

平成二〇年一一月、昭和二三年に卒業した学友の会が広島市内のホテルで開催された折、私は初めて別府から出向いた。そこで、六〇年ぶりに浜田君と会った。

それ以降、浜田君とは仕事の関係があって、彼の著作や手紙、日本並びに世界各地で撮影された多数の写真に接したが、私は改めて彼が今日までたどってきた道程を、遅まきながら知ることができたのである。

それまでの私には、浜田君の名前を聞くとすぐに思い出されたのは、被爆の翌年の八月六日に発行された『泉』という、全滅した同級生の追悼文集の編集に心を砕いている姿であった。

爆心地に近い場所にあった学校は、完全な焦土と化していたので、私たちは被爆の翌年の九月まで、市内・江波町にあった旧第一陸軍病院江波分院跡を仮校舎にして分散授業を受けていたが、そこで浜田君が、生き残った学友に熱心に原稿を依頼して歩いていた光景が私の記憶の底に焼き付いている。

先ほど少し触れたが、私たちは学徒勤労動員によって、二年生の二学期から軍需工場に通い、兵器生産に従事していたが、三学級が青崎町にあった東洋工業、一学級が古田町にあった広島航空、もう一学級が舟入川口町にあった関西工作所に通っていた。

原爆が投下された当日、私が通っていた東洋工業からは約七〇名、広島航空からは四二名の生徒が職域義勇隊として、それぞれ市の中心部にある鶴見町、小網町の建物疎開作業に出動していた。鶴見町の現場にいた私たちの班は、全員火傷を負ったが、死者は出なかった。しかし、小網町で作業していたクラスは、全員が死亡した。浜田君は死亡したクラスの生徒であったが、当日は、体調を崩して動員を休んでいたために、生き残った生徒の一人であった。

そのとき発行された『泉—みたまの前に捧ぐる』は、ガリ版刷りのB5版、六七ページの冊子であったが、そこには、一中生徒と同じ広島航空に動員されていた、県立第一高女の生徒を合わせて三九人が追悼文を寄せていた。私も頼まれて、一年生のとき同じ学級の生徒であった藤井勝君のことを書いた。

この『泉』は、当時の原爆の出版物に対するGHQの検閲は非常に厳しいものがあったにもかかわらず、しかも編集者にその意識がないままに発行された、広島初の被爆体験記であった。しかし、原爆資料館にはその実物がなく、私一人が保存しているとのことだったので、『泉』を資料館に寄贈し、保管を依頼した。六〇年前の粗悪な紙にガリ版印刷された冊子は、字が薄れ、頁を開くと今にも崩れそうで、私は用心しながら郵送した。浜田君の話によると、一〇〇部制作して配布したということであった。

浜田君は広島高等師範学校を卒業後、中学校の教師になったと聞いていたが、再会した後に知り得たのは、地理学が専攻で、それに関連した著作や研究発表もあり、ほかに登山家、山岳写真家、エッセイスト、前衛書道の研究家として、日本はおろか世界各地を旅していることであった。

その浜田君が、このほど『泉―第二集・原爆と私』という表題の本を出版することになった。そのために、亡くなった学友や生き残った学友の証言を、改めて丹念に追求していった。

「死んではおられん」

最近、電話を切る際に私たちが交わす言葉になってしまったが、あるとき、浜田君は姉と妹さんが被爆死していることをふと漏らした。

爆心地に最も近い猿楽町にあった、日本興業銀行広島支店に勤務していた姉は行方不明で、母親が遺骨代わりに放射線で焼かれ、表面の釉薬が泡立ち散った屋根瓦二片を拾って持ち帰り、仏壇に納めていたが、母親の死後に発見されたという。小網町の建物疎開作業に出ていて全身火傷を負った、第一県女の一年生であった妹は、避難先の己斐国民学校で見つけることができたが、応答の返事がなければとうてい妹と判断はできないほどに、全身焼けただれていた。荷車で家に連れて帰ったが、翌日、死亡した。母親と二人で近くの火葬場で荼毘に付したと言った後で、

「あの日、母は袋町の富国生命に一一時に行くことになっていたが、もしも家を出る時間が早かったならば、原爆に遭って死んでいたかもしれない。私は私で、体調が悪く動員を休んでいたために命拾いしたが、もしそうでなかったなら、我が家は一家全滅になっていたところだった」父親は、その四ヵ月前に亡くなっていた。

浜田君がこれまで歩んできた道は、あの瞬間を生きのびた者が、死者とともに生き続ける〈炎の遍路みち〉で、それがヒマラヤの静謐な、神々が住む聖なる山々につながって行ったのであろう。

六九年目の憂愁

今から一五年前（一九九九年）、「国旗・国歌法」が成立したとき、私は中学二年から三年にかけて、学徒勤労動員で軍需工場に通っていた頃のことを思い出した。

工場では、戦闘帽に日の丸と「神風」の文字が染められた鉢巻きを締め、機械に向かって兵器の生産に励んでいたが、休憩時間、駅前の広場で帰りの汽車を待つ時間とか、特攻隊の出撃や玉砕のニュースが伝わった折には、「君が代」や「海ゆかば」を斉唱させられた。

こうした苦い記憶があるせいか、「君が代斉唱」や「国旗掲揚」とか言われるとなにがしかの抵抗感があるのは、致し方ないことかもしれない。

この法案が成立したとき、時の総理大臣は「義務づけを行うことはない。国民の生活に影響や変化が生ずることはない」と言明し、また文部大臣は「教育現場で強制することはない」と発言したけれども、四年後には東京都教育委員会は、学校行事で「国旗掲揚、国歌斉唱」の完全実施を求める通達を出し、従わない教職員を処分した。しかし、国は黙認し、最高裁も処分を「違憲」としなかった。その結果、学校行事の祭に「君が代」を歌っているかどうか、教師の口元を監視する学校が出始めたということを私は新聞記事で知った。

昨年の暮れ、充分な論議が交わされないまま特定秘密保護法を成立させた安倍内閣は、今また、「強い日本を取り戻す」ために小中学校での「道徳」の教科化、教科書検定見直し、教育に関する首長権限の強化が諮られようとしている。

このことは私たちが戦中に受けた教育、つまり修身、国定教科書、勅令による教育行政と何ら変わることがない。あの戦中の、暗く、陰鬱な時代が再び訪れてくるような悪い予感がする。恐ろしいことである。

こうした事の有り様を考えているとき、学徒動員で広島航空という軍需工場に通年動員となった生徒と、その監督の任に当たった二人の教師のことが私の脳裏をよぎった。

私が通っていた中学校では、昭和二〇年になると二年生から上の四年生までが軍需工場に通い、一年生三〇〇名が学校（爆心地からの距離九〇〇メートル）に残っていた。しかし、その一年生は原爆が投下された当日、二交代制で学校近くの市役所裏付近の建物疎開の後片付け作業に従事していたが、学校で待機していた生徒ともども二八七名が被爆死した。

昭和一九年に二年生であった私たちの学年は、その年の一〇月から三ヵ所の軍需工場に分かれて通うことになった。私が通った軍需工場（東洋工業）には三学級が、関西工作所、広島航空にはそれぞれ一学級が動員で通った。

その三軍需工場の中の広島航空では、私たちの学年の生徒が入所した翌年の七月二七日には、一年下の二年生一四二名が動員されてきた。従って、三年生が前田秀雄先生（数学担当）、二年生は戸田五郎先生（英語担当。臨時に物象、化学を担当）の二人によって、生徒の監督、指導が行われることになった。

二年生が入所して間もなく、私たちの学校の生徒にも、市内・土橋の疎開家屋の解体作業に出動するよう県を通じて軍の指示が伝えられた。

当時、広島市内では大規模な建物疎開が行われていた。その理由は、一般市民には示されていなかったが、空襲に備えて、延焼を防ぐための防火地帯を設けるためだと言われていた。その進捗状況に遅れが認められたために、軍の要請で、県を通じて各職場から労力を提供することになった。

私が通っていた東洋工業でも、職域義勇隊が編成され、私たちの学校の動員学徒もそれに加えられた。その頃、私たちは二交代制で作業に従事していたが、その班別を利用してA、B班に分かれ、交替で作業に出動することになった。私はB班に所属していて、原爆が投下された八月六日には、鶴見町（爆心地から一・五キロメートル）において被爆した。

ところが広島航空では、会社からの出動要請に対して、前田先生と戸田先生の間で意見が異なり、激しい口論の末、戸田先生は作業の出動を断り、自分の受け持ちである二年生には「自宅修練」とする旨を伝えた。

後年（平成五年）戸田先生は、『ピカドン―広島原爆手記』を著し、その経緯を記している。その中に通勤途上で、労働者風の男から偶然、米軍機が投下したビラを見せられ、胸騒ぎしたことが記されていた。ビラには「日本が負けるのは決定的だから直ぐに無駄な戦闘は止めよ」という趣旨の文面が記されていたという。また「(建物疎開の作業場所には)防空壕も遮蔽物もなかった。もし作業中に突然空襲があったら、現場は阿鼻叫喚の地獄と化すだろう」とも書かれていた。

前田先生が家屋撤去作業の重要性を説き、それが緊急を要することを強調したけれども、土橋地区での家屋疎開作業で百数十名の生徒の指揮監督を私一人でする能力はないし、責任は持てないと突っぱねた。そして「君は非国民だ」と前田先生は顔を真っ赤にして戸田先生を怒鳴りつけたとある。「明日にでも辞表を出します」と戸田先生は言い、二人はひと言も言葉を交わさないまま、橋のたもとで西と北に分かれていった。

原爆が投下された八月六日は、戸田先生の監督下にあった二年生は、自宅修練で家にいたため被爆から免れた。

一方、前田先生の監督下にあった三学年は、八月五日、六日にわたって堺町付近の建物疎開に出動したが、集合時間が八時だったので、六日に原爆が投下されたときは作業を開始して間もなくのことであった。作業現場は爆心地から〇・九キロメートルという至近距離にあったので、当日、現場にいた前田先生と四二名の生徒全員が被爆死した。

四二名という数字は、一部の汽車通学生徒、防空要員として学校に行っていた生徒、病欠者を除いた数字である。

汽車通学の生徒の一人だった、長沼茂雄氏は「八月六日は、前日の前田先生のはからいのひと言で、一列車遅い列車に乗りましたが、その列車は海田市駅付近で警報が出たため一時（二〇分くらいか）停車し、広島駅に延着しました。集合時刻（前日は、作業開始の八時よりかなり早い時刻に現場に到着していた）に遅れることは始めからわかっていたので、乗客みんなが慌てて降りる中で、我々はゆっくりと最後に列車を降り、駅前の市電のターミナルに行って列に並びました」と手紙に書いている。

そこで、彼は被爆して顔面に火傷を負ったが、生命は救われた。

前田先生について長沼氏はのちに、「工場での代数の特別授業のこと、それが私の進路や職業の選択にまでも大きく影響したこと、八月五日の先生のひと言で生き残ったこと」などを先生のご子息に手紙で伝えていた。

全滅した学友について、浜田平太郎氏が一昨年著した『泉』第二集「原爆と私」の中で詳細に記している。浜田氏はその年の四月から医師から肺門浸潤と診断され、やむなく休学というか長期欠勤の身となっていたが、七月下旬から工場に復帰し、八月五日には建物疎開作業に従事したが、途中で気分が悪くなり、その場にうずくまってしまった。前田先生に頼んで早退させてもらったが、翌日も近くの友人に頼んで欠勤届を提出し、自宅で静養していたので、被爆死から免れたが、以後その負い目から逃れることができないでいる。

浜田氏の記録によれば、

〈前田先生はシャツの袖口から先の部分と顔全体に火傷を受け、頭部に一ヶ所外傷があり、血だらけになっていたが、気を失った生徒や、全身火傷で動けなくなった生徒たちに「私についてこい」と声をかけて集め、引率して避難先に指定されていた己斐国民学校に向かった。けれども火の海のなかを潜って、ようやく国民学校に着いた時には人数も減り、十数人ばかりになっていた。そこから広島航空にたどり着いた時には、数えるほどしか残っていなかった。工場に到着した安堵感からか、先生はその場でにわかに意識を失って倒れた。そして意識が回復した時、防火用水槽の水を生徒とともにむさぼるようにして飲んだ。

七日の朝から激しい下痢と高熱が続いたが、その間にも途中からついて来られなくなった生徒たちのことを思い出し、何度も同じうわごとを繰り返していた。

先生は、近くの楽々園にあった入院先の暁部隊の病院で、一三日の夕刻、息を引き取った。

後日、堺町郵便局跡で、焼けただれた前田先生の自転車が見つかった〉

と記されていた。

たまたま原爆が投下された当日になってしまった、疎開家屋の撤去作業の出動に際して、二人の先生の間に激しいやりとりがあったことを私はごく最近まで知らなかった。

去年、私と同じ軍需工場に動員されていた田頭清秀氏が、わざわざ図書館で調べて二〇〇五年八月六日の朝日新聞に掲載された記事のコピーを送ってくれたので、経緯を知ることが出来たのである。

朝日新聞の記事は、戸田先生が一九九三年に公表した『ピカドン―広島原爆手記』の内容を基に、「胸騒ぎ、建物疎開断り教え子救う」という見出しで書かれていた。

私はこの美談にも似た記事を読み終えたとき、逆にこの戸田先生の手記が公表されたために、生き残った生徒、亡くなった生徒の遺族に与えた傷の深さを思わずにいられなかった。

自宅修練で家にいて助かった今田耕二氏は、長年そのことを周囲の人に語らなかった生徒の一人であったが、『慟哭の広島』〈平成一七年三月「日本自分史大賞」〔サークル大賞〕に入選。主催・日本自分史学会〉の中で次のように述懐している。

〈しかし、その反面、私は生き残り得た感謝の念とは別に、土橋に前田先生引率のもとに出動した三年生四二人が師弟ともに全員被爆死した事実に心が痛む。また、私たちと同世代で蕾のまま、むごたらしく殺された各校一二、三歳前後の少年、少女たち学徒六〇〇〇人への負い目から、終生逃れることはできない〉。

先述した長沼茂雄氏と前田先生のご子息が取り交わした手紙の中には、

〈私は毎年式典に参加していたが、ある年、一中の慰霊祭で耳に入った父兄たちの「前田先生がもう少し気を配っていてくれたら、息子たちが助かったのではないか」との話が悔しくて、その後は参加しないことにしており、今年も出席しません〉

と、ご子息の言葉があった。

しかし長沼氏は、亡きクラスメートの父兄から言われた、「息子の分まで生きよ」との重い言葉を背負いながら今日まで生きている、と浜田氏に告げていた。

私はこうした事実の経過をたどりながら思ったのは、第二次世界大戦中にリトアニアのカウナス領事館に領事代理として赴任していた杉原千畝《ちうね》氏（一九〇〇―八六）のことである。

杉原氏はナチス・ドイツの迫害によりポーランド等欧州各地から逃れて来た難民たちに同情し、外務省からの訓令に反して、大量のビザを発給し、おおよそ六〇〇〇人の難民を救ったことで知られている。その避難民の多くはユダヤ系であった。

しかし、このカウナス事件に関して杉原氏自身は「本件について、私が今日まであまり語らないのは、カウナスでのビザ発給が、博愛人道精神から決行したものであっても、暴徒に近い大群衆の請いを容れると同時にそれは、本省訓令の無視であり、したがって終戦後の引き揚げ（昭和二二年）、帰国と同時に、このかどにより四七歳で依願免官となった思い出につながるからであります」と語っている。

しかし、本人が語らなくても、「杉原ビザ受領」者の一人、アンナ・ミローは、「政府の命令に背き、良心に従った杉原さんがいなかったら、私たちの誰も存在しなかった。私たちが歩み続けた暗い道の中で、杉原さんの星だけが輝いている」と証言している。

また最近では、日露文化センターの川村秀《すぐる》代表（八〇）が、大分の竹田市で「杉原千畝の決断―『命のビザ発給』―」と題して講演し、当時の日本政府の意向に反してユダヤ人六〇〇〇人のためにビザを発給したことなどを伝えた。そして「戦後、アメリカ在住のユダヤ人から、駐米大使になってほしいとの声が上がった」ことなどが、昨年の一二月二四日の大分合同新聞で紹介されていた。

「戸田先生が命令を敢然と否定し、勇気ある措置のお陰で、私たち広島航空二年組の今日がある」と今田氏が語っているように、戸田先生があえて公表するまでもなく、当事者は心底から感謝しているはずである。

私が甚だ遺憾に思うのは、戸田先生はなぜ自らが「突然空襲があったら、現場は阿鼻叫喚の地獄と化すだろう」、また「百数十名の生徒の指揮監督をする能力はないし、責任は持てない」と言いながら、原爆が投下される四日前の八月二日に、作業現場に予定されていた土橋にある寿座に、広島航空に通っていた二年生全員を連れて、映画鑑賞に行ったのであろうか。

けれども、そのことは手記には書き残されていないのである。

寿座は、その翌日に解体された。

それにしても、広島では軍の命令による建物疎開作業で、六〇〇〇人の少年、少女が非業の最期を遂げたが、カウナスでは六〇〇〇人のユダヤ人が日本の外交官によって救われているのである。

人間の生死を一瞬にして分かつ戦争の恐ろしさが、私たち戦前、戦中、戦後を生きた人間には、今も苦く染み込んでいるのである。

記憶の歳月
―それぞれの来し方

戦後七〇年ともなると、自らが体験したことを語り、また書き伝えようと活動していた人々の訃報が、この二、三年、広島、長崎、沖縄で相次いでいる。いずれも八〇歳を越していた。言うなれば、現在、八四歳になる私にも、いずれその時期が訪れてくるのは必定である。

そのようなことを考えているとき、広島に住む歌人、相原由美さんから、歌集『鶴見橋』（不識書院・二〇一五年一月一六日発行）が送られてきた。

私は手にした瞬間『鶴見橋』という集題に引き付けられてしまった。そして「あとがき」を読み、一層その感を深くした。

〈集題の『鶴見橋』はわが家から広島市の中心部に行くときの京橋川にかかる橋である。鶴見橋を渡ると、西に向かって真っすぐ四キロつづく道は平和大通り、またの名を百米道路とよばれる。ここは原爆の惨禍のあとの復興計画によって大通りとなった。

「供木運動」がよびかけられ、国中から、世界中から、さまざまな樹木が贈られ、生き生きと育ち、今では緑あふれる緑地帯となっている。アメリカデイゴの真っ赤な花の季、オリーブの大樹に緑の実がたわわに生る季、それは見事である。そして緑陰には被爆者を悼むいくつもの碑。私にとって鶴見橋からはじまる大通りは、広島を考える原点であり、姿勢を正して入っていくところである〉。と書き記されていた。

あの日、私は勤労動員先の職域義勇隊の一員として、鶴見橋付近の強制建物疎開作業に出動していた。橋の西詰めで朝礼が行われ、工場の生産部長から訓示を受けている最中であった。そこは、爆心から一・五キロ離れた場所だった。

黄色い閃光と強烈な放射線を浴びた後、闇の中の宙を舞い、地上に激しくたたきつけられた。顔を地面に強く押しつけられたままの私の身体に、落下物（後で、人体であったことがわかるのだが）が次々に襲いかかって来て、その圧迫感で、私は意識を失ってしまった。そして、底知れぬ闇の中を落下しながら、自分が死の世界に入ったことを知った。

そして、その闇の底から、一灯の明かりが届いてくるのを感じた。今思うと、私の臨死体験だったような気がする。

しかし、その一灯の明かりは、身近に迫った炎だった。

「火だ。逃げろ」

不意に耳の底で、遠い叫び声がし、私の身体に覆い被さっていた物体が、にわかに動きはじめ、剥がれていった。

私はようやく意識を取り戻したが、立ち上がることが出来なかった。やがて身近に迫った炎から逃れるため、地面を這いずりながら進んでいるうちに、川に転落してしまった。

薄暗い闇の川底には、人間とも動物とも見分けのつかない異形の群れが発する、恐怖とも怒りともつかない、咆哮が充満していた。

私はそこで、水かさの減った川面をかき分けるようにして近づいて来た、幽鬼の姿に変貌《へんぼう》した学友と出会った。上着の胸のところに縫い付けられた名札を見なければ、とうてい学友とは信じられないほど変わり果てた姿であった。

彼も、私の名札を見ながら、

「君もえらく変わったのう」

と言った。

そして、私たちは互いの顔面から垂れ下がった、焼かれて紐状に丸まった皮膚を、同じように焼けただれた手で千切り合った。

そのとき、彼は、

「地球が、ほかの星と衝突したんかのう」

と、つぶやくように言った。

彼とは、対岸の比治山に向けて避難する途中ではぐれてしまった。一〇月に入って、学校の焼け跡で彼と再会したが、私と同様に顔にひどいケロイドの傷痕を残していた。

つまり鶴見橋は、醜いケロイドを顔に残して戦後を生きなければならなかった、私の原点であり、ある意味では炎の古里でもある。また、私が現在も書き続けている作品、というよりも私が文学をよりどころに、七〇年を生きた源となった場所でもある。

相原さんの歌集『鶴見橋』は、私にさまざまなことを思い出させたが、戦中、戦後という同時代を精いっぱい生き抜いた者同士の共鳴を覚えながら私はその歌集から放たれる強い磁力に引き込まれた。

鶴見橋が詠まれているのもさることながら、なによりも感動を覚えたのは、相原さん自身がこれまで生きてきた歴史を縦糸に、被爆の実相を横糸にして、繊細に紡いでいるからであろう。


〈私は旧満州国奉天（現・中国遼寧省瀋陽）で生まれ、国民学校に入学したのは一九四五（昭和二〇）年だった。間もなく父の勤務先の社宅ぐるみで、女子どもだけ朝鮮平壌近郊の村に疎開した。敗戦はそこで知った。すでにソ連軍が侵攻していた奉天に帰りつき、兵役を解かれた父と出会えたのも束の間、父はシベリアに送られ抑留された。凍土の原野での伐採作業中に大木の下敷きになって亡くなったと、のちに知らされた。上の弟は戦争が終わる前に栄養失調で亡くなっていた。母と二歳の弟と私の三人は難民収容所を転々としたのち、引揚船で仙崎の港に着き、父母の故郷博多へたどり着いたのは一九四六（昭和二一）年八月だった。マラリアと腸チフスに苦しみながらの帰国だった〉。

また、広島については、

〈原爆の体験を文学でのこした峠三吉、原民喜、大田洋子、正田篠枝、栗原貞子らの作品をきちんと整理して、大切な資料として保管、保存するという活動を続けている人たちとともに在りながら、うたを作って来た。

広島は夫の転勤に従ってきた土地であったが、短歌の師である深川宗俊氏、詩人の御庄博実氏はじめとして多くの人との出会いがあった。その方々から数知れない教えを受け、ヒロシマと書き表される広島に、少しでも近づこうと念じて来た年月である〉。

と述べている。

歌集は、この歴史的背景をもとに一九八〇年代から約三〇年間の作品が、「橋」「窓」「碑」の三章に分けられ、五五〇首がまとめられている。

「橋」軍票

雨に濡れおとうとを抱く無蓋車に母はチフスで隔離されにき

同　畑賀日常

村ぐるみ建物疎開にかり出され八月六日の命日多き

同　瀋陽行
弟の骨を埋めし砂山は八歳の記憶に定めがたかる
同　抑留死名簿
バイカル湖近き墓地とうを聞きしのみカタカナの父の名に遇う
抑留死公報に載るカタカナの名一字ちがうかなしみ
「窓」　鶴見橋
鶴見橋わたり真直の道を行くヒロシマの死者の影に添いつつ
同　父の絵葉書
七十年を経てわが掌にある葉書ちちはたしかにこの世に在りき
同　しかばねの街
洋子のがれし白島九軒町河原の碑花を満たして昼しずかなり
同　原民喜碑
碑めぐりの起点の詩碑に朝日射し花の幻に碑文あかるむ
同
碑めぐりのきょうの終わりは三吉碑つるばらはまだ蕾を持たず
同
いしぶみの前に並びて子らの読む「にんげんをかえせ」黄のばら震う

「碑」　月曜日

緑陰の移動演劇さくら隊碑は九名の爆死を刻む

同　申請陳述書

核不拡散条約（ＮＰＴ）の会議に掲げる長崎の被爆者自らの火傷の写真

生きて来し六五年の病歴に申請却下はいくたび続く

同　魂しずめ

同胞の被爆死を悼む式典に韓国の友とならび祈りぬ

短歌の世界に疎い、私の引用である。作者からすれば不満が残ることであろう。けれども、私は自分の来し方と、相原さんの来し方、つまり記憶の生涯が重なるのを覚えた。

私がさらに驚いたのは、現在、相原さんが住まっておられる場所が、私が被爆直後に、比治山から兵士に背負われて担ぎ込まれた臨時救護所の跡であった。

当時、その救護所は広島陸軍兵器支廠に駐屯していた部隊が、兵士の宿泊所として佐々木別荘を徴用したもので、私はそこに六日間いた。私はその間、家族にひと目会ってから死にたいと思い続けていた。たまたま近所に住む人が、そこに県女に通っていた娘さんを探しに来たことが幸いして、私の家族と連絡がとれ、その翌日、母に付き添われ、荷馬車に乗って家に帰ることができた。

相原さんの住まいは、佐々木別荘の跡地に建てられたマンションの一画にあるということだった。

こうして鶴見橋を機縁に、七〇年を経ての出会いを、中国新聞の五月四日付コラム「天風録」に、次のように紹介された。

〈吊り金から大戸が降ろされ、それと作り付けになった潜り戸から人々は出入りした〉。広島生まれの作家中山士朗さんには、旧中島新町の祖母宅の夕暮れの記憶がある。随筆集「原爆亭折ふし」から▲今の平和大通りの東の端、鶴見橋で中山少年はピカに遭う。〈負傷者の群れで、橋は今にも崩れ落ちそうな音を発した〉。爆心の祖母宅は既に跡形もない。戦時の建物疎開で破却され、そのまま新たな街の礎となった▲歌人相原由美さんは、ことし出した歌集を「鶴見橋」と名付けた。橋は自宅にも程近い。〈私にとって鶴見橋からはじまる大通りは、広島を考える原点であり、姿勢を正して入っていくところである〉▲全長3・8キロ、大通りの全通から今月50年になる。供木運動で種々の樹が国内外から贈られた。〈アメリカデイゴの真っ赤な花の季、オリーブの大樹に緑の実がたわわに生る季〉が見事であると、歌人は記す▲大通りに多くの人が集う、ひろしまフラワーフェスティバルがきのう幕を開けた。思い思いに音楽を、花を、食を楽しんでほしい。そして、一息入れた折には、緑陰のいしぶみ一つに思いをはせたい。この街の礎がわかるはずだから。

「2015　ひろしまFF」特集七面には、〈鎮魂刻む光〉と題して、被爆七〇年を表わす「70」を鉢花でかたどり、ライトアップされた平和記念公園の芝生広場には、千羽鶴をイメージした、八列の鶴が幻想的に写し出されていた。約三万二〇〇〇鉢の花は市民や企業が育てた、と説明されていた。その風景の奥に慰霊碑、さらにその奥に原爆ドームがライトアップされ、静かな〈祈り〉の世界が浮かび上がっていた。長年広島を離れて暮らしてきた私には、はじめて見る風景であった。

緑地帯へは、今から七年前に訪ねたことがある。大分県臼杵市出身で、当時、広島一中一年生だった三重野杜夫君は、学校近くの建物疎開作業に従事していて被爆し、鶴見橋近くで亡くなった。私はその跡を訪ね、帰り道に緑地帯に寄った。

そこには、私が終の住処の地としている大分県から贈られた、〈豊後梅〉が植わっていた。

一期一会の虹

被爆から七一年目の今年（二〇一六年）、一一月の誕生日が来ると、私は八六歳になる。

この七一年という歳月は、振り返ってみると長かったようでもあり、光陰矢のごとしと言われるように、瞬時に去って行ったようにも思われる。そのことを考えるとき、なぜか「黄粱一炊の夢《こうりょういっすい》」という故事が思われるのである。

これは、唐の開元年中に邯鄲の地にいた呂翁《りょおう》という道士が黄粱（大粟）を炊く間、盧生《ろせい》という少年が呂翁の枕を借りて眠ったところ、仕官して栄華を尽くし八十余年で一生を終わった夢を見たけれども、覚めてみるとまだ黄粱は煮えていなかったという話である。「黄粱一炊の夢」と言われるゆえんであるが、人の一生の栄枯盛衰は夢のようにはかないという例えでもあろう。

広島で被爆した私が、盧生が夢の中で一生を終えた年齢を、さらに上回った年齢にさしかかった今であるが、これまで懸命に生き、書き、願ってきたことが、なぜか一炊の夢のように思えてならない。

しかし、その一方で、「花は語らず」という、京都南禅寺の元管長・芝山全慶老師の詩に心ひかれた。

花は黙って咲き黙って散っていく
そして再び枝に帰らない
けれども一時一処に
この世のすべてを托している
一輪の花の声であり
一枝の花の真である
永遠にほころびぬ命の歓びが
悔いなくそこに輝いている

この「花不語」（はなはかたらず）という同じ言葉が彫られた小さな碑を、広島市内にあるアステールプラザの裏庭で見たことがある。

この建物に隣接した広島市文化交流会館には、厚生年金会館と言われていた頃から、広島に行った際には必ず訪れ、宿泊した。

そこは、私が生まれた母の実家があった中島新町（戦後、一部は平和公園に生まれ変わった）と隣接した水主町《かこまち》（現在の加古町）にあり、戦前には県病院、県庁舎があった。会館は、戦後にその跡地に建てられたものである。

しかも、その地には浅野藩の時代に設けられた、与楽園と呼ばれる庭園があり、私が通っていた中島小学校とは地続きになっていた。図画の時間には先生に引率されて写生に出かけたりしたものである。その幼少期の記憶が色濃く残っているせいか、広島に行ったときは迷わずそこを宿とした。

その碑には、「季之」という名が刻まれていたが、恐らく「花不語」という碑銘は、梶山季之の揮毫によるものであろう。

梶山氏は、一九五〇年創刊『天邪鬼』という同人誌を主宰する一方、広島ペンクラブ事務局として原民喜詩碑建立に奔走したと伝えられている。

原民喜は、一九五一年一月一三日夜、中央線吉祥寺―西荻窪間の鉄路で自殺している。

遠き日の石に刻み
砂に影おち
崩れ墜つ　天地のまなか
一輪の花の幻

この広島城跡の石垣を背景にした詩碑は、原民喜がなくなった年の誕生日（一一月一五日）に除幕式が行われたことが記録に残っている。

このことから察して、「花不語」という言葉は、原民喜の「碑銘」の中の、「一輪の花の幻」を想定したものではなかったろうか。

この「花不語」の碑は、広島在住の歌人・相原由美さんに調べてもらったところ、一九九一年に、梶山季之文学碑建立委員会によって設置されたということである。

「黄粱一炊の夢」から「一輪の花」を語ることになったけれども、その結びとして、松原泰道さん（平成二一年没。一〇二歳）が、後に臨済宗円覚寺派管長になられた横田南嶺さんが高校生のときに贈った詩を思った。

花が咲いている
精いっぱい咲いている
私たちも
精いっぱい生きよう

先人が花に托して語った言葉の中には、私がこれまでに出会った、数多の広島での被爆者の姿があった。

私が松原泰道さんの人柄に触れたいと思ったのは、私が中島小学校の二年生のときに担任だった岸本磯一先生が後に早稲田大学に入学されたが、以来、松原泰道さんとは親交があったからである。

私がそのことを知ったのは、先生が日本経済新聞の文化欄にお書きになった「写経の心」という随筆が目に止まり、四五年ぶりに連絡が取れて再会することが出来たからである。

そのとき電話の向こうで先生が最初に発せられた言葉は、

「中山君、生きとったかあ」

という太い声であった。

続けて、

「よう、生きとってくれた」

強い調子の言葉が響いた。

先生は、書道も教えておられたので、私は日曜日には千田町にあった先生のご自宅に習字の稽古に通っていたのである。

先生にお会いしたのは、都内港区の魚籃坂に近い龍源寺の本堂だった。先生は週に一度、大阪から上京され、写経の指導をされていた。

横田南嶺さんが松原泰道さんから詩をいただいたのは、この龍源寺であった。

その後、先生は朱筆で書いた「延命十句観音経」を贈って下さったが、その直後に舌がんを患って亡くなられた。

昭和庚申歳仲春沐浴岸本磯一敬寫

とあるから、昭和五五年の春に写経されたものである。この経文を納めた額を眺めていると、龍源寺でお会いしたのが、まさに一期の別れだったように思われてならない。

こうした思いは、被爆四〇年特別記念番組として広島のＲＣＣ（中国放送）が、『鶴』を制作した折、私は被爆死した旧制広島一中の生徒の母親を訪ねて取材したときに感じたことがある。

似島《にのしま》で亡くなった池田昭夫君の現地取材を終えて広島港に着き、母親・ハルヨさんをバス停まで見送ったとき、

「お会いするのも、これが最後だと思います」

と告げられた。

池田ハルヨさんは、それから二年後の昭和六二年一〇月二八日に脳溢血で亡くなられた。享年八〇であった。

また、熊本県菊池郡泗水《しすい》町に藤野博久君の母親・としえさんを訊ねての帰り際、

「もう二度とお目にかかることもありませんでしょう。私はよく生きて、一二、三年です。お目にかかれるのも、これが最後かもしれません」

と藤野さんは言った。

その後間もなく、藤野さんが亡くなられたと聞いた。

このお二人を思いながら、現在、自分がその年齢をとっくに過ぎていることを改めて感じているとき、ＮＨＫ広島放送局の出山知樹アナウンサーがわざわざ別府に取材に見えた。これは、関千枝

子さんと私の『ヒロシマ往復書簡』に関して、私の別府での日常生活をテーマにした取材であった。

その日は、あいにく日豊線《にっぽう》で人身事故が発生したために、到着時刻が大幅に遅れてしまった。当初、最寄り駅の亀川駅で待ち合わせる予定が別府駅になり、そのために私の家に向かう道筋が変更になってしまった。

しかし、そのおかげで車の中から別府湾に架かる大きな、鮮明な色彩に輝く虹に巡り合うことができたのである。

高台に住む私はこれまでに幾度か別府湾に架かる虹を見たけれども、このような美しい虹を見たのは初めてなので、思わず感嘆の声を放った。

その様子を察知した出山さんは、写真に撮り、後日その虹の写真を送ってくれた。

その日、取材が終わって別れしなに、

「一期一会の思いで、取材させていただきました」

出山さんは、握手の手をさしのべた。

私自身もそのように感じていたので、

「私とて同じ思いでした」

と出山さんと握手して、家の前で別れた。

ところが、私たちが道すがら見た虹は、二重の虹だった。その翌日の大分合同新聞の朝刊を広げたとき、一面に、〈冬の空を彩る　二重の虹〉という見出しで、一月一八日午後一時二分に別府市国際観光港で撮影された、二重の虹の鮮明な写真が掲載されていた。

そして記事には、日本気象協会大分事業所の解説が添えられていた。それによると、虹はしぐれて一時的に太陽が雲の間から顔を出した際などに見える。雨粒が大きいと副虹《ふくこう》も見えやすいという。主虹と副虹は色の並びが逆になると説明されていた。

その日、別府市内では正午頃には雨が止み、薄日が差し始めた。その時間、市街地から別府湾にかけて二重の孤が現れたのであった。ちょうどその時刻、私たちはタクシーで通りかがりに虹を見たが、それは主虹で、副虹はそのはるか上空に架かっていたので、車の窓からは見ることが出来なかったのである。

以前、関さんから原爆が炸裂した瞬間の閃光の色について、「往復書簡」の中で質問されたことがあり、私がいた爆心地から南東に一・五キロ離れた地点では黄色と答えた。その後で色々と調べているうちに、爆心地に近いところでは朱色ないしはオレンジ色、三キロ付近では青、五キロ付近では白、一〇キロ付近では光り輝く白だとわかり、副虹の色の配列に合致していることを関さんに伝え、

〈それにしても何と悲しい、被爆者の心に消えることのない、生と死の架け橋ではありませんか〉

と結んでいた。

関さんが手紙の中で書かれていた長崎では、爆心地から三・五キロ離れた地点で被爆された加納美智子さんが目にされた色が、オレンジ色だったということは、長崎の場合は主虹の色の配列だっ

たのではないだろうか。科学者でもない、被爆した人間の単なる憶測かもしれない。

しかし、いずれにしてもあの日、あの時刻に二重の虹が現れたにもかかわらず、直接、副虹を目にすることはできなかったけれども、出山さんと私との間に、「一期一会」の言葉が自然に出て来たのと同様に、「一期一会の虹」だったのかもしれない。その「二重の虹」の写真には撮影・三橋孝夫とあった。

三橋さんは、私が別府に移住して来て最初に出版した『原爆亭折ふし』で日本エッセイスト・クラブ賞を受賞したとき、そのインタビューで記者と共に訪れたカメラマンであった。

やはり、一期一会の人だったのだろう。

そのようなことを思ってしまうのは、私自身がそのことを強く意識する年齢になったということなのかもしれない。

繋ぐ

関千枝子さんとの『ヒロシマ往復書簡』第Ⅲ集が、六月に西田書店から刊行された。

五年前からはじめたもので、ひとまず区切りとして、第Ⅲ集で終了することにしているが、その後も何となく手紙のやり取りが続いている。関さんは、「あと一年はなんとしても生きなければならない」と言い、手紙が途切れることなく、送られてくる。従って、私もそれに呼応して、返事をしたためているが、やはり私も忘れ残りがあるような気がして、自ずと筆を執っている。そして、それぞれの年齢を思うとき、いずれどちらかが死ぬまで書簡の往復は続くに違いない、と思われるのである。

つまり、被爆して、生き残った者の〈性《さが》〉かもしれない。

　なんじが性のつたなきを泣け

という芭蕉の句がふと思い出されるこの頃である。

このような事を考えていると、二人の持続力は、ひとえに『青淵』のおかげというか、ご縁だったと思った。

私が『青淵』を知るきっかけとなったのは、関さんから送っていただいた著書に、発表した雑誌名が書かれていた。その中に『青淵』に発表された二作品があったので、『青淵』誌について尋ねてみた。すると関さんはすぐさま当時の編集担当であったS氏に紹介してくれた。幸いなことに原爆をテーマにした、地味な私のエッセーをSさんは取り上げてくれ、「どんどん書いて下さい」と励ましの言葉をいただいた。後にSさんが、山口県の周防大島の出身で、友人の中に広島の原爆で亡くなった者が何人かおられたということを知った。

以来、三人の編集を担当される方が異動になったが、現在も引き続きお世話になっている。人々の記憶の中に風化しつつある原爆について、「記憶と記録」を残すために書いたものが、『青淵』に活字として残していただけたことに心より感謝している。

その中には一九九三年五月に出版した『原爆亭折ふし』に収録されたものがある。この本は、九年間にわたって書き継いだエッセー集で、最初の五年間は、東京の医療・医薬の業界紙『薬事日報』の「エコー」欄に、後の四年間は『青淵』に発表したもので、いずれも四〇〇字詰め原稿用紙三枚、一文字の題名のエッセーで、未発表のものを加え、一〇〇編の内容となっている。

この『原爆亭折ふし』は、その翌年、関さんが日本エッセイスト・クラブ賞の候補作品に推薦してくれ、図らずも受賞したのである。関さん自身は、『広島第二県女二年西組―原爆で死んだ級友たち』で、一九八五年に第三三回日本エッセイスト・クラブ賞を受賞していた。

この本の出版の契機となったのは、私が平成五年六月から一〇月にかけて『青淵』に書いた「別府・羽室台から」のエッセーの一部、「クサイチゴ」という短いエッセーを関さんは読んで、私の家を訪ねて来たことから始まった。

「クサイチゴの群生を見に来ました」

というのが口実であったが、実際は、関さんが毎日新聞の記者をしていた当時の、〈同期の会〉が別府市内の鶴見にある「かんぽの宿別府」であり、解散後にそこから程近い私の家を視察に訪れたというのが、その真相のようであった。

そのとき『薬事日報』と『青淵』に書いたエッセーを本にまとめたいという話をしたところ、「心当たりがある」と関さんは言って、東京に帰っていった。

その結果、西田書店からの出版の話がまとまったのである。

それ以後も、関さんも私も『青淵』にエッセーを発表している。私の場合、どうしても書き残しておかなければならないというテーマが浮かぶと、『青淵』用として選び分ける習性がいつしか身についてしまった。『青淵』は私にとって、炎によって消えた町の、記憶と記録をつなぐ、大切な場となっていたのである。

関さんから『ヒロシマ往復書簡』の提案があったとき、私は一も二もなく同意した。その根底にはこの往復書簡が、記憶の継承の場として記録を残し、次世代の人がそれを読んで、戦争と平和を考える原点になることを願ってのことだったから。そして、二人に共通しているのは、そうすることがあの日を生き延びた者の責務と感じていたからである。

つい先ごろ、ヒロシマ・フィールドワーク実行委員会の一人である中川幹朗さんという方から『証言　生きている町　原爆で灼かれた材木町・中島本町』という本が送られてきた。同実行委員会が「証言」シリーズとして出版するのは、今回で六冊目という。

この本に添えられた手紙には、「関千枝子様から『ヒロシマ往復書簡』第Ⅰ集、第Ⅱ集いただき読了したところです。以前、南方特別留学生のことを調べた時、『天の羊』は熟読いたしました。『証言　生きている町』という本を作りました。目を通していただければ幸いです」と書いてあった。

そして、私が通っていた幼稚園、天城旅館、南方特別留学生に関係のある、永原誠さんについての資料が同封されていた。

南方特別留学生というのは、昭和一八年から一九年にわたって、日本が占領していた南方諸地域から招聘した、二〇〇名の留学生のことである。

留学生は日本各地の学校に配属されたが、広島文理科大学特設学科に留学していた生徒のうち二名が、原爆が投下された日、興南寮と呼ばれる寮にいて被爆し、死亡した。その寮は、爆心地から八〇〇メートルの至近距離に建っていて、寮長は、広島文理科大学の永原敏夫教授であった。

中川さんが資料として送ってくれた、誓願寺で撮影された幼年時代の写真の、永原誠さんは、永原教授のご子息（長男）で、立命館大学の名誉教授を務められ、『消えた広島―ある一家の体験』

という著書がある。その中で父親の黒焦げになった死体、寮から避難する途中まで一緒だった留学生のことが書かれているが、その留学生は被爆死した二名のうちの一人であった。

『天の羊』は、昭和五七年五月に三交社から出版され、後に日本図書センター『日本原爆記録・13巻』に収録されている。

私は手紙を読みながら、『ヒロシマ往復書簡』が読まれていたということもうれしかったけれども、巻頭の一〇行の言葉に心うたれた。

平和公園の下にねむる町は
記憶の中に生きる町だ。
町と人の記憶は
今引き継がなければ
永遠に失われることになる。
記録し
記憶する
責任は
体験のない
私たちの側にある。

私たちが願って書き続けたことが、次世代の人に伝わったという思いがして、人生の最終章を生きている私は、内心ふと安らぎの時間が流れるのを覚えた。

そのあとで中川さんから、中島地区について何か書いてほしいという依頼の手紙が届いたので、私は「炎の故郷」と題して、幼少期の水主町（現・加古町）にあった、広島県病院の後庭・与楽園について書いた。与楽園は、旧藩時代に御船屋敷のあった所である。

私は小学校に上がるまでは水主町中（上・下もあった）に住んでいたが、県庁を中心にした一種の風格を持った屋敷町を形成していた。

水主町に隣接する中島新町にあった母の実家は、米屋を営んでいたが、その家屋は、紅殻《べんがら》格子のはまった、間口が狭く、奥行きの深い商家特有の造りであった。

私は、材木町にあった誓願寺の無得幼稚園、水主町にあった中島小学校（昭和一六年からは国民学校になったが）に通っていたので、母の実家に行き、宿泊することもたびたびだった。県病院のすぐ傍らなので、近所に住む学友たちと一緒に、薬品のにおいが残る通路を通り抜けて、与楽園に入り、池の中央にある四阿で遊んだりしたものである。

中島小学校は、与楽園と地続きになっていて、裏木戸を押して一歩入れば、そこはすでに私たちが公園池と呼んでいた与楽園だった。

図画の時間には教師に引率されて、四阿のある池の風景を写生したり、本川から池に入って来たボラを追ったり、森に囲まれた土手から、川を往来する筏を曳航する船、対岸の雁木、川面に材木を寄せ集め、貯蔵する光景などを眺めたりして時間を過ごしたこともあった。

祖母の家は、原爆が投下される直前に、軍の強制命令による建物疎開で取り壊されてしまった。そのために、祖母は孫（私には従兄に当たる）が徴用で働いていた広海軍工廠の郊外・海田市町の山奥にあった寮に急きょ移り住まなければならないはめに陥ったのであった。

その地域の建物作業に出動していたのは、広島二中の一年生であったが、その中に江波町に住む従弟も加わっていた。原爆が投下されたときには、中島新町寄りの新大橋のたもとで被爆し、翌日、亡くなった。

与楽園には敗戦後しばらくして行ってみたが、周囲に人の姿はなく、地表が赤茶色に焼け縮れた風景が広がっていた。

見渡すと市の西に座す茶臼山の、原爆の閃光で山肌を薄茶色に焼かれた姿があった。

そのとき、私は戦争が終わったことを改めて実感するとともに、私の顔にケロイドが残されたことを強く意識した。

山川草木転荒涼

漢文の時間に習った詩が、自然に口をついて出てきた。

こうした風景、風物詩などを書いて中川さんに送った。すると中川さんから、折り返し返事が届き、当時の与楽園の貴重な写真が同封されていた。

それからほどなくして、校正刷りが送られてきて、関さんの文章と並べて掲載するとの手紙が添えてあり、関さんの「天城旅館の思い出」という題名のエッセーの校正刷りが合わせて送られてきた。天城旅館は、広島屈指の旅館で、中島地区にあった。

中川さんの手紙によると、ごく最近、平和公園で偶然に関さんと出会ったということであった。私たちが『ヒロシマ往復書簡』をはじめてからというものは、実に多くの、縁のある人との出会いがあり、記憶を語ってもらい、記録の発掘に協力してもらった。あるときは、紙碑を建てる思いで、その人の生きた証しとして書いたこともあった。

こうしたことが、往復書簡の底を流れる伏流水としてあったが、今、それを源流とした川となり、大海に注がれているのではないだろうか。

中川さんと出会い、私たちの『ヒロシマ往復書簡』が意図したものが、少しずつ形になって現れはじめたような気がする。

別府・羽室台から

（一）

虹

今日は三月十四日。

私たち夫婦が、四十三年間住んだ東京を離れたのは、ちょうど今から一年前のことになる。すべての家財を送り出してみると、それまで間数が多い割には手狭だと思っていた家の中が、急に広々として見えた。私たちが杉並区八成町からこの家に引っ越してきたのは、昭和三十八年の三月三日であった。二十九年住んでいたことになる。この界隈が分譲された時、最初にモデル住宅として五軒の家が建てられていて、私たちはその中の一軒を買った。当時、私の両親は健在だったので、二階を私たち夫婦が使用し、下に両親が住まうことになった。その後、広い分譲地で一斉に建築工事が始められ、今見られるような家屋の密集した風景ができ上がってしまった。環境そのものは、まだ周囲に雑木林や市の保存自然林などが残っていて、近くの深大寺につづく道は武蔵野の名残りを濃くとどめていた。

　引っ越して来た当初、二階の窓からは南に雑木林、北に遠く高台の林が眺められ、私はその環境にひどく満足していた。その頃は、すぐ近くを中央高速道路が横断しているわけでもなく、甲州街道を走る車の量も今ほど多くはなかった。深夜、舗装道路に吸い付くような車のタイヤの音の流れが、耳につくというようなこともなかった。二十九年の間に私たちの家庭も、妻と二人だけの生活になってしまったが、周りのすべてが様変わりし、気がついてみると住む人の世代もいつしか交代していて、近所に見知らぬ顔の人が増えていた。

　私は、冷えびえと感じられる空間に長時間たたずむことによって生じる感傷を避けるために、車が到着したのを機会に妻を促し、そそくさと家を後にした。動き始めた車の窓から、長年住み慣れた家を振り返ることもしなかった。後で思うと、そのように淡々と別れられたことが不思議であった。そのために、出発の日のスケジュールをハードにしていたのかもしれなかったが。

　今、私はこうして一年前の日のことを思い出しながら、書斎の窓から別府湾を眺めていると、不意に小粒の雨滴が勢いよく出窓のガラスの表面を叩きはじめた。晴れている時の雨なので日照雨かもしれないと思っていると、急に風の勢いが増し、北の方角から分厚い雨雲が吹き寄せられ、湾も、国東半島の山々も覆われてしまった。しかし、視界の右半分、高崎山から佐賀関にかけての海岸線にはいまだ陽光が残っていた。大きくなった雨滴は風に煽られて斜めに強い線を走らせ、視界は薄鼠色に変わった。その瞬間、日出《ひじ》の方角に当たる湾の左端から湾全体を覆うように、巨大な円形の虹の橋が架かった。唐突に出現した、美しい虹に、私の心は震えた。虹は一度左裾の方から薄れ始めたが、ふたたび鮮明な線と色を浮かび上がらせた。七、八分経った頃に、今度は完全に消滅し、視界はふたたび陽光に満たされた。

まるで、私の書斎の窓を中心にして架けられた虹の橋のようで、消えてからもなおそこに鮮明に焼き付いているようであった。欧州では、虹は神の橋とされ、ギリシャ神話では女神イリスが地上の人間へ天上の神からの知らせを伝えにゆく橋とされているそうであるが、新しい土地での生活をはじめた私には、どのような知らせが神から届けられるのであろうか。

海からの光

東京から別府に移住してきた私たち夫婦は、明治四十四年七月に開業された日豊本線・亀川駅を最寄りの駅とする羽室台に居を構えた。正式の地名は、別府市野田一組というが、住民票を東京から移した際に別府市役所からもらった書類には、別府市大字亀川四百十一番地の一となっていて、その後に別府市野田一組一とカッコ書きで注が施されていた。新開地なので、現在、地番の整理中ということであろう。ところが、分譲地として売り出された時の「羽室台ビレッジ」という名称の方が、一般的にはとおりがよく、タクシーに乗ってもこれで充分通用するようになった。もっとも、ビレッジの入口に県立の別府羽室台高校があるので、それにいくらか引き立てられている面があるようだ。ビレッジでは高齢者が多いので、外出にはタクシーがたびたび利用されているようであるが、通学する高校生は標高百メートルの地点に位置する学校までの坂道を徒歩で登ってくるので、容易ではないだろう。若さがあるといってしまえばそれまでであるが、息あえぎながら登ってくる学生の姿を見かけることもあるので、かなりきつい勾配なのであろう。

私は検分に来て、別府湾の眺めのすばらしさに惹かれ、妻と相談することもなく独断で決めてしまった。それに、温泉を引くことができるのも大きな魅力であった。

引っ越して来てからの私は、毎朝、日の出の時刻になるとひとりでに目覚める習慣がついてしまった。そして、真紅に燃えたぎる太陽が水平線から昇ってくるのを見た日は一日心が弾んだが、逆に水平線に黒く、分厚い雲が垂れこめ、背後に鈍色の微かな朝焼けしか見られなかった朝には、その落胆は大きかった。

私の書斎の窓からは、別府湾が百八十度展望できた。視界の正面には、日出から臼石鼻にかけて、国東半島の入江やその奥に連なる山々が眺望できる。半島の最東端から視線を右に移動させてゆくと、よく晴れた日には、四国の佐田岬の先端が浮き上がって見え、さらに右の方には、佐賀関の突端とその先の海上に浮かぶ高島を見ることができる。季節によって時間と場所のずれはあるものの、太陽は佐田岬と高島の間の水平線から顔をのぞかせると、早い速度で真紅色の雫を垂らしながら上昇していった。上昇しながら、鬱金とも濃黄色とも判断がつかない鮮やかな黄みを帯びた赤色の矢を海面に放ったが、その光が窓辺に立って凝視する私の足下に届き、ある温もりを伝えながら私の全身を黄金色に染めていった。

その時から海面は深緑から緑青色に、やがて天色から群青色、青藍へと絶え間なく変化してゆき、湾をとりまく岬や、半島の山並み、港に停泊中の旅客船、漁港の防潮堤とその先端に白くそびえる灯台、湾上を行き交う雲、すべてが調和しながら色彩を変化させていった。

私は日の出の光景を眺めながら、こうした穏やかな時間に始まる日常生活が私に訪れようとは、かつて一度も想像したことはなかった。しかし、今、その時がまちがいなく訪れているのを私は内部に確実に感じていて、何者かに感謝したい気持ちになっている。

つくばい

この地に移って来て、少しずつ家の中の整理がつき、住所変更にともなう諸々の手続きや年金、雇用保険を受給するための官庁への複雑な書類提出が終わった時、私は、そろそろ庭づくりをしなければならないと思いはじめた。

近所の事情に疎いので、家を建ててくれた建築会社の社長に相談してみたところ、すぐ近くにある造園業者を紹介してくれた。その造園会社は、別府公園の石垣や市内の著名な旅館や料亭、有名人の庭園を手掛けているということなので、猫の額ほどの庭の造園を依頼するのはひどく気が引けたが、厚かましく頼むことにした。

その造園会社の社長という人は、若い頃に京都で修業して、造園技術を身につけ、自身は絵をかいたり、能面を彫ったりもする教養豊かな経営者だということであった。話していて、そのことは充分に伝わってきた。

社長自ら下見に来て、すぐに自分のプランを私に説明し、二、三日後には設計図と見積書を届けてくれた。予めこちらの予算が伝えてあったので、それに見合った造成内容になっていて、私はすぐさま工事を依頼した。その直後、私たちは東京に用事があって、一週間ばかり家を留守にしたが、その間に工事が進められていて、帰った日にはほぼ完成しかけていた。

玄関脇から東側の庭につづく細い通路には、目隠しとして、桂垣が手前とその斜め奥に造成され、わずかな径を折れ曲がりながら庭に伝わってゆく仕組みになっていた。小庭は、南側を山茶花と木斛《もっこく》の生垣で仕切り、中央に織部形の燈籠、その前面の窪みの中につくばいが置かれていた。周囲には石が配され、南天、つつじを植え込んだ周囲の地面には杉苔が張りつけられているので、肝心要の茶室、待合腰掛はないものの、茶庭風の景観に仕上がっていた。庭向こうの山の杉林、その上に横たわる別府湾の海の広がり、さらに遠い国東半島と山並みの起伏を借景にして、坪庭の景色は深く感じられた。私は設計者の目に感心した。私が垣根について職人さんに質問すると、「本来は桂垣だが、桂垣くずれだね」と言い、燈籠については、「われわれは蓮華と呼んでいる」と教えてくれた。

その燈籠には蓮華の形をした台があった。帰りしなに、職人さんは、つくばいにほどよく垂れる水滴の量を調整するために、水道の栓を回しながら、「今に、小鳥が水浴びをしに、つくばいに集まってくるよ」と言い置いて帰って行った。

その言葉どおり、しばらくすると山に生息する小鳥たちが、つくばいの水を慕って集まってくるようになった。私と妻は鳥類図鑑と首っ引きで、訪れてくる小鳥の名前を調べ、彼らの動静について話すのが、日課のようになってしまった。予期しない出来事であった。

シジュウカラ、メジロ、ヒヨドリ、ヤマガラ、カワラヒワ、ジョウビタキ、スズメ、キジバト、これらが現在つくばいを訪れる連中であるが、番《つが》いでくるのもあれば、つねに一羽でくるのもあり、群がってくるのもあり、という具合で、観察していると、たちまち一日が経ってしまう。そして、今では訪れてくる小鳥のために、つくばいの水滴の量にまで気を配るようになってしまった。

（二）

帆船

二月一日の午後、何気なく国際観光港の沖合に目をやった時、四本のマストを持った帆船がまさに入港しようとしている光景に出合った。

帆船というものは、実に優雅な姿をしていて、見る者の心を惹きつけるものがある。

今から三十年昔のことになるだろうか、東京の晴海埠頭に、アルゼンチンだかチリだか忘れてしまったが、そのいずれかの国の海軍の帆船が停泊した時、私は写真機を肩にぶら下げてわざわざ見学に行った。近くまで行っていざ撮影しようとすると、あまりに船体が大き過ぎて、船首から船尾までレンズに収めるのは不可能であった。仕方がないので、カメラを水平に移動させ、三度シャッターを押して、ようやく帆船の全体像を収めることができた。マストの先端まで撮影しようとすると、かなり遠方から撮影しないと無理であった。やむなく、デッキに吊り下げられた角燈とか、船首に施された彫刻物を写して帰った記憶がある。

別府湾に停泊した帆船について私が深い関心を寄せていると、まるで頃合いを見計らったかのように、翌日の新聞に紹介記事が載せられた。それによると、この帆船は、運輸省航海訓練所の練習船「海王丸」で、二、五五六トン、全長百十メートル、四本のマストを持つパーク型帆船ということであった。現在、運輸省海員学校の生徒が航海実習中で、百五十人が乗船している様子であった。

この帆船は、本来、一月五日に東京を出発し、長崎、那覇などに寄港しながら日本の南海上で実習を行う予定であったが、このたびの阪神大震災で、神戸商船大学（神戸市東灘区）海技大学校（芦屋市）が被災者の避難所になったために、予定を変更していったん神戸港に向かった後に別府湾に立ち寄ったものである。それまで、神戸港で一月二十八日から三十一日まで乗組員や実習生が炊き出し、物資運搬などの救援活動を行って来たのである。したがって、実習計画の遅れを取り戻すために、生徒たちは別府市に上陸することもなく、船内で講義や中間試験を受ける模様であった。そして、六日の朝には宮崎県日向市の細島港に向けて出航すると報じられていた。その間、私は別府湾に停泊中の、優雅な「海王丸」の姿を眺めて楽しむことができた。私が住んでいる羽室台からは、杉林の間からよく眺められた。望遠レンズを用いて撮影したが、潮の流れによって「海王丸」の船体は絶えず向きが変わった。

別府湾は、国東半島や四国の佐田岬、高崎山を背景に、サンフラワー号はじめ大小様々な船が絶えず行き交い、平和な時間の流れを各々の季節にしたがって感じさせてくれる。三月に入ると、ボードセーリングのカラフルな帆が海上に輝いた。その一方で、経営上の理由から係留を解かれるらしいオリアナ号の噂を聞くと、なにやら別府湾が急に寂しくなっていくような気がしてくる。

六日の朝早く、私は二階の寝室の窓から国際観光港の沖合を眺めたが、停泊していた位置に「海王丸」の姿はすでになかった。念のために、私は港の某船会社に電話して尋ねてみた。「今朝早くには確かにいましたね」という返答であった。「何時頃に出港したのでしょうか」と、私は筋違いを承知で重ねて質問した。すると、「分かりません。監視していたわけではありませんから」、と先方の立腹気味な言葉が返ってきた。船が出港した後の光景は、まことに寂しいものである。

雉

二月二十七日、私の家の庭に雉が突然姿を現わした。

それまで漠然と庭を眺めていた私は、その姿勢優美で、濃い暗緑色や青みがかった灰色を含んだ羽の彩りがまことにきらびやかな一羽の雄の雉の出現によって、鼓動を覚えるほどに興奮した。

庭全体が、にわかに華やいで見えた。先ほどまでは、蹲《つくばい》にメジロが群がって水浴びをしていたが、それらが山の篁に姿を消して間もなくのことであった。この二、三日の春めいてきた日差しのせいか、冬の頃に比べて蹲に訪れる小鳥の種類も、そしてその数も多くなっていた。今年に入って訪れて来た小鳥は、メジロ、カワラヒワ、シジュウカラ、ヤマガラ、ジョウビタキ、ホオジロ、ウグイス、ヒヨドリなどであったが、雉ははじめてであった。キジバトも訪れたが、部分的に雉に似た色彩はもっているものの、優美さという点では雉には及びもつかなかった。

雉は、他の小鳥たちと同じように、蹲の縁に止まって水を飲むでもなければ、水浴びする様子も少しも感じられなかった。何かを啄みながら、棚の脇の地面を南から北に向かって悠々と歩行したが、裸出部の顔面の鮮赤色と尾や羽の絢爛たる色彩は、まるで一幅の日本画の世界を思わせるほど堂々としていた。私は限られた狭い庭の中を行ったり来たりする雉を、炬燵に当たりながら硝子障子の内側から息をひそめて凝視していた。十分ほども庭にいただろうか。やがて、私の視界の正面を横切って、北側の山の方に姿を消して行ったが、その間、他の小鳥たちはまったく姿を見せなかった。しばらくして、数羽のメジロが山紅葉の枝に姿を見せ、次いで山茶花の枝の中に潜って様子を窮っていたが、やがて南天の枝に身を斜めにして止まり、それからは、いつものように軽快な身のこなしで蹲の縁に移り、勢いよく水浴びをはじめた。続いて、シジュウカラが番でやって来た。

翌日、私が北側の庭を覗きに行った時、驚いたことには、たわわに結実し、ようやく赤く色づいたばかりの万両の実がことごとく食いちぎられていた。実を失った多数の緑色の花の柄が、まるで破損した洋傘の骨のように空しく垂れ下がっていて、私を落胆させた。とっさに、これは雉の仕業だと判断した。

昨年も、同じようなことがあった。近くの中学校で、雉の成鳥が放たれたことを新聞で知った翌日のことだった。私の家と境を接するすぐ近くの山地で、けたたましい鳴き声が聞こえると同時に荒々しい羽音がして鳥が飛び去り、傍を通りかかった私をひどく驚かせた。その後で、万両の実がことごとく失われているのを知ったのである。したがって、私は今回も雉の仕業にちがいないと断定した。困ったものだとは思うが、自然の中で暮らすためには致し方ないことかもしれない。それだからといって、高原の名物として製造販売されている「きじ弁当」を買って食べ、憂さを晴らそうとは微塵も思ってはいない。

「雉を食えば三年の古傷も出る」との諺がある。昔から、雉の肉は精がつく、脂肪が多いところからそのように言われているが、被爆者である私は、今になって古傷が出てきては困るのである。

クサイチゴ

つい先頃までは、白色の五弁の花を上に向けて咲いていたクサイチゴの群生だったが、雨の日が多かった五月の連休を過ぎると、にわかに青い果実を結びはじめた。

そのようにこちらで心得て、二、三日経って庭に出て見ると、クサイチゴが群生した所々に、まるで小さな赤い明かりが灯ったような感じで、すでに熟しはじめた果実が眼に映った。それも、翌日になると、たちまち数を増やし、やがて藪全体が赤熟した小粒な果実でおおわれてしまった。三個の小葉に分かれた艶を含んだ緑の葉の上に、鮮やかな赤い色が無数に重なり、連なっていた。

昨年は、日照り続きの天候だったために、クサイチゴの成育は良くなかった。その反動とでもいうのか、今年のクサイチゴの繁茂は異常を感じさせる程であった。私の家の敷地の三方は山に接していて、境が藪地のようになっている。つまり、南を除く三方向は、今、赤熟したクサイチゴで縁取られていると言っても過言ではなさそうだ。

私たちがこの地に住むようになった最初の年に、行きつけの理髪店の女主人が訪ねて来て、赤く色づいたクサイチゴの群れを目敏く見つけると、

「ああ、懐かしいね、キイチゴ。田舎ではよう摘んで、食べちょったけに」

と歓声を上げた。

「甘くて、おいしいちゃ」

摘んで食べるようにと、しきりに私に奨めた。

赤く熟れた、小粒なキイチゴはいかにもおいしそうであったが、私は藪の中に入ってキイチゴを摘む勇気はなかった。刺のような軟毛に触れるのも嫌であったが、何よりも藪の中に足を踏み入れ

た途端、蝮に嚙みつかれはしないかという恐怖感があった。蝮と断定してよいものかどうか分からないが、その二日前に、コンクリートで固められた崖の縁を蛇が這っているのを、私はトイレットの出窓から目撃したばかりであったから、いくら味を保証されたからといって、危険を冒す気にはなれなかった。後で、その蛇の形や、大きさ、色を人に話すと、「それは蝮だろう」と言われた。それ以来、私は用心しながら庭の周囲を歩くようにしているが、不安であることには変わりはない。

理髪店の女主人は、藪に生えているクサイチゴのことをキイチゴと呼んだが、私は漠然とノイチゴと呼んでいた。その他に、ヘビイチゴというのかもしれないと思っていた。ご近所の中村夫人から「ヘビイチゴですね。蛇が食べるので、そう名付けられているようです」と説明してもらったことと、蛇が這っている光景が重なってしまい、私はいかにクサイチゴが豊かに熟れた実をつけていようと、藪に入ってそれを摘む勇気はなかった。

後で植物辞典で調べてみると、キイチゴとクサイチゴは呼び名が違う同種のもので、ヘビイチゴは黄色い花が咲き、甘味がなく食用にはならないと説明があったので、同じバラ科に属しても、少しちがうようである。

このまま放置しておくには勿体ないような、クサイチゴの豊かな実りの風景である。

（三）

花の虹

この三月九日、大分県久住町で「野焼き」が行われたことが新聞に報じられていた。枯れ草に火を入れて燃やし、その炎で高原を焼き尽くすのが「野焼き」である。聞くところによれば、草の芽立ちを促すことや、放牧した牛に付着する虫を消滅させるための手法だということである。また一つには、風で持ち運ばれた種子が樹木として成育するのを防ぐ目的もあるらしい。それをしないと、草原が森に近づいてゆくと言われている。この「野焼き」は、地球の表面の酸素を減少させるという問題を除けば、まさに草原を再生させるための伝統的手法であると言える。「野焼き」が施された跡は、黒一色のまことにわびしい光景となるが、四月になって新芽が出始めると、実に鮮やかな緑一面の草原へと生まれ変わってゆくのである。

昨年の十月中旬、近所の中村さんからのお誘いで、その久住高原にコスモスの群生を見に行った。

中村さんが平素から懇意にされている個人タクシーの寺原さんの車に、中村さんご夫妻、私たち夫婦が同乗した。

ところが、最初に行った赤川のコスモス苑の方はすでに花期を終えていて、先日の雨で黒ずみ、立ち枯れたようになっていた。

あきらめきれないので、さらに車を「くじゅう花公園」の方へ向けた。国道四四二号線を竹田に向けて進んでいると、前方右手のゆるやかな傾斜地に、赤、白、紫、黄のじつに色鮮やかな縞模様が視界に入ってきた。そこが、「くじゅう花公園」であった。

車から降り、小さな木製の橋を渡ると、その正面に建物があった。受付で入場券を買って中に入ると、すぐ眼の前を幾何学模様の、おびただしい花の色彩があふれた。

車の窓から見た縞模様の色彩のうち、白、赤、紫はサルビアで、黄はマリゴールドで構成されていることが分かったが、それにしても、このように光り輝く鮮明な色彩を、私はこれまでついぞ見たことがなかった。久住山の南麓に広がる標高千メートルの久住高原の、光と空気が育んだ色彩の濃さと透明さであろう。そのコーナーから道一つ隔てた反対側は、コスモスの群生地になっていて、そこでは白、ピンク、紅の色彩が入り混じって揺れていた。さらに木橋を渡って奥に入ってゆくと、左手の一区画に、薄い緑黄色の花弁をつけたコスモスの群生が見えた。後で聞いて分かったことだが、新種のイエローコスモスということであった。はじめて目にする、気品のある花弁の色であった。

「くじゅう花公園」で私たちが見て回ったのは、〝四季の花〟のコーナーにすぎなかった。その他にハーブコーナー、久住の野草コーナー、シバザクラの丘などがあり、花公園の総面積は十万平方メートルであるから、私たちはそのうちの十分の一を歩き、観賞したにすぎなかったが、それでもすっかり満足し、訪ねて来た甲斐があった。視線を公園から遥か西南方向に移してゆくと、仏の寝姿に似た阿蘇五岳の稜線が望まれ、高原の清涼さが私の内部に静かに浸透して行った。

公園を去る時、もう一度サルビアとマリーゴールドで構成されたコーナーを眺めると、色彩の縞模様が、さながら大地に描かれた花の虹を連想させたが、同時にそれは、空に架かった虹と同じように、何時しか消え去ってゆくはかなさを想起させた。

花畑の正面には、おだやかな山容をした久住の山々が、透明な空の下に連なっていた。

立ち売り

午前十一時頃までに山を下って麓の亀川商店街に行くと、〝地もの〟と呼ばれる魚を手押し車の荷台に積んで商っている、中年過ぎの女の人を幾人か見かける。魚以外に、畑で収穫された野菜や花を商う女の人たちの姿も、その中に交じっていた。

こうした風景は、私には大変懐かしいものであったから、通りがかりに顔見知りになった人の手押し車に出会うと、荷台の中に並べられたその日の魚が何であるかを確かめたり、地元の人同士がその魚について遣り取りする会話に耳を傾けながら、魚が鮮やかにさばかれてゆく光景を眺めるのも、今では楽しみになってしまった。

私はどちらかといえば、アナゴ、タチウオ、モイカ、カレイ、エビといった別府湾内のものが好みで、時たま買って帰る。特に、活きた車海老に出合うと、見境なく買ってしまう。これまでにアナゴをしばしば求めた実績からだろう、彼女がたまたまアナゴを持っているような日に私の姿を路上で見かけようものなら、遠くから手を上げてアナゴがあるというサインを送ってくれる。ところが、折悪しく売り切れた後に私が顔を覗かせたりすると、困ったような顔をして、「さっきまで、あっちょったのにな」と、非常に申し訳なさそうな表情をして見せた。私も、しごく残念といった顔つきをしてその場を去ることにしている。いつもアナゴは、数匹がビニールの袋に入れられ、荷台の箱の中の砕いた氷の上に無造作に置かれていて、客が買い求めると、それを新聞紙でくるみ、さらにビニールの袋に入れて寄越してくれる。お釣りは、鱗が付着した手で数えて渡されるので、受け取ると魚臭いにおいが私の手の平や札や硬貨にいつまでも残った。私はこうして南北に細長く延びた、古い温泉街の町並みを歩きながら魚の立ち売りの光景を眺めるのが好きだ。

私が子供の頃、広島市内では、コイワシ売りの手押し車をたびたび見かけたものだ。紺飛白の着物姿、頭を日本手拭いで覆った小母さんが「ナンマンエー」と声をかけながら車を押して歩いていた。声がかかると、その家の前に車を止め、銀色に光るコイワシを笊にすくって竿秤の皿に載せ、分銅を動かして竿の目盛りを読んでいる光景に出合った。このコイワシ売りは、市内の南端に位置する江波《えば》の漁村からやって来た。コイワシというのは、体長が十センチあるかないかのカタクチイワシで、刺身にしてダイダイの汁を絞って食べると美味しかったが、天ぷらにして食べても良かった。ナンマンエーについては、生がええが訛ったという説もあれば、カタクチイワシを鷹の生の餌として売っていたところからそのように呼ばれるようになったともいわれる。その真偽はともかくとして、その季節に広島に行った折には、必ずコイワシ料理の店を探して行くことにしている。

こうした思い出は、亀川商店街の路上で魚が商われる光景を眺めることによって、いっそう鮮明によみがえってくる。

葛の花

昨年の夏は記録的な猛暑と干天の日が続き、ある地方では水にひどく難儀した。九月の中旬に入ってもなお給水制限が続いたところもあって、本当に気の毒としか言いようがなかった。

私が住んでいる別府市は、幸いなことに、水の心配はなかった。地元の人から教わった話では、別府市の水道は三分の二が地下水で賄われ、残りの三分の一が川の水を利用しているということであった。なんでも、先々代の市長の時に、現在の人口が二倍に増えても供給に支障を来さないようにということで、地下水を汲み上げる個所を増やしたということである。
「別府では到るところで、水が湧きよんけえな」
と、乗ったタクシーの運転手が自慢した。別府は、確かに湧水地が多い。私も、時たま車に乗せてもらって、塚原という所に湧き水を汲みに行くことがある。

この干天猛暑は、人間の生活に異変をもたらしただけではなく、野山の草木をも変調に導いたようであった。季節でもないのに開花する植物が多く、たびたび新聞にそのことが報じられた。私の家でも、三月の初旬に咲いた紅花マンサクが、九月の初め頃に狂い咲きした。紅紫色のハギの花が秋も来ないうちに満開となった。こうした現象を目にするのは、あまり気分が良いものではない。

飯田高原でも八月下旬にはワレモコウ、ハギ、ヒゴタイの花が見られたという。学者の説明によると、環境が悪化すると枯死しかねないので、花の方で子孫繁栄のための種子を残そうとして、早めに花を咲かせたり、季節はずれに咲かせて生き残りを策しているということであった。

こうした現象は、私の家に隣接する雑木林にも見られた。毎年夏になると、クズの蔓が雑木林の樹木の先端にまで巻き付き、下面が白っぽい広い葉が山全体を覆いつくす勢いで拡散してゆく。この蔓の力は非常に強く、絡まれて引き倒されてしまう樹木もある。この根が澱粉を含んでいて、葛根湯の主原料になるそうだが、その成育ぶりはまことに凄まじいものがある。二年ほど観察した結果、そのような印象をもったクズであるが、その間、花が咲いている光景を見たことがなかった。

ところが、昨年は、紅紫色の蝶形花を多数密につけたクズの花穂を見ることができた。最初、葡萄の房を逆様にしたような花穂が方々に垂れているのを見ても、これがクズの花穂だということが私には分からなかった。植物辞典で調べてみてはじめてそれと知った。

この花穂を切って、玄関脇の壺に活ければさぞかし風情があるだろうと思ったが、如何せんそれらは私の手が届かない高みにあり、そうされるのを拒んでいるようにも見えた。

（四）

湧き水

この高台で生活するようになってから、二年と四カ月が過ぎた。

その間に、少しずつ地元の人とも交流する機会があり、時折、ドライブに誘われたりした。久住・飯田高原にミヤマキリシマを観に行ったり、日田市の奥に小鹿田焼の窯元を訪ねたり、臼杵の石仏を拝観したり、「荒城の月」で有名な竹田市の岡城跡を訪れたりした。もっとも遠出したのは、長崎の平戸である。その時は、車を運転してくれた人の親戚が経営している民宿に一泊し、翌日は普賢岳の惨状に目をやりながら雲仙、島原を経て熊本に出、阿蘇を巡って別府に帰って来た。車を持たない私たちであったが、それやこれやで、短期間に大分県内の地理に詳しくなった。このように地元の人々の好意がなかったならば、私たち夫婦は、わざわざ電車に乗って遠くに出向くようなことはしなかったであろう。この羽室台からの景色だけで満足しているにちがいなかった。

別府に移って来てまもなく、所用で大分市内に出かけての帰り、たまたま乗ったタクシーの運転手が、羽室台の下の町に住んでいる人だったから、こちらがまだ熟知していない道順をいちいち説明する必要もなかったので助かった。客席の前に貼られた運転手の自己紹介のカードを見て、彼が私と同郷の広島市の出身であることを知り、少しずつ質問したり答えたりしているうちに、高校も大学も私の後輩に当たることを知った。大学を出るとすぐに大手商社に就職し、海外生活も経験したが、山が好きなために会社勤めを辞め、自由気儘な生活を送っているのだ、と彼は語った。そして、飯田高原に山荘を持ち、週末にはそこで仏像を彫っているとも語った。がっしりとした体格の、よく透る声をした中年男性であった。こうして、私たちは知り合い、親しさを増していった。勤務明けの日などには、不意に私の家にやって来て、

「これから、湧き水を汲みに行きましょう」

と、大きな声で誘った。車には私の家のために十リットル入りの容器が二本用意されていた。「往復、一時間あれば帰ってこれますから」と、否応を言わせない響きがあった。夕暮れが迫っていた。

車に乗って行き先を訪ねると、湯布院にほど近い「塚原」という所だと言う。車は、山脈ハイウェイを途中「海地獄」の所で右折し、明礬温泉を通過すると、後は広い草原の中の舗装路を走り続けた。硫黄岳を左に見ながら通過すると、正面に由布岳が折しも夕映えを背景に、頂上付近が黒いシルエットの美しい姿を浮かび上がらせていた。落日までに、まだ少し時間があった。やがて車は、脇の草むらの中の径を入って行った。その先に、岩の間から水がほとばしり出ていた。言われ

るままに、傍に伏せて置かれた杓に汲んで呑むと、冷たい、甘味のある水が喉にしみ通った。その水を容器に詰め、私たちは夕闇が少しずつ濃さを増す道を折り返した。

「今行ったところは、温泉を掘っていて、冷水が湧き出したというから面白いでしょう」と彼は説明した。そして、この水でお茶をいれたり、ウイスキーを水割りにすると美味しい、家ではこの水でご飯も炊いていますと付け加えた。

やがて、暮れなずむ草原の道の彼方に、紅鬱金に輝く別府湾の海面が見えはじめた。

ムカデ

今年、三月六日は、「啓蟄」であった。

都会で暮らしている時分は、新聞、テレビでそのことを教えられても、さして関心はなく、まるで死語か俳句の歳時記に出てくる季語ぐらいにしか思っていなかった。

ところが、自然に恵まれた土地に憧れ、移住して来て実際に生活するようになると、「啓蟄」と聞かされただけで不安感が私の内部を過った。ある説明しがたい憂鬱さが、二、三日続いた。

「啓蟄」即ち冬ごもりの虫の這い出る意、と広辞苑で調べるとそのように説明されていた。太陽暦の三月六日前後、とも書かれていたが、これは必ずしもそのとおりではなく、地方によって異なるのではないだろうか。移って来た年のことを考えてみると、暦の上の「啓蟄」から一月は遅いような気がする。なぜならば、私が蛇の子供かと見まちがったほどに、途方もなく大きなミミズを見つけたり、これも体長十五センチメートルほどのムカデが長押の上の壁を這っている光景を目撃した時や、隣接地と私の家の敷地の境界線である崖の淵を、ヘビが這っているのを手洗所の出窓から眺めて身の毛がよだった時が、いずれも四月下旬から五月初旬にかけてのことであったからだ。

特に、ムカデの出没には悩まされた。多数の節からなる、黒光りのする平べったい身体とその節ごとに一対の茶色の足がのぞいている姿は、まことにグロテスクであった。

「山が近いけに、仕方あるまいのう」

と、タクシーの運転手は言うが、地元の人々でさえ、口に毒腺をもっているこのムカデを恐れている。その証拠に、新聞の地方版にムカデの撃退法や刺された時の応急処置についての相談記事がしばしば掲載されているが、決定的な回答はいまだに寄せられてはいないように思う。

その対策について、植木屋と相談した結果、植木の消毒かたがたムカデ封じの消毒も同時にしてもらった。そして、梅雨明けにもう一度消毒した。その結果、昨年は家の中で六匹、家の外周りで二十四匹、合計三十匹捕獲したが、家の中では、私は寝ていて二度ほど直接肌の上を這われ、うまく払い落として噛まれはしなかったものの、生きた心地はしなかった。今年は、家の基礎周りに殺虫剤の粉を散布した。

私が目下悩まされているムカデについて、尾崎一雄氏が『あの日この日』という文学私的自叙伝の中で面白く描いておられる。氏が若き頃、師の志賀直哉を訪ねて奈良に滞在中に、丹羽文雄氏が訪ねて来ての話である。ムカデが天井から降ってくる話を尾崎氏がした途端、丹羽氏が「このようなとこに泊まれるかいな。僕は宿屋へ行く」と言って、持ち物をまとめたというが、その気持ちが今ではきわめてよく理解できる。自然が豊かな所で暮らすというのもなかなか気骨が折れるものである。

糸ほどのものにてすでに百足なり

山口誓子夫人の波津女さんの句を、大岡信氏が「折々の歌」で紹介したものだが、ムカデの怖さを知った人の句で、観察が鋭い。

切り通し

私たちが今住んでいる土地は、標高百五十メートルの所にあるそうだ。近くの県立別府羽室台高校が百二十メートルだということから推測しての話である。

この高台は、国道十号線から眺めるとすぐにそれと分かる。貴船城という、個人が観光用に所有する小さな城の姿が先ず目に入ってきて、その先を海の方に視線を進めて行くと、高校の野球練習場のグリーンのネットを張った鉄柱が森の茂みの上に突き出て見える。その森に隠れるようにして、私たちの住む羽室台ビレッジと呼ばれる区画があり、点々と建った家々の屋根がよく見える。私の家は、その区画の中でも下の方に位置しているので、まるで森の中に沈みこみでもするように、また突端からはみ出してしまいそうな心細い感じで、黒色の屋根瓦を覗かせていた。それでも、東京から飛行機で帰って来て、大分空港からバスに乗って日出《ひじ》近くまで来ると、湾に向かって突き出た、私たちが住む、緑に覆われた高台がやや霞みながらも見えてくると、ようやく帰って来たという安堵感にとらわれるようになった。移って来てまだ二年と少しというのに、人間というものはすぐに環境に慣れてしまうものと思える。

「私が少年の頃までは、今の横断道路から北側は山で、人家なんかなかったもんだ」

私の家に出入りする建設会社の人が、そのように言った。造園会社の社長も、「こんな所に、こんな住宅地があるなんて」と、来て先ず最初に驚きの声を発した。ここに初めて客を送って来たタクシー会社の運転手は、「ここは、眺めが素敵だねえ」と言った。そして、「風が強いだろう」とも言った。

この土地を高台というべきか、それとも山というのか、判断しにくいところであるが、よく地元の人から「山から下りられるような時には、ぜひ寄って下さい」と言われるところから察すると、山が正しいのであろう。

そういう訳で、麓の亀川商店街に行くには、山を下る必要があった。舗装された道を行くとかなり遠回りになるので、勢い近道を見つけて行くことになる。その近道も五、六本あって、自分で発見したものもあるが、近所の人に教わったものが殆どである。その中で、私がもっとも気に入っているのは、私の家に接している山の裏側の麓を巡って、中学校の脇の坂道に出る切り通しであった。ご近所の中村さんに教わったもので、ご自身で勝手に「哲学の道」と名付けておられたが、考えをまとめながら歩くには、最適の径であった。

全体が緑陰に染められ、山肌に寄り添ってゆるやかに曲折していた。杉林のある左斜面の奥底に心を通わせると、隠れ水かと見まちがうほどの疏水の輝きが視界に届き、濃い緑のしじまにせせらぎが微かに打ち震えているのが私の耳に伝わって来た。

右斜面は、雑木林であったが、常に木洩れ日が射すだけの薄暗さを漂わせていて、同時に、朽ち葉のにおいを含んだ、湿り気を感じさせる山のにおいとでもいうべきものが周辺に濃密に流れていた。子細に目をやると、ミズヒキソウ、ヤブラン、ヤブカンゾウ、ヤブコウジ、ヤブツバキ、トラノオ、オドリコソウなどが季節には花を咲かせ、実を結ばせていた。森閑とした径を、小鳥のさえずりを聞きながら行くと、径はいつしか下り坂となり、不意に明るい光が溢れる中学校のグラウンドの脇の道に出た。

（五）

師走の月

風呂から上がって、今日、十二月二十七日の月の出の時刻を新聞の朝刊で調べてみると、十七時四十三分になっていた。

その時刻、私は入浴中であった。

湯に浸りながら、東に向かって大きく開かれた浴槽の窓から外の景色を眺めていた。眼下に広がる雑木林の、樹木の幹や枝のことごとくが交錯した黒いシルエットとなって浮かび上がる空の向こうに、夜の気配に包まれはじめた別府湾の海面があった。さらに、その先には平たく横たわる国東半島があり、またその奥には、起伏の変化にとぼしい山々の稜線があった。それらは濃淡の差異はあるものの、いずれも薄絹で透かして見る古代紫色を連想させるような色彩が私の視界には存在していた。周囲からは物音が一瞬とだえ、私は深い沈黙の世界にひとり取り残されたような気持ちにさせられた。

やがて、濃い紫色に変化しはじめた半島の東端から月が昇りはじめた。

まばゆい金色を帯びた月の光が、黒さを増した紫色の世界に融合すると、それまで一様に薄絹の向こうにあったと思われた風景は、それぞれが夜の中に精彩を放ち、半島は半島の、海は海の、樹木は樹木の各自の存在を主張し合う光景へと移っていった。

そして、月の光は幅広い直線となって湾を横切り、私の視界の中の、樹木と樹木の間に見え隠れする海面にまで達した。やがて全体に夜の濃さが浸透してくると、月の表面も、光も、金の中にさらに磨きのかかった黄色を加えながら夜を支配していった。


私は月の出の時刻を調べ終えると、気が急く思いで二階の和室に行き、障子を開けて正面に輝く月を眺めた。その頃になると、月は港、海、半島、防波堤、灯台、湾に沿って長く伸びた国道、家並を自身の光で完全に包みこんでいた。

蒼く月の光に映えた海面、その海を縁どる灯火のきらめき、漁港、観光港の防波堤の先端に設置された灯台の明かり、すでに空と海の境が不確かとなってしまった水平線上に散らばる漁り火、遠い半島の入江に沿って建つ建物からの反射光、出航を間近にひかえた大型旅客船の華やかなイルミネーション、湾の北側の端にあって、海岸から山にせり上がるようにして造成された大規模な団地の住宅の群れから放たれる明かり、国道をオレンジ色の光で飾った街路灯、その中を車が行き交って光の川を形成する。そうした無数の凝縮された色彩の光の集合体は、あたかも宝石箱から小粒のルビーを撒き散らしたように光り輝いた。

月は、今や濃紺色に深まった夜空の中程に、地上のすべての光を鎮め、黄金色に光り輝く球体として存在していた。そして、凪いだ海面は、しずかに月の光を浴びていた。

寒気が張りつめた透明な冬の夜空を背景に、月は無音の世界の中で移ろって行った。

私は時間の経過も忘れて、月の光に照らし出された世界に埋没していた。そして、

「師走の月」

と、思わず独りごちていた。

移植

三鷹からこの地に引っ越して来た時、トラックの荷台に他の荷物とともに乗せてきた植木や草花の類はごくわずかであった。三鷹の家の庭は狭かったけれども、隙間がないほど多くの種類の樹木や草花を植えていた。庭を歩く時は、いちいち樹木の枝を手で支え、その下をかいくぐらなければならないほどであった。私は椿と梅が好きで、数多くの種類を集めていたが、庭石とともにそっくり購入者に残して来た。一部は、近所の人に頼まれて譲ってきたものもある。大輪の花が咲くムラサキモクレンとかカイドウなどである。

引っ越しは、実に慌ただしいものである。あれもしなければならない、これもしなければならないで、とても持って行く植木の選定などしてはおられなかった。従って、地中に固く根を張った樹木はそのままにし、容易に掘り出される植木や鉢植えに限られた。それでも、荷台に乗るかどうかも心配の種であったが、結局、人まかせの恰好で作業を終えてしまった。

こちらで一切の荷物の整理が終わった後で、仮植えにしておいた植木を調べると、アジサイ、ツバキ（安芸錦）、ハラン、ボケ、マンリョウ、センリョウ、ジンチョウゲ（白）、それに鉢植えのシュロチク、ラン、シンビジューム、クジャクサボテン、などであった。その他に出発間際に記念にと贈られたクンシランとキンギアナムの鉢植えがあった。

造園業者に依頼して坪庭と垣根ができた後、三鷹から持ってきた植木をその周辺に少しずつ植えて行ったが、日差しが強く、土壌が酸性のために、移植された植物は何となく土地に馴染まないそぶりであった。特に、下植えに適するセンリョウとマンリョウは、次第に痩せ細ってゆき、今にも消え入りそうな様子を見せ、私をさびしがらせた。

「その土地に合ったものを植えなきゃ」

私はふと植木職人の言葉を思い出し、植木を運んで来たことを後悔した。

しかし、しばらくして私は植物の強靭な生命に驚いた。実は、ハランの根の塊を運んで来ていたので、それを幾つかに株分けして北側の出窓の下に一列に植えていたが、その株を掻き分けるようにして、三鷹の家の庭に生えていた植物がしっかりと芽ぶいているではないか。列記してみると、マンリョウ、ミズヒキソウ、ナンテン、ドクダミ、センリョウ、マンジュシャゲ、ハクチョウゲ、などであった。

まだ他にもあったかもしれないが、私は自身の選択ではなく、人間の気まぐれによって気候も異なれば、地質も異なる土地に移植された植物の芽に言いしれぬ愛しさと懐かしさを感じた。そして、大切に育てようと思った。

あと三カ月で移住してきて二年になるが、それらを移植し、独立させることも可能な状態になって来た。私は日増しにそれらの草花に愛着を覚えながら、狭い庭の中を散策している。

島寄り

平成四年の四月、私たち夫婦は長年住み慣れた東京を離れ、この地にやって来た。

東に別府湾が一望できる、羽室台と呼ばれる標高一五〇メートルの高台からは、正面に国東半島が眺められ、その端から少し右手に寄った地点に、天候の加減によっては四国の佐田岬の突端が大きく浮かび上がって見える日がある。必ずしも快晴の時がいいとばかりはいえない。むしろ、上空に灰色の雲が広がってはいても、雨上がりの、空気がしっとりとした透明感を感じさせる時の方が、はっきりと接近して見えるから不思議である。

私は、書斎の窓から別府湾や、正面に横たわる国東半島とその奥に幾重ものひだとなって連なる山並みを眺めて過ごすことが多い。そして、半島の東端を北東の方角に視線を進め、その先に私の生まれ故郷の広島が存在していることを折に触れて感じていた。

またの日、もしも、私がこの書斎の窓から現在と同じ状態で、五十年前の日に帰って広島の方向を眺めていたとしたら、遠い水平線の彼方に、天を衝いて立ち昇る雲を見たかもしれないと想像したりした。私がそのように想像するのも、別府・広島間を結ぶ航路があって、船が正確に毎朝六時に港に着き、午後二時には出航してゆく風景を書斎の窓から間近に眺めるせいかもしれなかった。いつぞや、広島に住む私の友人がその船に自家用車を乗せて別府の私の家を訪れ、帰りもその船で帰って行った。私はその船が港を出、国東半島の近海から白く光る点となって姿を消すまでの五十分間、航跡と船体を見続けていた。すこぶる快晴の日であったが、光と空気の澄み具合がほどよく調和し、遥か遠く水平線まで鮮明に見渡すことができた。

そんな時、新聞のスクラップを整理していて、祝島に関する記事が目に止まった。正確にいうと、山口県上関町祝島である。その島出身の軍人さんの家族が、当時父が持っていた借家にいて、周防灘にある祝島の近海では春先になると鯨の遊泳する風景が眺められますから、ぜひお出かけ下さいと誘ってくれた。終戦前の話であったが、何となく懐かしくて、新聞記事を保存していたものと思える。

その記事の中で、山口県の室津半島の中央、皇座山から眼下の祝島、さらにその向こうの大分県の国東半島を見ながら、地元の人が「きょうは〝島より〟してるな。こんな日はめったにないよ」と記者に語っていた。

私が書斎の窓から別府湾を眺めていて、国東半島、四国の岬、その他島影が驚くほど近くに寄り、鮮明に見える時があることを知ったが、つまり、「島より」の現象であることをその記事から教えられた。言い得て妙である。「島より」のよりは、本来は寄りと書くのかもしれないと思った。

別府に移り住むようになって間もない頃に、私たちは知人の車で国東半島を一周したことがある。杵築、国東、国見、竹田津を経て豊後高田、宇佐を回って羽室台に帰って来たが、途中周防灘に面した海岸線を走っている時に対岸の山口県側が間近に眺められ、私は祝島がきわめて近い位置にあることをそこはかとなく感じていた。

あとがき

本書は、平成九年（一九九九）から同二十九年（二〇一七）にかけて、渋沢栄一記念財団発行の「青淵」誌に掲載して頂いた随筆を集めたものです。

これは、今年二月二十一日に逝去された関千枝子さんから「青淵に書いてみては」との紹介の一言からはじまり、永きにわたって書かせて頂いたものです。

したがって、この本が出来上がったことをまず報告しなければならないのは、関千枝子さんです。

きっとあの世で熱心に読んでくれていると思います。

令和三年（二〇二一）十一月二十二日

九十一歳の誕生日に

中山士朗

著者略歴

中山士朗（なかやま　しろう）

1930年、広島市生まれ。別府市在住。

早稲田大学文学部ロシア文学科卒業。

主著：『死の影』（南北社、集英社『戦争×文学』第19巻に再録）『消霧燈』（三交社）『宇品桟橋』（三交社）『天の羊』（三交社、日本図書センター『日本原爆記録・13巻』に再録）『原爆亭折ふし』（西田書店／日本エッセイスト・クラブ賞受賞）『私の広島地図』（西田書店）他

共著：『ヒロシマ往復書簡』Ⅰ・Ⅱ・Ⅲ巻（関千枝子との共著、西田書店）『ヒロシマ対話随想』正・続巻（関千枝子との共著、西田書店）

中山士朗エッセー集

青き淵から

2021年12月20日初版第1刷発行

著　者　中山士朗《なかやましろう》

発行者　日高徳迪

装　丁　臼井新太郎

装　画　筒井早良

発行所　株式会社西田書店

〒101-0051 東京都千代田区神田神保町2-34 山本ビル

Tel 03-3261-4509　Fax 03-3262-4643

http://www.nishida-shoten.co.jp

印　刷　平文社

製　本　高地製本所

ISBN978-4-88866-664-0　C0092